박구홍 장편 소설

어른들은 청어를 굽는다

도서출판 푸른숲

사랑 때문에 고통받는 사람들에게

나는 이 소설을
사랑 때문에 고통받고 있는 사람들에게 바친다.
부도덕한 애정에 빠진 연인들과
자신들을 위로하지 못하는 이들에게 바친다.
한때는 사랑으로 아름다웠으나
이제는 세속적으로 더럽혀진 여자에게 바치고,
사랑을 외면하는 왜소한 남자에게 바친다.
그리고 그들의 아이에게 바친다.
인생에는 길이 없고 사랑에는 모양이 없다.
안내자가 없이 먼곳으로 떠나는 사람들에게
인생은 길고 사랑은 커서 보이지 않을 뿐이라고 말한다.
이제 방황은 오래지 않아 끝나고
우리는 잠시 쉴 수 있을 것이다.
가장 쓸쓸한 사람이 가장 아름답다.

1994년 가을
박 구 홍

어른들은 청어를 굽는다 / 차례

아빠, 집에서 쫓겨나다

내가 엄마 뱃속에 있었을 때, 우리 할아버지 박춘평 옹께서는 여자의 사진을 배꼽 옆에 부적처럼 붙이신 채 돌아가셨다고 한다. 나는 나중에 아빠한테서 이 이야기를 듣고 몹시 놀랐다. 할아버지들도 그런 장난을 하신단 말인가!

내 경험에 의하면, 그런 식의 장난은 열두 살로 끝이다. 인철이 형이 그 증거다. 깡패처럼 종이문신을 붙이고 으스대던 인철이 형은 열두 살이 되더니 이렇게 말했다.

"내가 그랜다이저를 어깨에 붙이고 다니지 않는다고 우습게 알면 죽인다!"

나는 오래전부터 인철이 형을 우습게 알고 있었으므로 그렇게 말하는 인철이 형이 어이가 없었다. 그랜다이저 따위를 어깨에 붙이고 다닌다고 내가 자기를 무서워할 거라고 믿다니, 스스로의 무식을 폭로하는 게 아니고 뭐란 말인가? 확실히 인철이 형은 정신연령이 나보다 두 살 정도 밑이다. 나는 아홉 살에 불과하지만 정신연령은 열세 살인 것이 분명하니까. 인철이 형은 꼬추만 부풀어올랐을 뿐 정신연령은 잘 봐주어도 열한 살 이상은 절대 아니다. 인철이 형은 우디 앨런이 뉴욕에 살고 있는지 L. A.에 살고 있는지조차 모르지 않는가?

생각 같아서는 인철이 형에 대한 나의 지적 우월감을 여러 가지 실제적인 예를 통해서 증명하고 싶지만 지금은 불행하게도 그럴 때가 아니다. 나는 내가 알고 있는 인생에 대해서 진지하게 얘기를 해야 하고 해답을 구해야 하는 것이다. 내가 얘기를 시작하면서 할아버지에 대한 기억부터 꺼낸 이유도 사실은 인생 때문이다. 아, 인생이란 얼마나 '깨어진 술잔 속의 달'과 같은 것인가?

'깨어진 술잔 속의 달'이란 표현은 우리 아빠 박공엽 씨의 전매특허다. 아빠 친구들이라면 누구나 다 알고 있는 것처럼, 아빠는 기분만 그럴싸해지면 무조건 '깨어진 술잔 속의 달'이라고 갖다붙인다. 예를 들자면, 아빠는 컴퓨터 게임의 컬러모니터만 보고도 '깨어진 술잔 속의 달'이라고 감탄을 하시는 것이다. 이건 마술이야! 하고 놀라 자빠지는 흉내도 낸다. 곧 지구의 종말이 올 거라는 말도 안 되는 예언을 하기도 한다.

나는 사실 이런 아빠가 괴롭다. 제아무리 아빠가 컴퓨터에 관하여 일자무식이라 한들 어떻게 그런 식으로 말할 수가 있단 말인가? 그럴 때의 아빠는 얼마나 한심한 모습인지 그때마다 난 무슨 일이 있어도 엄마 편이 되고 싶다는 욕구에 사로잡히곤 한다. 미리 일러두는 것이지만 엄마와 아빠는 결코 화해할 수 없는 불구대천의 앙숙이다. 사실은 내가 지금 인생에 대해서 고민을 하고 있는 이유도 엄마 아빠 때문이다. 우리 엄마 아빠는 서로를 경멸하고 비웃고 김빠지게 하기 위해 결혼을 한 것이 분명하다. 인생이 비논리적이라는 사실이 나를 슬프게 한다는 것을 인생은 알까?

아빠는 할아버지가 돌아가실 때 여자의 사진을 배꼽 옆에 붙이신 이유를 이렇게 설명하셨다.

"할아버지는 배꼽이 얼마나 중요한 것인지를 알고 계셨거든. 만약 허리나 엉덩이에 붙이셨다면 얼마나 엉터리냐?"

아빠는 확실히 약간은 뚱딴지다. 나는 즉각적으로 아빠의 말이 얼마나 앞뒤가 안 맞는 것인지를 증명해주었다.

"배꼽은 코나 발바닥에 비하면 아무것도 아니잖아요?"

내 코는 동네 누나들이나 아줌마들이 알아주는 미남코이다. 그리고 사람은 발바닥이 없다면 도무지 걸어다닐 수도 없지 않은가? 거기에 비하면 배꼽이란 참으로 있으나마나 한 것이다. 잘 보이지도 않고 망측하게 생겼지 않은가 말이다.

그런데도 불구하고 아빠는 자기 주장을 쉽게 굽히지 않았다.

"남자는 배꼽으로 사는 거다. 현동이, 넌 그걸 알아야 해."

아빠도 자존심이 있는 분이니까 이렇게 우겼을 것이다. 나는 그때 아빠의 자존심을 생각해서 입을 다물긴 했지만 어림도 없는 얘기가 아닌가. 남자는 배꼽으로 사는 게 아니라 알통으로 사는 것이다. 담혜는 지하차고에서 우람한 내 알통을 쿡 찌르며 분명히 그렇게 말했다. 코코시럽을 마신 것 같아!

코코시럽을 마시면 기분이 코코해진다. '코코해진다'라는 말은 우리 XXX세대의 은어다. 뿅! 하게 간다는 뜻이다. 담혜는 나를 짝사랑하고 있는 게 분명하다. 아, 내 알통이 인철이 형의 것보다 더 컸으면 얼마나 좋을까! 담혜는 나를 짝사랑하면서도 인철이 형한테도 미련을 갖고 있다. 내가 지성인이 아니라면 담혜는 벌써 나한테서 버림을 받았을 것이다. 나는 여자란 태어날 때부터 남자의 질투심을 자극하는 법을 배워가지고 나온 존재라는 것을 잘 알고 있다.

내가 진짜로 할아버지의 일로 놀라 자빠진 것은 할머니의 비난을 들었을 때였다. 할아버지의 제삿날이 되어 내가 큰아빠 집에 갔을 때, 할머니는 숙성하고 예민한 손자가 옆에 있다는 사실도 고려하지 않은 채 조심성 없이 이렇게 말씀하셨다.

"빨개벗은 젊은년의 사진을 배꼽 옆에 붙이고 있는 줄을 누가 알았겠어? 영감탱이는 천당에 가서도 그런 꼴로 있을 꺼라."

내가 '빨개벗은 젊은년'이란 말 때문에 황당해져서 침만 꼴깍 삼키고 있는데, 할머니는 기어코 나의 인생관을 바꿔놓을 만한 말을 하고야 말았다.

"당신 자랑은 배꼽뿐이지. 이렇게 갈려거든 배꼽이나 놓고 갈 것이지 무정한 영감탱이 같으니⋯⋯."

도대체 이건 무슨 말인가? 나는 할머니가 주책없다는 것을 알면서도 그 말을 그냥 무시할 수만은 없었다. 할머니의 쉰 목소리에 실려나온 '배꼽이나 놓고 갈 것이지⋯⋯'란 말 때문이었다.

할아버지가 어떻게 배꼽을 놓고 가며, 또 배꼽을 놓고 간다 한들 할머니한테 무슨 소용이란 말인가?

나는 의문에 사로잡혀서 할아버지의 제사떡을 집어먹을 생각도 나지 않았다. 나의 지적 체계와 질서가 흔들렸기 때문이었다. 나는 부끄럽게도 그때까지는 혼돈과 불합리성 속에 진실이 있다는 퍼지이론을 모르고 있었던 것이다. 나는 심술궂은 개구쟁이와 같은 얼굴을 하고 있는 할아버지의 영정을 보고 있다가 문득 아빠의 말을 상기해내었다.

'남자는 배꼽으로 사는 거다. 현동이, 넌 그걸 알아야 해.'

아빠는 분명히 그렇게 말하지 않았던가? 나는 망측하게 생긴 배꼽의 무늬 속으로 빠져들어가는 기분이었다. 내가 배꼽에 관해서 정통해지기까지는 그로부터 무려 두 달 반의 세월이 걸렸다.

'무쏘달린'이란 사나이는 배꼽이 두 개나 달린 풍운아이다. 그는 배꼽이 두 개나 달린 덕으로 어떤 괴상망측한 짓을 해도 아, 그건 '무쏘달린'이니까! 하고 아무도 트집을 잡지 않는다. 흠을 보지 않을 뿐만 아니라 과연 '무쏘달린'이라고 사람들은 감탄하고 재미있어한다. 심지어는 존경하고 부러워하기까지 한다. 그는 은하제국의 황제 앞에서 사흘 동안이나 오줌을 내갈겼을 뿐만 아니라 기분이 내키면 지저세계로 내려가 유황으로 만든 사탕을 따먹기도 했다. 지저세계의 유황사탕은 한 개만 먹어도 불로장생을 한다는 기똥찬 것인데도. 그렇지만 '무쏘달린'은 나중엔 영 심심해져서 붉은 장미꽃을 열일곱 송이나 삼키고 자살을 하게 된다. (박현동 주—지저세계는 지구 속에 있는 곳으로, 지저인들이 살고 있는데 이들이 바로 외계인이라는 설이 있음. 지구 속이 굉장히 뜨거운데도 이들이 멀쩡한 이유는 단열효과가 있는 유액을 몸에 바르고 있기 때문이라는데 아무리 그렇다고 해도 너무 이상하다. 예를 들자면 피자 같은 경우, 한 입 베어먹기도 전에 녹아버리지 않겠는가? 그럼 지저인들은 어떻게 살지?)

이 '무쏘달린'의 가장 불가사의하고 부도덕한 점은 아무 여자 앞에서나 쌍배꼽을 문지르기만 하면 그 여자가 옷을 벗고 코맹맹이 소리를 낸다는 점이다. 내가 비록 아홉 살에 불과하지만 '여자가 옷을 벗고 코맹맹이 소리를 낸다'는 말이 무엇을 뜻하는 것인 줄은 알고 있다. 창피하게시리 어째 이럴 수가 있단 말인가? 여자들은 어쩌자고 '무쏘달린'이 쌍배꼽을 문지르기만 하면 그의 침대를 흐트려놓게 되는 것일까?

요컨대 배꼽은 조커와 같은 것이다. 우리 아빠 박공엽 씨는 포커를 할 줄도 모르면서 늘 조커타령이다. '언젠가는 나한테도 조커가 들어오겠지'라는 게 아빠의 가엾은 희망이다. 나도 예언을 하자면 우리 아빠 같은 사람한테는 영원히 조커 따위는 들어오지 않을 것이다.

내가 아빠의 하나밖에 없는 아들이면서도 이따위로 싸가지가 없는 예언을 하는 이유는 아빠 자신을 위해서다. 자신있게 단언하건대, 아빠는 그 조커에 대한 짝사랑을 버리지 않는 한 아빠가 바라는 근사하고 멋진 인생을 절대로 살 수 없을 것이다. 아빠가 바라는 근사하고 멋진 인생이란 게 무엇인지는 아빠 자신도 모를 테지만.

어? 그런데 내가 왜 이러지? 지금 내가 하고 있는 얘기는 엄마의 말투를 고스란히 흉내내고 있는 게 아닌가? 내가 언제부터 엄마의 인생관을 복사하게 됐지?

내가 엄마보다 아빠를 더 사랑하고 있는 건 분명하지만 아빠보다 엄마가 더 옳다는 건 더더 분명하다. 내 기억에 아빠가 옳았던 적은 한 번도 없었으며, 옳기는커녕 완전히 엉망진창이었던 것이 대부분이었다. 이건 아빠도 인정하고 있는 부분이다. 아빠는 술만 마시면 엉엉 소리를 내어 울면서 나는 개밥 구덩이라고 자아비판을 하곤 한다. 이 점만 보더라도 아빠가 엉터리라는 것은 자명한 사실이다. 그런데도 난 왜 엄마보다 아빠를 더 사랑하고 있는 것일까? 이래서 인생은 부조리한 것이다.

아빠가 지금까지는 비록 조커를 한 번도 잡지 못했지만, 그렇다고 하더라도 전혀 조커와 인연이 없었다고는 말할 수 없다. 아빠는 조커를 열망했던만큼 조커와 더불어 인생을 살아온 것이다. 조커를 잡을 뻔했던 적도 부지기수로 많았으며 완전히 조커를 손 안에 쥐었다가 그만 미끄덩 하고 놓쳤던 적도 여러 번 있었다. 오죽했으면 조커는 미꾸라지 같은 놈이라고 아빠가 탄식을 했을까?

이런 아빠에게 내가 '무쏘달린'에 대해서 얘기를 해주자, 아빠는 자신의 배꼽이 하나밖에 달리지 않은 것을 원통해 했다. 내가 만약 쌍배꼽이었다면 벌써 여러 놈 작살이 났을 거라고 아쉬워하기도 했다. 그날 밤에 아빠가 '무쏘달린'이 조연으로 나오는 내 만화책을 독파했음은 물론이다. 아, 아빠가 말하는 배꼽이란 '무쏘달린'의 배꼽과 비슷한 것이 분명하다!

그렇다면 아빠는 '무쏘달린'처럼 살고 싶어하는 것일까? 아빠는 남자란 '무쏘달린'처럼 살아야 한다고 믿는 것일까? 할아버지역시 '무쏘달린'이 되고 싶다는 열망을 안고 하늘나라로 가신 것일까?

내가 이런 식의 철학적 혼란에 빠져 있을 때 드디어 문제가 발생하고야 말았다. 아빠가 집을 나간 것이다. 냉정하고 정확하게 말을 하자면 아빠는 엄마로부터 쫓겨난 것이다. 아, 불쌍하고 철딱서니없는 우리 아빠 같으니! 아빠는 가방만 하나 덜렁 들고서 밤 12시 47분이 조금 지나서 집을 나섰다. 아빠가 집을 나가는데 밤 12시 47분을 조금 넘긴 시간은 아무런 의미가 없다. 그런데도 나는 이 시간을 잊지 못한다. 어떻게 잊을 수가 있단 말인가? 밤 12시 47분이 조금 지난 시간은 내게 있어서 어쩔 수 없이 어른이 되어야만 하는 시간으로 남아 있다.

내가 베란다에서 내려다보니 아빠는 꼭 소나기를 잔뜩 맞은 강아지 꼴로 쓸쓸하게 걸어가고 있었다. 이렇게 될 줄 알았으면 운전면허증이나 따놓으실 것이지…….

아빠는 승용차를 산 지 7년이 되도록 운전면허증을 따지 못한 처지였다. 나는 멀어지는 아빠의 모습을 보면서 아쉬움을 금할 수 없었다. 아마도 아빠 자신은 나보다도 더 아쉬웠을 것이다. 아빠는 엄마한테서 쫓겨나게 되면 지붕을 씌우지 않은 4WD 지프를 몰면서 고독한 방랑자처럼, 혹은 우수에 젖은 황야의 무법자처럼 떠날 수 있기를 얼마나 기원해 마지않았던가? 그러나 아빠는 터벅터벅 걸어가고 있었고 어느 집에선가는 교양없게도 쌍소리를 해가며 싸우는 소리만 들려오고 있었다. 고양이가 우는 소리가 들렸고 이상하게도 돼지불고기 냄새도 풍겨오고 있었다. 이런 때 달빛이라도 휘황했으면……하고 하늘을 바라봤지만, 하늘엔 달빛은커녕 아무것도 없었고 뿌옇고 칙칙한 어둠의 빛깔만이 뻔뻔스럽게 떠 있었다.

내가 비애에 잠겨 드디어 박현동이가 결손가정의 아동이 되는구나……하는 생각을 하고 있을 때 가늘고 지리멸렬하게 휘파람 소리가 들려왔다. 나는 그 휘파람 소리가 누가 부는 것인지를 단번에 알 수 있었다. 그것은 아빠가 부는 것이었다. 아빠는 꼭 슬퍼서 죽겠다 싶으면 저런 식이다. 혹시 알 수 없지, 아빠는 집에서 쫓겨나는 게 행복하다고 생각하는지도 모르겠다. 아빠한테는 애인이 있는 것이다.

문득 아빠한테는 애인이 없어도 지금 이 순간이 썩 괜찮을지도 모르겠다는 생각이 들었다. 아빠는 지금부터 열심히 제멋대로만 살면 되는 것이 아닌가? 그러나 나는 아빠가 부는 휘파람 소리를 들으면서 점점 자신이 없어졌다. 나는 아무것도 알 수가 없었다. 인생은 네모 반듯한 것일까, 동그란 것일까, 아니면 길쭉한 막대 같은 것일까?

　휘이이 휘흑……휙 휘휘……휘리리리 후휘……호로로 휘흑……아빠가 부는 휘파람 소리는 참으로 엉터리 만점이었고 가슴이 아팠다. 나는 아빠의 모습이 사라질 동안 우두커니 서 있었다. 그리고 엄마가 진공청소기로 카펫을 문지르는 소리가 들렸다. 아빠는 쫓겨나기 싫어서 사정을 하다가 카펫에 커피만 쏟아놓고 우리 집에서 나가신 것이다. 엄마는 왜 꼭 지금 이 순간에 청소를 하는 것일까?

사랑은 악마가 만든 것

엄마와 아빠의 공식적인 별거 때문에 제일 덕을 본 사람은 아마도 나 박현동일 것이다. 아빠가 집에서 쫓겨난 이후에 나는 우선 물질적으로 대단히 풍요해져서 동네 아이들한테 얼마든지 뻐길 수가 있게 되었다. 인간으로 태어나서 돈을 가지고 뻐긴다는 것은 수치스러운 일이지만 사실 그 동안 나는 너무도 민중적으로 살아왔다. 그러니 이제는 나 박현동이도 제멋대로 소비를 하며 갖고 싶은 것은 가져야 될 때가 되지 않았는가?

내가 그 동안 얼마나 '민중적'으로 살아왔느냐 하면, 동네 애들이 다 가지고 있는 오락기도 없을 정도였다. 그런 실정이었으니 다른 것은 말해 무엇 하겠는가? 나는 그 동안 오락기를 소유하지 못했다는 사실 한 가지만으로도 심한 열등감에 시달리지 않으면 안 되었다. 우리 같은 XXX세대에 있어서 오락기는 오락의 문제만은 아닌 것이다. 그것은 자유와 상상력, 행복, 엔돌

편, 커뮤니케이션의 문제인 것이다. (박현동 주—내가 자유와 상상력, 행복, 엔돌핀, 커뮤니케이션 따위의 용어를 사용하면 나를 의심하는 일부 인사들이 있다. 아홉 살짜리 코흘리개가 뭘 알고 하는 얘기냐는 것이다. 웃겼어, 진짜! 그 사람들은 정말이지 인생이 무엇인지 모르는 사람들이다. 교양과 지식, 인격은 발전하는 것이 아니고 처음부터 존재하는 것이다. 그렇다면 나이를 먹는다는 것은 무엇인가? 그것은 두말할 것도 없이 나이를 먹는다는 것 외에 아무것도 아니다. 참고적으로 말하면 우리 아빠 박공엽 씨는 KY커뮤니케이션의 대표이사이자 사장님이시다. 눈치가 빠른 분들은 벌써 알아차리셨을 테지만 자유와 상상력, 행복, 엔돌핀, 커뮤니케이션 따위의 용어는 우리 아빠의 전문용어이다. 아빠는 이런 말을 빼놓으면 도무지 말이 안 되는 분이다.)

　내가 그 동안 오락기를 갖지 못했던 것은 전적으로 엄마 때문이었다. 엄마는 엄청난 미인인 탓으로 다소 독선적이고 일방적인 경향이 있다. 빼어난 미인들은 사실 어느 정도는 제멋대로일 자격이 있지 않은가? 나의 우상 우디 앨런도 그 점은 인정하고 있다. 그는 자신이 만든 영화에서 '미인은 반쯤은 신과 닮았다. 그러니 반쯤은 포기해야 되지 않는가?'라고 탄식을 한 적이 있다. 미인들은 정말이지 남자들로 하여금 반쯤은 골치 아프게 만든다. 호명이가 바로 그 증거다.

　호명이는 제멋대로이고 바람둥이여서 내 인생도 그렇게 편안하고 행복한 것만은 아니다. 장차 천재적인 영화감독이 될 나를 완전히 하인 부리듯 한다. 그래도 나는 대책이 없다. 그녀가 지독한 미인이기 때문이다. 호명이에 대한 얘기는 대단히 특별한 케이스이고 자존심에 관한 문제이므로 지금은 말하기 곤란하다.

때가 되면 나 박현동이가 적나라하고 지성적으로 소개하게 될 것이다.

엄마는 장차 나를 누레예프나 바리시니코프 정도의 발레리나로 만들 야심을 가지고 있었던 탓에 오락기 얘기만 나와도 질겁을 하곤 했다. 엄마 생각에 발레와 오락기는 도저히 양립할 수 없는 그 무엇이다. 나는 이런 엄마의 고정관념 때문에 지금까지 어쩔 수 없이 피해를 감수해야만 했다.

내가,

"엄마, 나를 믿고 고정관념을 버리셔도 좋아요. 내가 오락을 한다고 해도 누레예프나 바리시니코프가 되지 말란 법은 없다구요. 브리태니커 백과사전을 봐도 전자오락이 발레에 나쁜 영향을 끼친다는 구절은 없는걸요?"

라고 설득을 해도 엄마는 요지부동이었다. 엄마는 오히려 더욱 단호한 목소리로 이렇게 말하는 것이었다.

"전자오락은 품위가 없잖니. 엄마는 현동이가 품위가 없는 남자가 되는 건 정말이지 너무 싫어."

엄마가 이런 식이니 내가 어떻게 감히 오락기를 소유할 수 있었겠는가?

사실 전자오락을 할 때면 내가 생각해도 너무할 정도로 품위와 거리가 있는 게 확실하다. 온몸을 비틀고 손가락으로 마구 버튼을 두들겨 패면서 죽엇! 죽엇!을 연발하는 것이다. 나는 이런 광경을 호명이한테 들킨 적이 있는데, 그때는 정말이지 창피해서 죽고 싶은 심정이었다.

나는 어찌된 셈인지 '품위'라는 말에는 터무니없이 약해서 엄마의 말을 듣지 않을 수 없었다. 나는 품위 콤플렉스가 있는 게

확실하다. 나는 왜 품위있게 살고 싶어하는 것일까? 엄청난 미인
인 엄마를 둔 탓일까?

　엄마의 고집은 명성이 있는 것이어서 오락기에 관한 한 아빠
도 감히 어쩌지를 못했다. 우리 XXX세대의 은어에 '물아빠'라
는 게 있는데 바로 우리 아빠 박공엽 씨가 딱 그런 케이스이다.
아빠는 내 부탁이라면 시쳇말로 사족을 못 쓴다. 예를 들어 설명
하자면 내가 우디 앨런의 초기 영화 〈돈을 갖고 튀어라〉를 보고
서 첼로가 맘에 든다고 했더니 그날로 즉시 꽤 값이 나가는 상표
의 첼로를 사다 주셨을 정도였다. 지금 내 방의 침대 옆에서 우
아하게 낮잠을 자고 있는 첼로는 그래서 우리 집에 오게 된 것이
다.

　그런 아빠도 엄마의 '품위론' 앞에서는 명함을 못 내밀었으니
그 동안 내가 오락기를 갖지 못했던 것은 따지고 보면 하나도 이
상할 게 없는 것이었다. 아빠와 나는 엄마 몰래 오락실을 드나드
는 것으로 위안을 삼곤 했다. 전자제품에 관한 것이라면 무조건
알레르기 반응을 보이는 아빠가 하나밖에 없는 아들의 취미생활
을 위해 오락실 앞에서 망을 봐주던 광경을 떠올리노라면 지금
도 정말이지 감동을 받지 않을 수가 없다. 대체 부성애란 무엇이
란 말인가?

　아빠는 나에게 오락기를 사주기 위해 참으로 눈물겨운 노력을
했다. 전자오락기가 어린이들에게 얼마나 필요불가결한 것인가
를 증명하기 위해 갈브레이스 박사의 〈불확실성의 시대〉를 독파
하기도 했다. 아빠가 그 책을 읽은 것이 꼭 나 때문이었다고 믿
기는 힘들지만 어쨌든 아빠는 그렇게 주장을 했다. 아빠는 〈불확
실성의 시대〉를 다 읽은 다음에 엄마에게 이렇게 말했다.

"불확실성의 시대에 인간이 살아남을 수 있는 유일한 방법은 남보다도 더욱더 많은 불확실한 정보를 퍼뜨리는 것뿐이오. 이 말은 내가 한 말이 아니라 갈브레이스 박사가 한 말이니 당신도 믿을 수 있겠지?"

이렇게 운을 뗀 아빠는 뚱딴지처럼 오락기와 〈불확실성의 시대〉를 억지로 접목시켰다.

"전자오락이야말로 불확실성의 시대에 불확실성을 대표하는 영웅이거든. 사실이 그렇잖아? 전자오락이라는 게 생존게임인데 어떻게 그 수많은 장애물들을 돌파하고 고지를 점령하느냔 말야. 그놈들은 뭐 짱군가? 그러니 불확실한 정보를 마구 퍼트려서 놈들을 헷갈리게 하는 수밖에 더 있겠어?"

아빠가 이런 식으로 머리가 나쁜 사람만이 할 수 있는 말을 할 때는 자신이 영 없을 때뿐이다. 아빠는 이 말을 하지 않는 게 좋을 뻔했다. 엄마는 일언지하에 아빠의 청을 거절했을 뿐만 아니라 나까지 싸잡아서 인신공격을 했으니까.

"그게 무슨 얼토당토않는 소리예요? 당신은 무슨 꿍꿍이속이죠? 뻔한 수작 같은 건 하지도 말라구요. 당신이 현동이의 인생을 망치고 싶은가요? 설마하니 갈브레이스 박사가 그렇게 말했겠어요? 당신이 교활한 마음을 먹고 그런 식으로 각색을 한 게 분명해요. 내 목표는 우리 현동이를 당신과 정반대의 남자로 키우는 거예요! 현동아, 넌 지금 즉시 말해야 된다. 넌 엄마 아들이냐, 아빠 아들이냐? 현동이 넌 왜 아빠처럼 앞이마가 툭 뛰어나왔니? 그렇게 짱구가 좋아?"

사실 엄마의 말은 말이 안 된다. 내 이마가 뭐가 어떻다는 말인가? 짱구머리가 얼마나 귀여운데. 엄마가 툭하면 물어보는 '넌 엄마 아들이냐, 아빠 아들이냐? 라는 말은 도대체 뭔가? 난 어디까지나 엄마의 난자와 아빠의 정자가 만나서 생성된 존재가 아닌가? 그렇게 만나서 XY염색체를 이루었기 때문에 오늘날 사나이 박현동이가 있는 것이다.

엄마도 이런 사실을 모를 리가 없는데도 가끔씩 이런 식으로 억지를 부리곤 한다. 엄마는 엄청난 미인이니까 뭐 아무래도 할 말이 없지만.

이런 엄마인데도 아빠와 공식적으로 별거에 들어가게 되자 너무도 쉽게 나한테 오락기를 사주는 것이었다. 그때 생각을 하면 지금도 어리둥절하고 뭐가 뭔지 모를 지경이 된다. 아직도 확실하게 기억하고 있는 것이지만 내가 오락기를 갖기 위해 했던 말은 딱 한 마디뿐이었다.

"엄마, 나 심심해."

솔직하게 고백을 하자면, 나는 그때 피아노를 치기 싫어서 꾀를 피운 것에 불과했다. 내가 꾀를 피우는 것은 으레 있는 일로서 엄마로서도 신경을 쓸 일이 아니었었다. 그런데도 불구하고 엄마는 몹시 당혹하고 상심한 얼굴이 되더니 이렇게 말하는 것이었다.

"그럼 어떡하니? 우리 현동이가 심심해서 어떻게 해? 엄마가 뭘 해줄까? 엄마랑 동화책 읽을까?"

나는 어리둥절했다. 눈치 빠른 엄마는 내가 꾀를 피우는 기미만 보이면 비정하고도 단호하게 나를 몰아세우곤 했는데 그럴 때의 엄마는 약간은 구제불능이 된다. 예를 들자면 이런 식이다.

"현동이 넌 왜 그러니? 그러다 너도 시시하게 뺑이나 치는 사람이 될 거냐? 훌륭한 사람이 되려면 꼭 참고 성실하게 노력을 해야 된다고 하지 않았어?"

이쯤 되면 나는 '성실'과 '노력'이라는 말을 듣기 싫어서라도 더 이상 꾀를 부리지 않게 된다. 나는 체질적으로 '성실'과 '노력'이라는 말을 싫어하는 편이다. '성실'과 '노력'이라는 말이 풍기고 있는 지루하고 머리가 나쁜 것 같은 분위기가 지겹다.

더구나 '뻥이나 치는 사람'이란 말은 두말을 할 것도 없이 아빠를 가리키는 말이 아니냐? 엄마가 아빠를 예로 들어서 얘기를 한다는 것은 천하에 없어도 물러서지 않겠다는 결의를 나타내고 있는 것이다. 그러니 눈치가 빠삭하기로 소문난 박현동이가 왜 손해날 짓을 계속하겠는가?

그런데 그날은 내가 "엄마, 나 심심해"라고 말하자마자 엄마가 가슴이 아픈 표정을 지으며 나를 꼭 끌어안았던 것이다. 나는 엄마의 품에 안겨서 엄마가 풍기는 감미로운 향기를 맡으며 재빨리 머리를 굴렸다. 그런 예기치 못했던 엄마의 태도 속에는 뭔가 분명히 약점이 있다는 것이 느껴졌던 것이다. 내가 그날 과감하게 오락기를 사달라고 할 수 있었던 것은 그런 배경이 있었다.

"엄마, 난 말예요, 오락기 같은 건 아무것도 아니라구요. 엄마만 있으면 최고야."

교활한 박현동 같으니! 하나님, 부처님, 이 박현동이를 절대로 용서하지 마세요!

그때 나는 분명히 오락기를 사달라는 말보다도 그런 식으로 트릭을 쓰는 게 훨씬 효과적이라는 것을 이미 알고 있었다. 내 예상대로 엄마는 가슴이 미어지는 표정이 되더니 즉시 오락기를 사주었던 것이다. 오락기뿐만 아니라 엄마는 컴퓨터에도 게임을 내장시킬 수 있도록 허락을 해주셨다. 그때 내가 한 말이 어떤 것이었는지 알아맞힐 수 있는 사람이 있을까? 나는 처세에 능한 정치가처럼 이렇게 교묘한 말을 했다.

"엄마, 내가 나중에 돈을 잔뜩 벌면 엄마랑 그랜드캐니언에 갈 거다. 이거 완전히 진짜야."

'그랜드캐니언에 데리고 간다'는 말은 아빠의 십팔번이다. 아빠는 궁지에 몰리면 '그랜드캐니언에 데리고 가겠다'는 말로 위기를 모면하곤 했다. 엄마는 별로 여행을 좋아하지도 않는데 그랜드캐니언만은 웬일인지 꼭 가보고 싶다는 마음을 갖고 있었다. 63빌딩에 가서 아이맥스로 〈그랜드캐니언〉이란 영화를 보더니 홀딱 반했던 것이다. 이런 사실을 알고 있는 아빠는 순 뻥으로 '그랜드캐니언'을 이용하고 있었는데, 이번엔 내가 아빠의 수법을 써먹었던 것이다. 그러고 보면 난 아무래도 나중에 아빠처럼 될 가능성이 농후해.

내가 나중에 정말이지 아빠처럼 된다면 엄마는 까무러칠 것이 뻔하다. 그렇게 되면 난 정말이지 엄마에 대한 배신자가 되고 마는 것이다. 아빠를 따르자니 엄마가 까무러치고 엄마를 따르자니 아빠에게 미안하게 되는 이 부조리! 이 부조리 때문에 나는 아무래도 영화감독이 될 수밖에 없을 것 같다. 우디 앨런은 영화가 부조리한 인생의 애인이라고 하지 않았는가?

사실 내가 영화감독이 되겠다는 결심을 하게 된 데는 아빠의 공이 지대하다. 영화광인 아빠는 영화감독이 되기에는 자신의 나이가 너무 많다는 것을 알고 대신 나를 꼬드겼던 것이다. '영화감독이 아니면 아무것도 아니다!'라는 게 아빠의 신조였다. 엄마의 증언에 의하면 아빠는 겨우 생후 일 개월밖에 안 되었던 나를 데리고 〈아웃 오브 아프리카〉란 영화를 보러 가셨다고 한다.

장차 이 갓난아기가 아카데미 작품상을 타게 될 것이라고 허풍을 치면서.

이런 실정이니 영화감독이 되겠다는 포부를 은밀히 지니고 있는 나는 이미 엄마에 대한 배신자나 다름이 없다. 그러나 어찌할 것이냐? 나는 이미 빌 어거스트 감독의 〈정복자 펠레〉를 보고 영화감독이 되겠다고 맹세를 한 몸인데! 그런데 〈정복자 펠레〉의 속편은 대체 언제 만들어지는 거지?

어쨌든 나는 오락기를 소유하게 되고 나서 인생에 대한 고정관념을 버릴 수 있게 되었다. 엄마와 아빠가 별거를 하게 된다고 해서 반드시 나쁜 것만은 아니라는 사실을 알게 되었던 것이다. 나쁘지 않을 뿐만 아니라 잘만 처세를 하면 오히려 팔자가 늘어질 수도 있다는 진리를 알게 되었다.

엄마가 오락기를 사주신 다음날, 아빠도 질세라 게임팩을 세 개나 사주셨다. 그때 나와 아빠는 주말에 만나 데이트를 즐겼는데 나한테 오락기가 생겼다는 말을 듣자마자 아빠는 최신형 '스트리트 파이터'와 '마성전설' '드래곤 볼'을 사주시는 것이었다. 나는 아마도 잘만 하면 우리 동네에서 제일 가는 꼬마 부자가 될지도 모른다. 벌써부터 경호는 나를 경계하고 있는 실정이다. 경호는 바보임이 분명하고 기껏해야 만화영화나 보는 주제에 자기 아빠가 안기부 대장이라고 재는 멍청이다. 그런 자랑은 유치원에 다닐 때나 하는 것 아닌가? 그러면서도 신품 장난감이 나오기만 하면 제일 먼저 사가지고 재는 꼴이라니!

그런데 어찌된 것일까? 나는 지금 마음만 먹는다면 뭐든지 가질 수 있게 되었는데도 여간 마음이 쓸쓸한 게 아니다. 어떤 때는 고독하기까지 하다.

고독은 이를테면 네모나거나 길쭉한 것이다. 내 방은 사각형으로 네모났으며 내 침대는 길쭉하다. 나는 내 방에 혼자 앉아서 고독을 씹고 내 침대에 누워서 외롭고 공허하다. 아빠가 있어서 같이 놀아주었으면, 하고 기원을 하게 된다. 그러나 그 기원은 쓸모가 없는 것이다. 엄마가 버티고 있는 한 아빠는 내 방에 들어올 수 없다. 아빠가 들어온다면 이번에는 엄마가 나갈 것이다. 이상도 하지. 엄마와 아빠는 나를 끔찍하게도 사랑한다고 하면서도 왜 이렇게 골을 때릴까?

이상한 것은 그것뿐이 아니다. 진짜로 이상한 것은 따로 있다. 그것은 바로 엄마와 아빠가 서로를 굉장히 사랑하고 있다는 사실이다. 누가 뭐래도 나는 이런 사실을 알고 있다. 할머니는 이런 사실을 알 턱이 없어서 엄마와 아빠 사이에는 마가 끼었다는 둥, 궁합이 안 맞는다는 둥, 심지어는 엄마한테 오방살이 끼었다는 둥 어처구니없는 말을 하고 있지만 천만의 말씀이다. 엄마와 아빠는 서로를 얼마나 사랑하는지 별거에 들어가자마자 두 분 다 그리워 죽는 시늉이다. 엄마는 아빠가 남겨놓고 간 와이셔츠를 날이 설 만큼 시퍼렇게 다려놓고 계시고, 아빠는 주말에 나를 만날 때마다 엄마의 근황을 물어보며 애틋하고 괴로운 시늉을 하신다. 나는 그런 것들이 사랑하는 사람들 사이에서나 가능한 것이라는 걸 알고 있다. 그러니 얼마나 이상야릇한 노릇이냐?

그런데도 엄마와 아빠는 만나기만 하면 불구대천의 웬수가 되고, 더구나 아빠한테는 애인까지 있으니 이게 어떻게 된 노릇일까? 엄마와 아빠는 그렇지 않아도 학교 숙제와 예능교육 등으로 정신이 헷갈리는 나를 아주 잡을 생각인 것일까?

내가 보기에 엄마와 아빠가 사이가 나쁜 건 하나님 탓이다. 아니면 유전인자 탓이다. 엄마의 유전인자가 길쭉하게 생겼다면, 아빠의 유전인자는 동그랗게 생겼을 것이다. 그러니 엄마와 아빠는 같이 있기만 하면 엄마의 길쭉한 유전인자가 아빠를 쿡! 찌르고, 아빠의 동그란 유전인자는 엄마를 깔아뭉개는 것이다. 이러니 분쟁이 안 일어난다면 그게 더 이상한 것 아닌가?

엄마와 아빠는 이상한 것으로 싸우는 데는 천재들이다. 예를 들자면 이렇다. 때는 바야흐로 노을이 지고 엄마와 아빠는 베란다에 서서 서정적으로 저녁 풍경을 바라보고 있는 중이다.

"서울은 참 아름다운 도시예요."

"그래. 그런데 어떤 개아들놈이 서울을 개판이라고 하지?"

"하필이면 개아들이 뭐예요?"

"그럼 뭐, 강아지라고 하지 뭐."

"당신은 그걸 유머라고 하세요?"

"미안해. 난 역시 품위가 없어."

"저기 좀 보세요. 하늘이 은빛으로 빛나죠?"

"저건 하늘이 은빛으로 빛나는 게 아니라 하얏트 호텔이야."

"당신도 참. 어떻게 저게 하얏트 호텔이에요? 저건 은빛 하늘이라니까요."

"도대체 은빛 하늘이라는 게 어디 있다고 그래? 하늘은 파랗거나 빨간 거야."

"당신은 여태 뭘 보고 살았어요? 정말 은빛 하늘이란 걸 한 번도 본 적이 없단 말예요? 그런 게 없다면 어떻게 〈은빛 하늘〉이란 소설이 있겠어요?"

"당신 혹시 〈은빛 개울〉이란 소설을 가지고 그러는 게 아냐?"

"왜 이래요? 분명히 〈은빛 하늘〉이란 소설이 있다구요. 하긴 뭐 당신이 언제 소설을 읽기나 해요?"

"무슨 소리야? 내가 고등학교 다닐 때 문예반이었다는 거 몰라?"

"난 솔직히 당신의 그런 점이 못마땅해요. 지난번에는 정말이지 기가 막히더군요. 읽지도 않은 〈달리는 황제〉란 소설을 가지고 어쩌면 그렇게 진짜로 본 것같이 얘기를 할 수가 있어요?"

"난 분명히 〈달리는 황제〉를 읽었어!"

"안 읽었어요!"

"백만 원 내기 할까?"

"천만 원이라도 좋아요!"

"난 분명히 읽었어! 그 소설은 송영이라는 소설가가 쓴 것으로서, 한 남자가 도망을 다니다가 어떤 할머니를 만나 지붕 밑 방으로 숨어들어가게 된 다음 그 집 손녀와 사랑을 나눈다구!"

"그 다음엔 어떻게 되죠?"

"그건 두 권짜리 장편소설이야. 그걸 내가 어떻게 다 기억하겠어?"

"당신은 두 권짜리 장편소설인데도 불구하고 거기까지밖에 안 읽은 주제에 다 읽은 체했잖아요?"

"안 읽은 주제……? 당신 분명히 그렇게 말했어?"

"미안해요. 하지만 지금은 그걸 따질 때가 아니잖아요?"

"좋다구. 그럼 그건 나중에 따집시다. 당신이 내가 거기까지밖에 읽지 않았다는 사실을 증명할 수 있어?"

"지금 왜 이래요? 난 당신이 그 소설을 읽다가 그만둔 걸 기억하고 있다구요."

"그래, 그럼 그렇다고 칩시다. 하지만 그것도 분명히 읽은 건 읽은 거잖아?"

"아까 당신이 얘기한 부분은 겨우 소설의 첫머리일 뿐이라구요."

"그건 읽은 거 아냐? 시작이 반이라는 격언은 째로 있나?"

"지금 당신 어떻게 된 거 아녜요? 난 지금 인간의 양심을 가지고 얘기하는 거라구요. 난 그때 놀라서 자빠질 뻔했어요. 당신은 친구들 앞에서 마치 작가나 되는 양 제멋대로 얘기를 하더군요. 아마 〈달리는 황제〉를 쓴 작가한테 얘기를 하래도 그렇게는 못할걸요?"

"당신이야말로 그 소설을 독파한 척 얘기를 하는군."

"미안하지만 난 다 읽었어요. 끝까지 얘기를 해볼까요?"

"됐어. 당신이 읽었다면 읽은 거지. 당신은 그런 사람이니까."

"백만 원 내놔요."

"아쭈요, 계속 그런 식으로 나갈 거야?"

"당신은 모든 게 그런 식이라구요. 당신은 지금까지 한 번이라도 진지한 적이 있나요?"

"그만두자구. 아무리 당신이 그래 봤자, 그래도 지구는 돌고 저기서 번쩍이는 것은 하얏트 호텔이야."

"저건 하늘빛이에요."

"당신은 왜 이렇게 막무가내지?"

"하얏트 호텔 바에서 밤 2시까지 술을 마신 다음에야 집으로 들어오는 당신을 기다리며 살다가 보니까 내가 이렇게 마귀할멈이 됐어요!"

"당신은 대한민국 최고의 미인이야. 이건 백 프로 진짜라구!"

"당신은 나를 망쳤어요. 당신만 아니었다면 나도 지금쯤 스타가 되어 있을 거예요."

"지금이라도 얼마든지 시작을 해보라구. 난 당신이 탤런트로 활동하는 걸 반대하는 사람이 아니야."

"나는 정말이지 입만 번드르르한 당신한테 질렸어요! 당신은 이중인격자예요! 아니, 삼중 팔중 인격자라구요!"

"팔중?"

"팔십중일지도 모르죠. 당신은 영화광인 체하면서도 내가 TV 드라마에 출연하는 꼴도 못 봤잖아요?"

"탤런트는 얼굴을 파는 게 아니야! 당신 연기가 엉터리 만점이라서 못 나가게 한 것뿐이라구!"

"당신은 지옥에나 떨어져요! 내가 당신을 용서하면 내가 지옥에 떨어질 거예요!"

"당신이 천당에 간다면 난 기꺼이 지옥행 특급열차를 타겠어!"

불쌍한 엄마 아빠 같으니. 엄마와 아빠는 이런 식으로 밑도 끝도 없이 싸우는 것이다. 그런 다음에는 정신없이 화해를 하고 채 화해가 끝나기도 전에 또다시 전쟁을 시작한다……대체 이를 어찌한단 말인가?

아……두 분이 이렇게 정신없이 싸움을 한다 해도 내 곁에 함께 있어 준다면 얼마나 좋을까? 그럴 수 없다는 것을 아니까 나는 더욱 고독해진다. 주위 사람들이 내 고독을 몰라주니까 나는 더욱더 고독해진다. 이모들은 내가 엄마와 아빠 때문에 침울해한다고 믿고 있다. 멍청한 경호는 아빠가 없으니 누구랑 전자오락을 할 거냐고 은근히 내 부아를 긁어놓는다. 할머니는 숫제 나를 미워하는 시늉도 한다. 내 잘생긴 이마가 엄마를 닮은 것이 마음에 안 든다는 것이다. 미안하지만 나 박현동이는 그런 유치한 수준이 아니다. 내가 외로워하는 것은 사랑 때문이다.

엄마와 아빠는 사랑 때문에 결혼을 하고, 사랑 때문에 별거를 하고, 사랑 때문에 괴로워하고 그리워하는 것이다. 나 역시 마찬가지다. 나는 호명이를 사랑하면서 담혜를 색시처럼 생각하고 있다. 무엇보다 나 자신을 사랑하면서 내가 실수로 태어난 사생아가 아닌가? 하고 의심하고 있다. 그리고 무엇보다……야아……이건 진짜로 비밀인데 꼭 말을 해야 하나? 나는 아빠의 애인을 사랑하고 있는 것이다. 이를 어쩌면 좋아? 엄마, 나는 아빠와 삼각관계인데 이 점에 대해서 어떻게 생각하세요?

　'그녀'는 정말이지 나를 아주 꼼짝을 못 하게 만든다. 사랑은 틀림없이 악마가 만들어낸 것이 분명해!

아빠의 애인

아빠는 인생이란 '깨어진 술잔 속의 달'이라고 했지만 내 생각은 다르다. 인생이란 자전거 자물쇠와 같은 것이다.

우리 동네 아파트 아이들은 누구나 겪어봐서 다 아는 일이지만 어린이용 두발자전거처럼 잘 잃어버리는 것은 없다. 이번달에 들어와서도 우리 아파트에서 잃어버린 자전거가 세 대나 된다. 바보 같은 경호는 벌써 세 번째로 자전거를 잃어버리고 대신 금붕어를 샀다. 자전거는 바퀴가 달려서 잘 잃어버리지만 금붕어는 바퀴가 없기 때문에 잃어버릴 염려가 없다고 머리가 좋아진 체를 했다. 나는 지금까지 경호를 그냥 바보로만 알았는데 그게 아니다. 이 정도면 완전히 바보 중의 바보지 뭔가? 자전거는 바퀴가 달려 있기 때문에 잘 잃어버리는 것이 아니라 어항 속에 가둬둘 수 없기 때문에 잃어버릴 수밖에 없는 것이다. 도대체 경호는 언제 철이 들지? 어른이 되어서도 단지 잃어버리지 않겠다

는 생각만으로 금붕어 따위나 사면 어떡하냔 말이다. 경호 엄마
는 경호보다 더 큰 문제다. 그 비싼 자전거를 잃어버렸는데도 경
호를 두들겨 패주지도 않으니 대체 어쩔 작정일까? 정말 유감이
다.

　어항이나 금고처럼 완벽하진 못해도 자전거를 잃어버리지 않
으려면 자물쇠를 채워두어야 한다. 나는 동네 아이들이 자전거
를 마구 도난당하는 것을 보고 대비책을 세웠다. 자전거를 잃어
버리는 것도 큰 문제지만 그것을 이유로 엄마가 롤러스케이트나
피구왕 통키의 그림이 그려져 있는 운동화를 사주지 않을 위험
성도 있지 않겠는가? 말이 나왔으니까 망정이지 엄마는 참으로
괴상한 이유를 붙여서 내가 갖고 싶어하는 것을 사주지 않는 습
관이 있다. 엄마가 나에게 무선 조종기가 달려 있는 모형 비행기
를 사주지 않는 이유는 몽당연필 때문이란다. 나는 도무지 엄마
의 속셈을 알 수가 없다. 엄마의 설명에 의하면 몽당연필처럼 물
건을 아껴 쓰는 버릇을 길러야 한다지만 그것이 모형 비행기와
무슨 상관이 있는가? 내가 가지고 있는 비행기란 모두가 무선 조
종기가 달려 있지 않은 것뿐인데. 아무래도 엄마 생각엔 세상의
모든 비행기가 다 같은가 보다. 나는 엄마한테 우선 헬리콥터만
해도 코브라와 아파치가 어떻게 다른가를 설명하려다가 숙제나
하라는 지청구를 들었다. 정말이지 숙제는 나의 영원한 적이야!

　내가 왜 인생을 '깨어진 술잔 속의 달'이 아닌 자전거의 자물
쇠라고 생각을 하느냐 하면, 멀쩡하던 자전거를 자물쇠를 채우
고 나자마자 잃어버렸기 때문이다. 정말이지 어이가 없는 노릇
이다. 나는 자전거를 잃어버린 것도 분하기 짝이 없었지만 특별
히 구입한 쇠줄 자물쇠를 채우고 나서 자전거를 잃어버렸다는

사실에 대해서 더 황당했다. 자전거를 잃어버리지 않기 위해서 자물쇠를 채웠는데 오히려 자전거를 더 쉽게 잃어버리다니 이게 어떻게 된 노릇인가? 참으로 인생이란 이렇게 말을 안 듣게 생긴 그 무엇이다.

내가 지금 이런 얘기를 길게 늘어놓는 이유는 '그녀' 때문이다. 아빠의 애인인 그녀는 내게 있어 함정이 많은 〈슬기로운 생활〉의 문제와 같다. 나는 산수나 음악, 국어 등의 문제는 잘 푸는데 〈슬기로운 생활〉만큼은 영 젬병이다. 예를 들자면 '산에 올라가서 쓰레기를 버리는 것이 나쁜 이유가 아닌 것은?' 따위의 문제는 정말 골치가 아프다. 이 문제의 정답은 3번으로, '쓰레기는 산의 아름다움을 해치는 것이 아니기 때문에'이다. 나는 1번을 정답으로 했다가 선생님으로부터 엉뚱한 생각만 하는 놈이라고 야단을 맞았다. 1번은 '쓰레기는 쓰레기통에 버려야 하기 때문에'이다. 나는 산에도 쓰레기통이 있다고 했다가 선생님으로부터 특별히 화장실 청소를 명령받기도 했다. 나는 지금도 알다가도 모르겠다. 산에 있는 쓰레기통은 쓰레기통이 아니고 뭐란 말인가? 인철이 형에게 물었더니 야 임마, 그러니깐 산에는 뭐하러 가니? 다시 내려올 텐데라고 말하며 알밤을 주었다. 정신연령이 나보다 두 살이나 아래인 인철이 형에게 물어본 내가 정말 등신이다. 그럼 산에 안 가고 쓰레기통으로 가란 말이야?

솔직하게 고백을 하건대, 나는 '그녀'를 만나기 전에는 그저 평범한 코흘리개에 지나지 않았다. 이게 무슨 말이냐 하면 나는 '그녀'를 만나고 나서야 인생이 무엇인지 아는 남자가 되었다는 뜻이다. 인생이 무엇인지 아는 남자란 아메리칸 스타일로 스파게티에 소스를 칠 줄 아는 남자를 가리킨다. 나는 '그녀' 앞에서 스파게티의 소스를 아메리칸 스타일로 아주 듬뿍 쳤다. '그녀'는 이런 나를 보고 스파게티를 제대로 먹을 줄 아는 아이라고 감탄을 했다. '아이'란 말이 나에게는 몹시 부당한 말이긴 하지만 그것까지 탓할 수는 없는 노릇이다. 그녀는 아직 나를 나이나 신체적 성숙 따위로밖에 판단을 할 수 없을 테니까. 중요한 것은 '그녀'와 내가 서로 통했다는 사실이다.

나는 '그녀'를 만나기 전에는 몇 가지 위험한 오해를 하고 있었다. 이런 오해의 대부분은 엄마와 이모, 외할머니, 인철이 형, 그리고 담혜 때문에 생긴 것이었다. 엄마는 '그녀'를 시한폭탄이라고 불렀고 이모는 도둑이라고 불렀다. 사실 이모는 그보다 더한 말까지 했으나 그걸 일일이 소개하기는 좀 뭣하다. 지금 나는 이미 '그녀'의 편이 되었기 때문에 그녀의 이미지에 손상이 가는 얘기는 삼가고 싶은 것이다. 아, 그녀가 이런 나의 사려 깊은 마음을 알고나 있는 것일까?

외할머니는 그녀를 구미호라고 생각하고 있고, 인철이 형은 '접시를 깨는 여자'라고 생각을 해서 접시가 깨질 때는 이불을 뒤집어쓰는 것이 최고라고 충고를 했다. 참고적으로 말한다면 인철이 형의 아빠는 애인이 몇 명이나 되는지 아무도 모를 정도이다. 그래서 인철이 형의 엄마는 거의 매일 밤마다 접시를 깬다. 인철이 형이 봄소풍을 갔다가 〈우리도 접시를 깨뜨리자〉란 노래를 불러서 상품을 타왔다는 소문이 알려지자 인철이 형의 엄마는 속이 상한 김에 그날 밤에 또 접시를 열두 장이나 깨서 신기록을 세웠다고 한다. 인철이 형의 아빠는 접시장사가 아니라 벽돌장사인데 왜 접시를 깨뜨릴까? 역시 벽돌은 깨뜨리기엔 너무 두꺼워. 그런데도 바보 같은 경호 녀석이 나한테 벽돌을 깨뜨려보라고 하다니 그게 무슨 수작이람? 경호는 내가 홍콩 무협 영화를 유치하다고 깔보자 그렇게 말했다. 유덕화는 벽돌을 두 장이나 깼는데 넌 뭐야? 하면서. 정말이지 경호는 어쩌면 좋으냐? 경호처럼 무식한 애와 같은 동네에서 살다 보면 나까지 물이 들까 정말 겁난다.

담혜의 견해는 좀 이색적이었다. 나의 '그녀'가 틀림없이 전생에 아빠의 누이였을 것이라고 주장했다. 내가 어이가 없어서 그게 무슨 소리야? 했더니 동화책에도 그렇게 나와 있다고 대답했다. 그러면서 덧붙이기를 누이가 아니라면 왜 니 아빠가 새우요리를 사주겠니? 했다. 담혜까지 우리 집 속사정을 훤하게 알고 있으니 이게 어떻게 된 노릇일까? 아빠는 '그녀'에게 단지 새우요리를 사주었을 뿐이라고 대답을 해서 엄마한테 안 죽을 만큼 야단을 맞은 적이 있다. 그나저나 나는 아마도 호명이가 아니면 담혜와 결혼을 할 텐데 벌써부터 고민이다. 만약 담혜가 내 색시가 된다면 내 아들은 어떻게 될까? 제발이지 담혜의 얼굴만 닮고 머리는 정반대가 되기를 바라는 수밖에 없는데 그렇다면 너무 모험적이 아니냔 말이다. 대체 새우요리하고 전생의 누이하고 무슨 상관이지? 담혜 말에 의하면 동화책에 그렇게 나와 있다는 것인데 정말 한심하다. 인생은 동화책이 아니라 성인용 영화와 같다는 것을 담혜에게 어떻게 가르쳐줘야 하는 것일까? 성인용 영화란 베드신이 최소한 일곱 번 이상 나오는 것인데.

아빠한테 애인이 있다는 소문이 우리 아파트 단지에 쫘악― 퍼지게 된 것은 순전히 경호 엄마 탓이다. 경호 엄마는 우리 엄마를 질투해서 무슨 수를 써서든 우리 엄마에 대한 악선전을 퍼뜨리려고 필사적이다. 하긴 경호 엄마로서는 그럴 수밖에 없을 것이다. 경호 아빠가 경호 엄마에게 우리 엄마가 아파트 단지 안에서 최고 미인이라고 했으니. 경호 엄마도 주제 파악이 안 되는 건 똑 경호를 닮았다. 자유분방한 얼굴을 가졌으면 경쟁심을 포기하고 그냥 우리 엄마를 존경하면 될 텐데. 요즘 들어서는 경호 엄마가 작전을 바꿔서 우리 엄마가 어쩐지 머리가 나쁜 것 같다는 소문을 퍼뜨리고 다닌다니 정말이지 여자들의 원한은 커트라인이 없는 것일까? 울 엄마가 얼마나 머리가 비상한데. 울 엄마는 아이큐가 백오십이라는 아빠를 손바닥 위에 놓고 사는 분이 아닌가?

'그녀'에 대한 확인할 수 없는 소문들이 이러해서 나 또한 그녀에 대한 선입관이 생기고야 말았다. 전체적으로 볼 때 그녀는 결코 좋다고는 볼 수 없는 여인이라는 인상이 내게 박히게 된 것이다. 이런 인상은 내가 그녀를 직접 만나봄으로써 사라져버렸다. 그녀는 나의 심심하고 재미가 하나도 없는 인생에 황홀한 향기를 불어넣어준 것이다. 그 향기의 맛은 초콜릿을 유산균 요구르트에 찍어먹는 것과 흡사한 것이었다. 아, 엄마 미안해요. 난 엄마의 적이 되어버렸으니 이를 어떡하면 좋아요? 난 아무래도 사랑에는 약한 남자인가 봐요.

내가 '그녀'를 만나게 된 것은 아빠 때문이 아니라 놀랍게도 엄마를 통해서였다. 직접 물어보진 않았지만 아빠는 내가 그녀와 마주치게 될까 봐 전전긍긍하는 눈치가 역력했다. 겁이 많은 아빠는 그녀를 만나지 않고 있다고 큰소리를 치고 있지만 그건 벌써 말도 안 되는 소리였다. 엄마 말에 의하면 아빠는 그녀를 만나서는 엄마와 눈도 마주치지 않는다고 얘기를 한다는 것이다. 물론 엄마도 아빠가 집 밖에서 어떤 행동을 하고 있는지 알

턱이 없는 처지런만 난 엄마의 말을 믿는다. 아빠는 도무지 종잡을 수 없는 분인데다가 엄마는 이런 일에 관한 한 모르는 것이 없는 천재가 아닌가? 엄마는 어느 날 아빠의 팬티가 뒤집어져 있다는 사실 한 가지만으로도 아빠의 외도를 모두 털어놓게 한 실력파다. 이런 방면에서는 엄마는 거의 형사 콜롬보 수준이다. 그렇지 않고서야 어떻게 아빠의 팬티만을 가지고 그렇게 완벽한 추리를 할 수 있을 것인가? 엄마는 지금 다시 한 번 탤런트 생활에 도전을 하고 싶은 모양이지만 내 생각으로는 엄마가 사설탐정으로 나서는 것이 더 유망할 것 같다. 그런데 대체 아빠는 왜 칠칠치 못하게 팬티를 뒤집어 입고 다닐까? 그러고서도 나한테는 양말을 짝짝이로 신고 다닌다고 야단을 치다니 걱정도 팔자셔. 내가 양말을 짝짝이로 신고 다니는 건 XXX세대이기 때문인 줄이나 아시라구요! 어느 날 문득 짝짝이 양말이 유행을 하면 그건 나 박현동이 패션인 줄이나 알라구요!

헌데 지금은 팬티나 패션 따위의 얘기를 늘어놓을 때가 아니다. 나와 그녀의 관계가 발등에 떨어진 문제가 아닌가? 나는 어느 날 문득 엄마가 나에게 정장을 입혀주길래 그날이 발레를 관람해야 되는 날인 줄로만 알았다. 그런데 엄마는 나를 차에 태우더니 비장한 말투로 이렇게 말을 하는 것이 아닌가?

"현동아, 너 오늘 제발 품위있게 행동을 해야 한다. 알겠지?"

나는 이때까지만 해도 틀림없이 발레를 봐야만 하는 고역을 치르게 되는 줄 알았다. 발레란 밑도 끝도 없이 무용수들이 다리를 올렸다내렸다하는 지루하기 짝이 없는 것이기 때문에. 어른들은 어떤 땐 참으로 이해하기 힘든 구석이 있다. 도대체 왜 발레 같은 것을 비싼 돈을 주면서 봐야 한다고 생각을 하는 것일까? 그 입장권 값이면 아마도 전자오락을 이틀은 쉬지 않고 할 수 있을 것이다. 인철이 형 같은 전자오락의 고수라면 어쩌면 일 년 내내 오락실에서 살 수 있을지도 모른다. 인철이 형은 정신연령이 나보다 두 살이나 아래인데도 전자오락의 보너스를 타내는 데는 귀신이니까.

그러나 나는 일단 고개를 끄덕거렸다. 발레에 관한 한 엄마는 절대로 양보가 없을 뿐만 아니라 내가 장차 엄마를 배신하고 영화감독이 될 것이라는 미안함이 있기 때문에. 그런데 엄마의 말은 뜻밖이었다.

"현동이 넌 엄마를 한사코 졸라서 따라나온 거야. 알겠지?"

이렇다면 얘기가 틀려지는 게 아닌가? 도대체 내가 무엇 때문에 엄마를 한사코 졸라서 발레 구경을 간단 말인가?

내가 어리둥절한 표정을 짓자 엄마는 혼잣말처럼 이렇게 중얼거리는 것이었다.

"내가 내 뱃속으로 낳은 자식이 아니면 아무도 믿을 수가 없다니까."

나는 묻고 싶은 것이 많았으나 엄마의 비장한 목소리에 입을 다무는 게 상책이라는 판단을 내렸다. 엄마가 내 뱃속으로 낳은 자식 운운 할 때는 보통 사건이 아닌 것이다. 나는 홍분을 억누르며 오늘만큼은 엄마의 기대에 부응해야 한다는 결심을 하고 있었다. 이런 상태로 나는 '그녀'와 처음으로 조우하게 된 것이다.

내가 엄마와 함께 카페에 들어서자 '그녀'가 기다리고 있었다. 이제 와서 돌이켜보면 그전에도 엄마는 그녀를 몇 번 만난 적이 있는 것이 확실하다. 왜냐하면 그녀와 엄마는 그날 벌써 얼굴이 익은 사람들처럼 인사를 주고받았으니까.

"어머, 시간에 맞춰서 출발했는데도 늦었네요?"

엄마는 그녀를 보고 시계를 만지작거리며 뻔한 거짓부렁을 했다. 엄마는 일부러 시간을 질질 끌며 멀쩡한 차를 다시 세차도 하고 립스틱도 다시 바르고 눈화장도 고쳤던 것이다. 그녀는 이런 사실을 아는지 모르는지 조그맣게 웃었다.

"요즘 차가 너무 막히죠?"

차는 그날따라 하나도 막히지 않고 술술 잘도 왔다. 그런데도 엄마는 교통체증과 서울시의 행정에 관해서 마구 비난을 퍼부었다. 가만히 듣고 있자니 엄마는 평소에 교통문제에 관해서 고심을 많이 해왔던 여성운동가 같기도 했다. 그러나 이런 게 중요한 것이 아니다. 중요한 것은 내가 그녀를 보자마자 한눈에 아빠의 애인이라는 사실을 알아차렸다는 점이다. 나는 그녀를 보고 아빠의 애인 외에는 다른 무엇이 될 수 없는 여인이라는 느낌을 찐하게 받았다. 그녀의 잘생긴 이마에는 '나는 박공엽 씨의 애인이에요'라고 프린팅이 되어 있었기 때문에. 훗날 내가 아빠에게 이날의 느낌을 얘기해줬더니 아빠는 기다랗게 한숨을 내쉬었다. 현동이 넌 어쩔 수 없는 아빠 아들이로구나 하면서. 하지만 아빠는 지금도 내가 아빠의 연적이라는 사실은 모르고 있다. 정말이지 인생이란 잃어버린 자전거 자물쇠와 같다니까!

나는 그녀가, 내가 그 동안 생각해왔던 이미지와는 너무도 달라서 충격을 받았다. 그녀는 물론 구미호나 도둑이나 수상쩍은 여인이 아니었다. 그녀에게는 우선 꼬리나 도둑용 복면 따위가 없었다. 문학적으로 표현을 하자면 그녀는 한 떨기 들국화처럼 카페 안에 피어 있을 뿐이었다.

나는 어쩐 일인지 그녀가 엄마보다 훨씬 더 미인일 것이라고 막연하게 추측을 해왔었다. 그렇지 않고서야 미인 취미가 있는 아빠가 그녀와 사랑에 빠질 리가 있겠는가, 하는 것이 내 생각이었다. 그러나 결론적으로 말을 하자면 이런 정도의 추측은 전자오락으로 치자면 초급단계에 지나지 않는 유치한 것이다. 그녀는 엄마에 비하면 그저 그런 정도의 외모에 지나지 않았다. 그녀는 그저 평범한 얼굴이었던 것이다.

　그러나 내가 정작 놀랐던 것은 그녀가 빈틈이라고는 전혀 없어 보이는 단정한 숙녀 타입이라는 사실이었다. 나는 그녀를 직접 목격을 하기 전에는 그녀가 혹시 마리아 슈나이더나 킴 베신저와 같은 스타일이면 어쩌지? 하는 공포를 가지고 있었던 것이다. 솔직하게 고백을 하자면 나 박현동이는 그런 글래머들에게는 꼼짝을 못 하는 체질이다. 호감을 갖거나 싫은 마음이 들기도 전에 글래머들의 커다란 가슴이나 늘씬한 다리가 눈앞에 어른거려서 판단이 마비되니 어떡하겠는가? 그런데 그녀는 굳이 비교를 하자면 리들리 스코트 감독의 〈델마와 루이스〉에 나왔던 지나 데이비스 계열이었다. 그녀는 눈이 지나 데이비스처럼 멍청하게 보였고 입술 역시 지나 데이비스처럼 식욕이 왕성하게 보였다. 내가 그날 엄마의 명령에도 불구하고 스파게티에 소스를 왕창 쳐서 품위와는 거리가 멀게 과식을 했던 것은 그녀의 입술 탓이었다. 아, 지금도 그녀의 입술을 생각하노라니 배가 고파진다. 사랑은 시도 때도 없이 배를 고프게 하는 여인의 입술에서 오는 것이 아닐까?

　제일 이상했던 것은 그녀가 엄마에 비해서 결코 더 뛰어난 미인이 못 된다는 사실에도 불구하고 그녀가 아빠의 애인이라는 점이 하나도 이상하게 생각되지 않았다는 것이다. 아빠는 영화의 여주인공은 엄청난 미인이어야만 한다는 고정관념을 갖고 있어서 미인이 아닌 여주인공이 화면에 나오면 버럭 화부터 내곤 했다. 비난받아 마땅할 태도지만 그게 아빠의 개성인 걸 어떡하겠는가? 그런데 이 지나 데이비스는 아빠와 어울린다는 인상을 주고 있으니 정말이지 인생이란 자전거의 자물쇠와 같은 것이 아니고 무엇이겠는가?

"얘가 현동이에요. 혼자서 좀 있으랬더니 어찌나 따라오겠다고 버티는지 내가 손을 들었죠."

엄마는 드디어 준비해온 말을 했다. 나는 미리 각오를 해둔 상태였는데도 후회막급의 심정이었다. 아, 이럴 때 내가 엄마의 아들이 아니라 다른 아이였다면 얼마나 좋았을까? 하는 가망이 없는 생각이 굴뚝처럼 솟는 것이었다. 그렇다면 그날 나는 그녀와 인생과 영화, 국민학교 이학년 아이들의 참을 수 없는 유치함, 나의 거의 성인에 가까운 정신연령 등에 관해서 자유롭게 얘기를 할 수 있으련만. 그나저나 그녀는 나에 대해서 지대한 관심을 나타내는 것이었다.

"어머, 그래요? 정말 귀엽고 의젓하게 생겼군요. 만나서 반갑다."

그녀는 나를 보며 덧니를 드러내면서 싱긋 웃었다. 나는 침착하려고 애를 썼으나 재채기가 터져나왔다. 나는 부끄러움을 느끼게 되면 여지없이 재채기가 터져나온다. 나는 재채기를 하면서도 제발이지 그녀가 나의 수줍음에 관해서 눈치를 못 채기를 간절히 바라 마지않았다. 나는 무슨 일이 있어도 그녀에게 의연한 모습을 보이고 싶었던 것이다.

헌데 엄마는 왜 나를 이런 어색한 자리에 데리고 나온 것일까? 나는 스파게티를 먹으면서도 엄마의 심중을 헤아리지 못해서 불안하기만 했다. 엄마는 뭐 특별한 말이라고는 한 마디도 하지 않았다. 교통체증에 대해서 비판을 늘어놓은 다음에는 아파트는 개를 기르지 못해서 나쁘다는 얘기와 가정주부의 일을 돈으로 따져서 오십칠만 원이라는 법원의 판결이 있었는데 이것은 엄청나게 부당하다는 따위의 얘기를 했을 뿐이었다. 도대체 이런 얘기를 하는데 내가 왜 이 자리에 필요하다는 말인가?

그날 엄마는 확실히 좀 이상했다. 보통때 같으면 좀처럼 하지 않던 미인대회 때의 얘기를 하기도 했다. 엄마는 처녀시절 미인대회에 나가서 입상을 한 경력이 있는데 평소에는 미인대회의 얘기만 나와도 심드렁한 표정을 짓지 않았는가?

"현동이 어머님은 정말 미인이세요. 부러울 정돈걸요?"

그녀가 이렇게 말을 하고 나서야 엄마는 미인대회에 관한 얘기를 그만두었다. 양미간을 약간 찌푸리기도 했는데 그것은 뭔가 마음에 안 든다는 표시였다. 나중에 들어보니 엄마 자신도 괜한 얘기를 했다 싶어서 그런 것이었는데 괜히 나만 덜컹했잖아? 나는 엄마가 나의 식사태도에 대해서 마음에 안 든다는 표시인 줄 알고 긴장을 했다. 내가 스파게티에 소스를 듬뿍 쳐버린 것은 그것 때문이었다. 나는 잔뜩 엎질러진 것 같은 소스를 보며 낭패해 했다.

"현동이는 미국식이구나. 유럽 쪽은 그렇지 않은데 미국 사람들은 소스는 듬뿍 쳐야 한다고 생각하더라구요. 난 재미있다고 생각했어요."

나는 그녀의 우호적인 말에 겨우 안심이 되었다. 그녀가 나에게 불편하다는 생각을 갖고 있지 않다면 나로서도 부러 반감을 가질 이유가 없지 않은가, 하는 결심을 순간적으로 하기도 했다. 아빠의 애인에 대해서 화부터 내는 것은 인철이 형과 같이 정신 연령이 낮은 미개인들이나 하는 짓이다. 〈크레이머 대 크레이머〉라는 영화만 봐도 어디 그런가? 크레이머 주니어는 아빠 크레이머의 애인이 누드로 돌아다니는 것을 보고도 감기에 걸릴까 봐 걱정부터 하지 않았는가? 최소한 이 정도는 되어야 인생이 무엇인지 알 수 있는 것이다. 다 아는 얘기지만 〈크레이머 대 크레이머〉는 아카데미 그랑프리 수상작이다. 이것만 봐도 내 말이 옳다는 것이 증명이 될 거다. 아카데미 그랑프리는 국제적으로 신용이 있으니까.

엄마가 화장실에 간 틈을 이용해서 나는 드디어 가슴 속에 품고 있었던 말을 그녀에게 하고야 말았다.

"우리 아빠를 사랑하세요?"

그녀는 내 말이 당돌하다고 느껴졌는지 대답을 못 하고 나를 물끄러미 바라만 보고 있었다. 이런 경우에는 남자가 얘기를 해야 하는 법이라서 나는 결정적인 말을 해주었다. 여인의 침묵은 예스라는 뜻이라고 하지 않던가?

"그런데 사실은 우리 아빠 무좀이 심하거든요. 그건 몰랐을걸요?"

정숙한 여인들은 도저히 무좀 걸린 남자를 용서하지 못한다. 이런 사실도 역시 나는 영화에서 배웠다. 아마 프랑스 코미디 영화에서 그런 대사가 나왔을 것이다. 나는 프랑스 영화라면 질색인데 그때 어떻게 그런 대사가 기억이 났는지 모르겠다. 그녀는 아빠가 무좀이 심한 남자라는 사실을 알지도 못한 채 아빠를 사랑해버린 게 분명했다. 그렇다면 지금이라도 모든 것을 밝혀야 한다. 그것이 우리 모두에게 좋은 해결책이 될 것이므로.

그녀는 내가 예상했던 대로 충격을 받은 얼굴이 되었다. 그녀는 잠자코 나를 바라보더니 의미심장하게 말했다.

"그랬니? 그건 내가 미처 몰랐구나. 고맙다."

이것으로 아빠의 애정행각은 끝이다. 나는 머리가 너무 빨리 돌아서 탈이야. 이거야말로 일석이조가 아닌가? 엄마는 아빠를 되찾고 나는 독립적으로 그녀와 만날 수 있으니.

나는 그때까지만 해도 그렇게 확신을 했다. 그런 나에게 그녀는 숙제를 내주었다.

"난 현동이 아빠보다도 엄마를 더 사랑해."

이건 또 무슨 말이지? 아빠가 집에 들어오고 이번엔 엄마가 나가야 할 차렌가? 나는 마치 헐크 호간의 드롭킥에 얻어맞은 달러맨과 같은 꼴이 되어 그녀를 멍청하게 바라보고 있었다.

여자란 정말이지 겉으로만 보아서는 안 될 위험한 존재이다. 나는 불행히도 엄마를 통해서 그런 사실을 확인했다. 엄마는 그녀와 함께 있을 땐 그렇게 우아할 수가 없더니 그녀와 헤어지자마자 입이 두 자는 나와서 볼멘소리를 하는 것이었다.

"망할년, 아주 보통 수단꾼이 아니야."

나는 엄마가 거의 상소리에 가까운 말을 하는 것을 보고 놀랐으며 그 대상이 바로 그녀라는 사실에 더욱 놀랐다. 사실 그녀는 아무런 수단을 부린 게 없지 않은가? 굳이 수단을 부렸다면 그건 오히려 엄마 쪽이 아니었는가? 괜히 그런 자리에 나를 끌고 가서는 내가 부러 따라왔다고 말을 시켰으니. 나중에 엄마가 친구한테 하는 말을 들어보니 엄마는 나를 데리고 나가서 이런 아들까지 있으니 어쩔 것이냐, 하는 목적이 있었다 한다. 엄마로서는 일종의 무력시위를 한 셈이었던 것이다. 마치 미국 해군이 원자력 잠수함을 이끌고 다니며 괜히 폼을 잡듯이. 그런데 그녀가 오히려 멀쩡하게 나를 귀엽다고 했으니 엄마가 볼 때는 보통 수단꾼이 아닌 것이다.

나로서는 그녀에 대한 엄마의 비난을 듣고도 별로 할말이 없었다. 엄마가 지나쳤다는 생각이 눈곱만큼도 나지 않았을 뿐만 아니라 오히려 엄마를 옹호하고픈 마음이 들 정도였다. 이건 피는 물보다 진하다거나 팔은 안으로 굽는다 따위의 얘기가 아니다. 원색적인 말을 퍼붓는 엄마의 속마음이 내게 고스란히 전해지는 기분이었던 것이다. 나는 논리적으로 맞지 않는다는 걸 알면서도 엄마가 그녀를 비난하는 것이나 그녀가 엄마를 사랑한다는 말이 같은 말이 아닐까, 하는 생각을 했다. 말이란 건 곧이곧대로 들어주기엔 너무도 복잡한 것이 아닌가?

예를 들자면 엄마가 아빠에게 지옥으로 떨어져라 하고 무시무시한 말을 했다고 해서 꼭 그런 마음일 리는 없는 것이다. 또 내가 담혜에게 다시는 호명이에게 다정하게 대해주지 않겠다고 약속을 했다고 해서 그게 어디 나의 진심인가 말이다. 솔직하게 고백을 하자면 그것은 담혜 때문에 호명이와 사이가 나빠지는 것을 원하지 않는다는 의미가 더 강한 말이다. 내가 이렇게 말하면 새끼제비 같다는 오해도 받겠지만 나 박현동이가 어디 그런 남자냐? 우리 아빠 박공엽 씨가 플레이보이가 아니듯 나 또한 절대로 제비가 아니다. 정 동물에 비유를 하자면 나야말로 물개다. 수영장에만 가면 하루종일 물 밖으로 나올 줄을 모르는 사나이니까. 그런데 엄마는 왜 내가 나는 물개다! 라고 기염을 토하면 학질에 걸린 것처럼 발발 떨까?

나는 그녀를 처음 본 순간 한 남자로서 깊은 인상을 받긴 했지만 그것이 전부였다. 나는 결코 그녀에게 첫눈에 반한 것은 아니었던 것이다. 나는 그녀에게 두 눈에 반했다.

내가 두 번째로 그녀를 만난 것은 동숭동에 있는 뮤지컬 극장의 분장실에서였다. 이번에 나를 그녀 앞으로 데리고 간 분은 엄마가 아니라 아빠였다. 칠칠맞은 우리 아빠 같으니라구. 아빠는 겁쟁이처럼 그때까지도 나와 그녀가 만나는 것을 무서워하고 있었는데 그만 실수를 하고야 말았다. 하긴 실수하는 데는 타의 추종을 용서하지 않는 아빠니까 뭐 특별한 일이라고 할 수도 없는 것이지만.

어떻게 된 일인가 하면, 아빠는 순전히 아부를 할 생각으로 21세기 번영위원회라는 애매모호한 이름의 사업담당 국장을 찾아갔다가 일이 꼬였던 것이다. 아빠는 단지 일을 따내기 위해서 사업담당 국장의 집을 찾아간 것이었는데, 그 집에서 나올 때는 도저히 예쁘다고는 볼 수 없는 그 집의 딸과 데이트 약속만 하고 나오게 되었다. 그것도 하필이면 나 박현동이와 데이트를 하기로 되어 있는 토요일 오후에. 내가 자신을 하건대 이것은 아빠가 절대로 바라는 바가 아니었다. 아빠는 세상에 없어도 주말약속만은 안 하시는 분이다. 왜냐하면 아빠의 지배자라고 할 수 있는 나를 만나는 날이기 때문에. 하여간 아빠의 나에 대한 충성심만은 알아줘야 한다. 아빤 집에서 쫓겨난 이후로는 주말마다 모이는 '정집당'의 모임에도 빠지고 있는 상태가 아닌가? '정집당'이란 '정신적 집권당'의 약자로서 주로 아빠와 성향이 비슷한 사람들이 모이는 정체불명의 집단이다. 아빠는 이 단체의 열성당원으로, 만약 이 당이 정말로 집권을 하게 되면 문화체육부 장관이 되도록 예정되어 있다. 아빠는 안기부장과 문화체육부 장관을 놓고 고심을 하다가 뒤쪽을 택하게 되었는데, 그 이유는 전국의 영화관을 장악할 수 있다는 매력 때문이었다. 이렇게 훗날의 영예와 권력이 보장된 모임에까지도 참석을 안 하고 나와 데이트를 할 정도니 아빠의 나에 대한 충성심은 더 이상 설명을 할 필요가 없지 않겠는가? 비록 혹자에 따라서는 정집당을 '정신이상자 집합당'이라고 혹평을 하기도 하지만. 엄마는 정집당원들이라면 모두 아빠와 똑같은 사람들로 취급을 해서 어쩌다 그 사람들이 집을 찾아올라치면 아예 칭병을 하고 내다보지도 않았다. 정집당원들이 당원의 집을 방문해서 하는 일이라곤 밤새도록 술을 마시며 호랑이와 타조를 교미시키는 방법을 연구한다든지 옛 고구려의 땅을 되찾을 경우에 양파값이 얼마나 떨어질 것인가를 토론하는 것이 전부였으므로. 참고적으로 얘기를 하자면 양파장사를 하는 털보 아저씨는 정집당이 추천을 하는 차기 농수산부 장관 후보이다.

이런 정집당의 모임에도 불참을 하면서 나와 데이트를 하는 아빠가 21세기 번영위원회 사업담당 국장의 결코 예쁘다고는 볼 수 없는 딸을 데리고 나오게 된 것은 그 즈음에 아빠의 사업이 영 말이 아니었기 때문이었다. 아빠는 어이가 없을 정도로 낙천가인가 하면 극단적인 비관주의자이기도 하다. 아빠가 극단적인 비관주의자가 될 때는 사업이 영 말이 안 되고 있을 때이다. 이런 때의 아빠는 마치 안기부 요원들에게 쫓기는 비밀결사의 단원이라도 되는 양 허둥지둥한다. 아빠는 말하자면 허둥지둥한

꼴로 결코 예쁘다고는 볼 수 없는 21세기 번영위원회 사업담당 국장의 딸을 모시고 나온 것이다. 내가 여러 번에 걸쳐서 21세기 번영위원회 사업담당 국장의 딸을 결코 예쁘다고는 볼 수 없는 얼굴이라고 강조를 하는 이유는 그녀가 나를 보자마자 코흘리개 취급을 했기 때문이다. 도대체 말이 안 되는 수작이지. 코흘리개는 내가 아니라 경호라는 사실을 사업담당 국장의 딸은 왜 모르는 것일까?

반면에 나의 '그녀'는 나에게 완전히 어엿한 신사 대접을 해주었다. 이것이야말로 미인과 미인이 아닌 여인의 차이다. 더구나 21세기 번영위원회 사업담당 국장의 딸은 이제 겨우 고교생이었던 것이다. 나야말로 여고생 따위는 코흘리개 이상으로는 절대로 보지 않는 사람이다. 이걸 아셔야지!

아빠는 여고생 코흘리개를 자기 편으로 만들어놓으면 21세기 번영위원회가 벌이고 있는 프로젝트를 딸 수 있을 것이라고 판단할 정도로 사업가로서는 어울리지 않는 분이다. 그런데도 아빠가 지금까지도 커뮤니케이션 업계의 '창의력 있는 차세대 리더'로 꼽히고 있으니 참으로 불가사의한 일이다. 하긴 '창의력 있는 차세대 리더'란 말은 돈이 없어서 늘 쩔쩔매는 몽상가를 가리키는 말이라 하니 딴은 정확하다고도 할 수가 있지만.

어떻게 된 일인가 하면, 아빠는 자신이 후원회원으로 있는 뮤지컬 극단의 연극 초대권을 '그녀'에게 주었다는 사실을 잊고 있었던 것이다. 그런데 21세기 번영위원회 사업담당 국장의 결코 예쁘다고는 볼 수 없는 여고생 딸이 연극에 관심이 있다고 하자 이것이야말로 아부를 할 기회라고 생각해서 데리고 나왔던 것이다. 아빠는 물론 처음에는 어떻게든 주말만큼은 피할 생각이었는데 이 결코 예쁘다고는 말할 수 없는 여고생이 주말을 고집하자 하는 수 없이 더블 데이트를 하는 수밖에 없는 처지가 되었다. 명색이 21세기 번영위원회의 사업담당 국장이란 분은 연극이라면 치과에 가는 것보다 더 싫어해서 아빠를 마구 부추겼다 한다.

"여어, 그거 아주 기막힌 아이디어야! 그럼 박 사장이 이 연극배우 지망생을 맡아주게."

결코 예쁘다고는 볼 수 없는 여고생이 연극배우 지망생이기까지 하다니 정말이지 인생이란 너무 황당한 것이다. 아, 바라건대 우리 아빠의 사업이 억수로 잘되기를! 그래야만 나 박현동이가 자기 수준에 맞는 여인들하고만 어울릴 수 있을 테니까.

아빠는 '그녀'에게 연극 초대권을 주었다는 사실을 까맣게 잊고 있었다가 분장실에서 '그녀'를 발견하고는 깜짝 놀라는 시늉을 해버리는 것이었다. 우리 아빠는 얼마나 비겁한 분인지 심지어는 '그녀'를 난생 처음 보는 여인인 것처럼 행동을 하려고 했을 정도였다. 하지만 어디 그게 말이나 될 법한 일인가? 나와 그녀는 이미 첫눈을 마주쳤던 사이인데. 내가 보기에도 아빠는 정말이지 치사한 모습을 보였던 것이다.

"이봐, 예술가들, 오늘 잘들 해보라구. 내가 객석에서 예의 주시하고 있을 테니까."

아빠는 이런 식으로 얼렁뚱땅 말을 하고는 황급히 분장실을 빠져나가려고 했다. 정작 일부러 분장실에 들러서 자신이 얼마나 예술계 인사들과 교분이 두터운 사이인가를 자랑하려고 한 사람은 아빠였는데도 불구하고. 아빠는 연극을 보러 가기만 하면 한사코 분장실에 들르는 것이 취미인 분이다. 아마도 아빠는 분장실에 찾아갈 수 있는 사람이냐 아니냐로 사람들의 문화적 수준을 재고 있을 것이다. 그런데도 혼비백산을 해서 꽁무니를 빼려고 하다니 이 얼마나 문화적 수준이 낮은 행동인가? 내가 지금 아빠를 무지하게 힐뜯고 있는 것을 보니 그녀를 얼마나 사랑하고 있는지 알겠다. 사랑이란 사랑하는 사람을 제외한 나머지 사람들을 힐뜯는 것인가 보다.

한편 그녀로 말할 것 같으면 어떤 편인가 하면, 의연하고 우아하기 그지없었다. 이제 생각을 해보면 그녀는 뮤지컬에 출연하는 친구를 찾아왔던만큼 분장실에 있던 배우들과 잘 알고 지내는 처지였는데도 불구하고 나를 스스럼없이 대했던 것이다. 사실 유부남 애인의 아들을 그런 장소에서 만난다는 것은 상당히 쪽팔릴 수도 있는 것이 아닌가? 그러나 그녀는 나의 손목을 잡아끌며 이렇게 말했다.

"현동아, 안녕? 역시 우리 현동이는 굉장하구나. 이렇게 수준이 높은 뮤지컬을 보러 오다니. 오늘은 나하고 같이 보는 거다? 그래 줄 수 있지?"

대저 교양이 있는 여인이라면 이 정도의 말을 할 줄 알아야 한다. 내가 장담을 하지만 결코 예쁘다고는 볼 수 없는 21세기 번영위원회 사업담당 국장의 딸 따위는 죽어도 이런 식으로 말을 하지는 못할 것이다.

그녀가 이렇게 나오고 나 역시 그녀 앞에서 품위있게 굴자 아빠는 거의 놀라 자빠지는 흉내를 내었다. 나는 비겁한 아빠가 미운 생각이 들어서 한 마디 하고야 말았다.

"우리 아빠 무좀은 더 심해진 것 같아요."

분장실의 사람들은 내가 무슨 말을 하는지 몰라서 무조건 웃음을 터뜨렸고, 결코 예쁘다고는 볼 수 없는 여고생은 난데없이 웬 무좀이 분장실에 나타났나 싶은 얼굴로 콧궁기를 발씸거리는 것이었다. 아빠는 얼굴이 홍당무가 되더니 이렇게 어영부영했다.

"루이 암스트롱이 달나라에 착륙한 것이 언젠데 아직도 신통한 무좀약이 안 나오는 것인지 모르겠어."

아빠, 제발이지 정신 좀 차리세요! 루이 암스트롱은 달나라에 간 암스트롱이 아니라 전설적인 재즈 트럼펫 연주자라구요!

이제는 내가 왜 그녀에게 그렇게 쉽게 함락이 되었는지를 밝혀야 할 때가 되었다. 난 자신있게 말하건대 일부 자존심이 없는 남자들처럼 그렇게 쉽게 여인에게 굴복을 하는 사나이가 아니다. 바보 같은 경호는 내가 담혜와 호명이 사이를 오락가락한다고 비난을 하지만 그거야 경호가 의심할 바 없는 바보니까 할 수 있는 말이다. 내가 언제 담혜와 호명이를 둘 다 내 각시로 삼겠다고 한 적이 있는가 말이다. 난 어디까지나 담혜나 호명이와 '사정'을 하고 있을 뿐인 것이다. '사정'이란 말은 내가 발명해낸 말로서 '사랑'과 '우정'을 합친 말이다. 그러니깐 나는 사랑과 우정을 동시에 하고 있는 것이고 사랑도 우정도 아닌 제삼의 어떤 것을 하고 있는 것이다. 정말이지 세상에 있는 말들은 그 뜻이 너무 빈약하다. 어떻게 내 감정을 사랑에 꼭 맞추고 우정에 대입할 수 있겠는가? 사랑은 너무 심각하고 우정은 너무 우직하지 않은가 말이다. 그래서 내가 담혜와 호명이를 동시에 '사정' 하고 있다고 했더니 엄마는 나를 치한 보듯이 하는 것이었다. '사정'이 어떻다는 것인지 정말 이해할 수 없는 노릇이다. 단지 아빠만이 나를 격려해주었다.

"그래, 우리 현동이는 열심히 사정을 해보거라."

아빠 왜 하나밖에 없는 아들을 격려해주면서 그런 식으로 슬슬 웃는지 모르겠어. 하여튼 아빠는 인생을 심각하게 보지 않는 것이 결정적인 흠이라니까!

내가 그녀에 대해서 '사정'이 아닌 완전한 사랑 차원으로 빠지게 된 것은 그녀와 아빠의 밀담을 훔쳐들었기 때문이었다.

그녀는 우리 일행―쳇, 왜 그 얼굴이 결코 예쁘다고는 볼 수 없는 여고생이 '우리 일행'이란 말 속에 끼여들어야 하는지 정말 알 수가 없다. 적어도 체면문제가 아닌가?―과 함께 뮤지컬을 보게 되었는데 아빠 좀 보세요. 아빠 뮤지컬이 시작하자마자 나의 그녀를 데리고 밖으로 나가는 것이 아니겠어요? 나는 모르는 척하고 있었지만 코흘리개 여고생하고만 같이 뮤지컬을 본다는 것은 와장창 스타일이 구겨지는 일이었다. 나는 위대한 영화감독 중에는 연극연출가 출신들이 의외로 많다는 것을 알고 있는지라 웬만하면 그냥 참고 있으려고 했다. 더구나 나는 코헨 형제들이 만든 〈바톤 핑크〉를 재미있게 보았기 때문에 연극의 세계에 어느 정도의 호기심을 가지고 있었던 터였다. 칸 그랑프리 작품인 〈바톤 핑크〉에서 신출내기 작가로 나오는 존 터투로는 얼굴에도 나는 작가라구, 라고 씌어 있을 정도로 보였다. 그는 이 영화에서 브로드웨이에서 약간의 성공을 거둔 후 할리우드로 빠지게 되는데 내가 호기심을 느낀 부분은 할리우드가 아니라 브로드웨이였다. 나는 그 영화를 보면서 시종 존 터투로가 브로드웨이로 돌아가기를 얼마나 바랐던가? 그런데 지금은 왜 주인공인 존 터투로 대신에 정신적으로 이상이 있는 킬러 존 굿맨이 더 생생하게 기억이 나지?

어쨌든 나는 인내심을 가지고 여고생의 옆에 앉아 있었으나 도저히 견딜 수가 없었다. 풋내기인 주제에 가슴만큼은 비정상적으로 커다랗게 부풀어오른 여고생이 뮤지컬이 진행되는 동안 계속 어머, 어머, 소리를 내며 코를 훌쩍거리면서 감동을 표시했기 때문이었다. 도대체 감동을 이런 식으로 표시하는 경우도 있단 말인가? 감동이란 최소한 쉬—가 마려운 것을 참으면서 끙끙 앓는 것처럼 나타내야 하는 것이 아닌가? 그런데 나는 왜 감동을 받으면 쉬—부터 마렵기 시작하지?

여인이 가슴이 크다고 해서 무조건 섹시한 느낌을 주는 건 아니란 것을 깨달은 나는 차라리 쉬—나 보는 것이 낫겠다는 판단을 내렸다. 그래서 내가 극장에서 나와 복도 끝에 있는 화장실 쪽으로 가는데 아빠와 나의 그녀가 함께 있는 것이 보였다. 아빠와 그녀는 커피를 뽑아들고 소파에 앉아 있었다. 나는 어쩐 일인지 두 분에게 내 모습을 보여주어서는 안 되겠다는 기분이 들어서 쉬—를 참아야만 했다. 아빠와 그녀의 목소리는 밖으로 들려나오는 뮤지컬의 사운드에 섞여서 잘 들리지는 않았지만 대체로 이러했다.

"그러니까 내 말은……여자들끼리 만나서 도대체……더구나 현동이 녀석으로 말하자면 눈치가……내가 시시하게 속물적으로 생각을 해서 이러는 것은 절대로……좋은 일은 반드시……먼 훗날은 바로 당신의 것으로서……난 사실 아빠가 된 입장에서 너무……나는 당신을 사랑할 뿐만 아니라……그러나 지금 이 순간 지구에 종말이 온다고 할지라도……내가 다른 사람들의 눈치를 보는 것은 절대 아니고……난 현동이를 행복하게 키우고 싶은 것뿐으로……인생은 고해야……어떤 개아들놈들이 뭐라고 해도 난……."

한 마디로 아빠의 말은 중언부언 엉망진창이었으나 그녀의 말은 진흙 속에 핀 한 송이 꽃처럼 아름답고 눈이 부신 것이었다. 여기서 내가 진흙이라고 표현을 한 것은 물론 아빠의 엉터리 같은 태도를 가리켜서 한 말이다.

"난 당신을 불편하게 하고 싶은 마음은 전혀 없어요."

이렇게 말한 그녀는 조그맣게 웃고 있었다. 아니 울고 있었는지도 모른다. 나는 침을 꿀꺽 삼키다가 하마터면 재채기를 터뜨릴 뻔했다.

어긋난 시나리오

아빠 는 한강변에 있는 한 오피스텔의 1208호에서 임시적으로 살고 있다. 내가 여기서 '임시적'이라고 말을 하는 이유는 아빠가 언젠가는 다시 집으로 돌아올 것이기 때문이다. 할머니는 가라사대 부부싸움은 칼로 물베기라고 하지 않았는가?

나는 솔직한 심정이 할머니의 말은 별로 신용을 하지 않는 편이다. 동화책에서 볼 것 같으면 노인들의 말씀은 인생의 지혜가 듬뿍 담겨진 가치있는 것이라고 했으나 어쩐 일인지 우리 할머니에게는 해당이 되지 않는다. 대단히 외람된 말씀이기는 하지만 우리 할머니는 심술궂고 욕심이 사납다고 해야 한다. 그 증거로 할머니는 내가 아이스크림을 먹는 꼴도 가만히 못 보시는 분이다. 괜히 화를 내시고 아빠나 큰아빠를 향해서 자식들은 키워놔봐야 아무짝에도 쓸모가 없다고 트집을 잡는다. 할머니는 이가 시원치 않아서 아이스크림은커녕 바삭바삭한 웨하스도 제대로 못 드시면서. 할머니는 심지어는 파인애플 주스를 마시다가 틀니를 삼켜서 똥꼬로 빼낸 적이 있는 분이다. 그런데도 욕심은 전혀 줄어들 기미가 없어서 지금도 큰아빠 집에 있는 맛있는 과자는 전부 할머니의 장롱 속에 있다. 큰아빠 얘기로는 할머니는 돌아가실 때도 관 속에 남이 먹어서 맛있을 것 같은 것들은 모조리 가져가실 거라는 것이다. 왜냐하면 할머니는 당신이 먹지는 못해도 남이 얌냠거리면서 먹는 꼴은 배가 아파서 못 보시는 분이니까. 그런데 왜 사람들은 늙고 병들며 끝내는 죽게 되는 것일까?

이런 할머니인데도 내가 '부부싸움은 칼로 물베기'란 말을 믿는 이유는 '부부싸움이 접시날리기'이어서는 안 된다고 믿기 때문이다. 당장 인철이 형네 집만 봐도 그런 꼴이란 얼마나 창피스러운 꼴이냔 말이다. 인철이 형의 엄마는 부부싸움만 벌어졌다 하면 접시를 날려서 아파트 단지 전체를 뒤집어놓는다. 접시가 그야말로 비행접시처럼 아파트 창 밖으로 날아다니는가 하면 착륙지점을 제대로 잡지 못해서 경호 엄마의 얼굴에 맞은 적도 있다. 다른 건 몰라도 이건 정말 큰일이다. 경호 엄마가 누군가? 별명은 비록 '철사줄'이지만 목소리 하나만큼은 꿰액— 하고 증기기관처럼 요동을 치는 불가사의한 아줌마가 아니냐? 그날 인철이 형의 엄마는 인철이 형의 아빠를 상대로 싸우기도 힘이 부치는 판에 경호 엄마까지 전쟁터로 불러들여서 2대 1로 힘을 겨루느라고 아주 혼쭐이 났다.

그리고 물이란 칼로 베어봤자 말짱하지만 접시날리기는 다시는 회복이 되지 않는다. 오죽하면 인철이 형의 엄마가 깨진 접시는 다시 붙여 쓸 수 없다 하여 베개를 집어던질 구상까지 했겠는가? 허나 인생이란 뜻대로는 절대로 되지 않는 것이어서 인철이 형의 엄마는 지금도 접시날리기를 애용한다. 그 이유는 접시날리기가 비록 경제적 손실은 크다 해도 그 음향효과가 그만이기 때문이라고 한다. 밀로스 포먼 감독은 영화를 지배하는 것은 음향효과라고 했는데 과연 명감독다운 지적이다. 음향효과는 영화뿐 아니라 인생까지 지배하는 것이니까.

그런데 엄마와 아빠의 전쟁은 나의 희망과는 달리 점점 치열해지며 포성이 그칠 줄을 몰랐다. 어느 날 아빠는 엄마와의 약속을 어기면서까지 집으로 무작정 들어오기도 했으나 곧 퇴각을 하고야 말았다. 내가 예측을 했던 것처럼 엄마와 아빠는 오십이 분을 못 넘기고 다시 불구대천의 원수로 되돌아갔던 것이다. 내가 그 오십이 분을 분석해본즉, 삼십 분은 만남과 화해, 추억, 상호존중, 가정의 중요함에 대한 재인식 따위로 꾸며져 있었고 십오 분은 잘잘못 따지기, 고상하지 못한 예절, 상대방 가문에 대한 의심과 노골적인 빈정거림, 상호멸시, 엉망으로 다투었던 기억을 되살리기 등으로 채워져 있었다. 나머지 칠 분이야 뭐 말로 설명을 할 필요도 없는 것이다. 전쟁이 발발하고 서로가 서로에 대해서 영원한 적이라고 선포를 하는 것이었으니.

하지만 이런 정도야 대수로운 것은 아니었다. 엄마는 아빠가 집을 박차고 나간 후 이십 분도 채 되지 않아서 자아비판을 했고 아빠 역시 울면서 후회를 했을 테니까. 아빠는 후회를 하는 데는 타의 추종을 불허하는 재주를 타고난 분이 아닌가? 게다가 아빤 왜 후회를 할 때마다 질질 짜는지 모르겠어. 나한테는 사나이란 절대로 울어서는 안 되는 것이라고 비장한 목소리로 가르치면서. 아빤 밖에서는 '창의력 있는 차세대 리더'인 줄은 모르겠으나 나한테는 눈물이 흔하고 마음이 약한 아빠일 뿐이다. 그런데 난 아빠의 여러 모습 중에서 울보 아빠일 때를 제일 사랑하고 있으니 이를 어쩐담?

정작 아빠와 엄마가 도저히 결합을 할 수 없는 파국을 맞게 된 것은 충치 때문이었다. 물론 충치란 엄마의 것이 아니고 아빠의 것이다. 엄마로 말할 것 같으면 엄청난 미인인데다가 참을성이 강하기 때문에 충치와는 거리가 멀고 설혹 있다고 해도 별로 특별한 것이 아니다. 하지만 아빠의 충치로 말할 것 같으면 이건 충치가 아니라 숫제 원자폭탄이라고 해야 할 정도다. 아빠는 충치가 들쑤시기 시작하면 거의 강시가 된다. 펄쩍펄쩍 뛰고 엉엉 우는가 하면 아무 데에나 전화를 걸어서 자신이 지금 사경을 헤매고 있다고 호소를 해댄다. 지금도 기억하고 있는 것이지만 아빠는 내가 네 살이 되던 해에 단지 충치 하나 때문에 기절을 한 적도 있을 정도다. 그때부터 아빠에게는 '충치 때문에 기절을 한 사나이'란 매우 불명예스럽고 코미디 영화의 제목과 같은 별명이 하나 더 추가되었다. 지금도 아빠는 이 별명의 유래에 대한 말이 나오기만 하면 몹시 부당한 일을 당했다는 표정을 짓곤 한다.

"충치면 다 같은 충치냐?"

이게 아빠의 변명인데 어쩐 일인지 아빠가 이런 변명을 할수록 아빠 친구들은 더 비웃기만 하니 이를 어쩌면 좋단 말인가?

그날은 아빠와 내가 프로야구를 보러 가기로 한 날이었다. 참고적으로 말을 하자면 아빠는 영화광입네, 하고 있지만 사실은 다방면에 두루 광적인 취미를 가지고 있다. 아빠에게는 치명적인 얘기가 되겠지만 아빤 실은 영화에 매혹당해서 광이 된 것이 아니라 영화가 제일 화려해 보이기 때문에 영화를 짝사랑하고 있는 것인지도 모른다. 왜 이런 얘기를 하느냐 하면 영화광이라면 모름지기 영화 외에는 시큰둥해야 하는데도 불구하고 절대 그렇지 않은 것이다. 내가 가만히 본즉 아빠는 세간에 화제가 되고 있는 것이라면 무조건 푹 빠져들고 보는 나쁜 습관이 있다. 엄마도 이런 눈치를 채고 있어서 자신만만하게 이런 말을 한 적까지 있을 정도다.

"너희 아빠 말이야, 겉으로는 커뮤니케이션 사장을 하는 것을 몹시 억울하게 생각하고 있지만 사실은 그게 아니란다. 아빠 지금 아주 적성에 딱 맞는 일을 하고 있는 거야."

만약에 아빠가 엄마의 이 말을 들었다면 화를 버럭 냈을 것이다. 아빠 평소에도 주장하기를 자신은 영화감독이 되어야 할 재능과 운명을 타고났으나 가정형편상 부득이 장사의 길로 들어섰다고 했으니까. 사실 아빠를 지배하고 있는 것은 위대한 예술가로서의 자화상이다. 이 자화상은 이제는 절대로 이루어질 수 없는 것이기에 아빠에게는 더욱 그리운 것이 되고 말았다. 아빠는 자신을 가족에 대한 책임감 때문에 위대한 예술가가 되지 못한 불우한 남자로 생각하기를 즐기는 것이다. 아빠가 사업에 바쁘면서도 다방면의 괴상망측한 예술계 인사들과 친하게 지내는 것도 다 이런 이유가 있다. 그런데 아빠의 예술계 친구들은 왜 하나같이 괴상망측한지 모르겠어. 아빠의 화가 친구는 그림은 한 장도 그리지 않고 늘 발톱 소제만 하고 있고 아빠의 가수 친구는 히트곡이 하나도 없는 대신에 소식(小食)을 해야 장수한다는 철학만을 퍼뜨리고 다니고 있지 않은가? 그래서 어느 날 아빠에게 넌지시 그 이유를 물었더니 아빠 가르치시되,

"아빠 친구들은 손이나 입으로 예술을 하는 것이 아니라 온몸으로 하기 때문이야. 진짜 예술은 온몸으로 하는 것이란다."
라고 큰소리를 치시는 것이었다. 참으로 그럴싸한 말씀이시다. 우리 엄마는 아빠의 고견과는 반대로 아빠의 예술가 친구들이 온몸으로 예술을 하는 것이 아니라 온몸으로 예술을 망치고 있다고 말하고 있지만.

아빠가 프로야구에도 일가견이 있는 까닭은 프로야구 선수들이 요즘 들어서 화려하게 매스컴의 각광을 받고 있기 때문이 아닌가 싶다. 요즘 같아서는 아빠의 소원이 영화감독이 아니라 프로야구 감독이 아닌가 의심이 갈 정도다. 나 역시 야구라면 뒤지지 않는 광인데 그 이유는 아이스크림의 맛이 야구장에서 제일 유별나게 혓바닥에 쩍쩍 들러붙기 때문이다. 아, 야구장 스탠드에 앉아서 쪽쪽 소리가 나도록 아이스크림을 빨아먹는 맛이란……

아빠의 충치가 심하게 도지기 시작한 것은 야구가 끝나갈 무렵이었다. 그렇지 않아도 아빠는 드문드문 충치가 아파와서 인상을 찌푸리곤 했는데 용감하게도 참아내고 있었다. 물론 이때 아빠가 용감해질 수 있었던 것은 아빠의 용맹성 때문이 아니라 지역감정과 공포심 때문이었을 테지만. 아빠는 꽥꽥 악을 쓰며 고향 팀을 응원하는 것과 무슨 일이 있어도 치과만큼은 가지 말아야겠다는 일념으로 충치의 고통을 참아낼 수 있었던 것이다. 장담하지만 아빠한테 치과에 갈 것인지 지옥에 갈 것인지를 묻는다면 아빠는 틀림없이 지옥을 선택할 것이다. 왜냐하면 아빠는 치과에 가본 적은 있지만 아직까지 지옥에 가본 적은 없으므로.

아빠와 나의 주말 데이트는 아빠의 1208호 오피스텔에서 비디오를 보는 것으로 끝이 나는 것을 원칙으로 하고 있다. 그날도 아빠는 나와 함께 비디오를 감상하기 위해서 명작을 골라놓고 있었다. 아빠는 나에게 비디오를 보여주는 것으로 인생교육의 모든 것을 끝내주고 있다는 생각을 하고 있어서 명작을 고르는 데는 세심하게 심혈을 기울이고 있는 편이다. 아빠가 고른 명작 비디오 리스트를 볼 것 같으면 〈전함 포텐킨〉에서부터 월트 디즈니의 〈인어공주〉에 이를 정도로 무척이나 다양하다. 내 입장에서 본다면 홍콩의 무협영화와 서부극이 리스트에 올라 있지 않은 것이 불만이긴 하지만 어쩔 수가 없다. 아빤 이래봬도 나를 시시한 이류 감독으로는 절대로 만들지 않겠다는 비장한 결심을 하고 있으니. 일류 감독이 된다는 것이 영화에 수면제를 타야 하는 사람이 된다는 뜻과 같다는 생각을 하면 골치가 지끈거리기는 하지만 어쩔 수가 있겠는가? 아니, 내가 지금 무슨 소리를 하고 있지? 내 속마음을 이렇게 마구 털어놓으면 곤란하잖아? 바보 같은 경호를 상대로 홍콩 무협영화는 머리가 나쁜 사람들이나 보는 것이라고 큰소리를 치는 게 내 취미인데.

그러나 그날 나는 아빠가 준비해둔 〈화니와 알렉산더〉를 볼 수가 없었다. 아빠의 충치가 기승을 부렸기 때문이다. 나는 속으로는 하품을 참으려고 애를 쓰지 않아도 된다는 생각 때문에 안도의 한숨을 내쉬기는 했지만 가슴이 아프기도 했다. 그것은 물론 위대한 작가 잉그마르 베르히만의 대표작을 보지 못한다는 사실 때문이 아니라 혼자 사는 아빠가 밤새도록 울어야 한다는 현실 때문이었다. 아, 다른 사람은 몰라도 우리 아빠는 밤새 혼자서 울어서는 절대로 안 된다. 동네방네 죄다 전화를 걸어서 충치의 아픔이 얼마나 엄청난 것인지를 전파할 뿐만 아니라 그로 인해서 온 동네방네가 시끄러워질 것이기 때문에. 특히나 이런 때의 아빠는 매우 위험하다. 만약에 말 한 마디라도 덜 따뜻하게 한다면 마음에 상처를 받을 뿐 아니라 아빠가 마음속으로 깊이 저주를 하기 때문에. 나의 사촌형은 겁없이 아빠의 충치를 비웃었다가 두고두고 후회했다.

"겨우 충치를 가지고 뭘 그래요?"

나의 사촌형이 한 말이라고는 이 말 한 마디였을 뿐이었는데도 아빠는 인정머리가 없는 대표적인 인간을 예로 들 때는 지금도 사촌형을 들먹거리곤 한다. 이런 때 보면 우리 아빤 참으로 집념과 의지력이 강한 분이다.

아빠로서도 어린 아들이 보는 데서는 차마 마음놓고 울지 못해 답답했는지 나를 집으로 돌려보냈다. 휴일을 맞아 가족과 함께 오붓하게 보내고 있는 전 상무님을 특별히 호출해가지고. 전 상무님은 아빠의 운전기사인데 자존심이 유달리 강한 분이어서 누구나 상무님이라고 부르고 있다. 만약 누군가가 눈치도 없이 전 상무님을 기사님이라고 불렀다간 그날이 꼼짝없이 제삿날이 된다. 기사님이라고 부른 사람을 태우고 서울 시내를 시속 백이십 킬로미터 이상 마구 밟아버리기 때문에.

나는 중병에 걸려 있는 아빠를 혼자 두고 떠난다는 사실 때문에 마음이 아파 적절한 조치를 취해보려고 했으나 아빠는 턱을 부여안은 자세로 걱정하지 말라고 했다.

"어떻게 걱정을 하지 말란 말예요? 아빤 나한테는 하나밖에 없는 아빠잖아요?"

내가 효자답게 말하자 아빠는 금세 눈물을 쏙 빼는 것이었다.

"현동아, 만약에 아빠한테 무슨 일이 벌어져도 그 정신만큼은 변치 말아라."

"무슨 일이 벌어진다구요? 그건 무슨 말이죠?"

내가 눈치도 없이 말하자 아빠는 더욱 심각한 표정을 지었다.

"현동아……넌 아빠가 없어도 굳세게 살 수 있겠지?"

지금 얘기를 하고 있자니까 어쩌 넌센스 코미디 같은 기분이 드는데 그때는 결코 그런 분위기가 아니었다. 아빠는 비장했고 나 역시 슬픔을 가누기가 힘이 들 정도였다. 만약에 아빠 말씀대로 아빠가 돌아가신다면……

그렇다면 도저히 안 된다는 공포가 나로 하여금 아빠의 충치를 과장하게 했을 것이다. 쭈르르 집으로 달려간 나는 엄마에게 지금 아빠가 몹시 위독한 상태며 만약 그냥 내버려둔다면 엄마는 반드시 후회하게 될 것이라고 공갈을 쳤다. 내가 그런 식으로 포를 쏘지 않았다면 엄마는 분명히 코방귀를 뀌며 너희 아빤 충치를 암으로 아나 보다고 비웃었을 것이다. 어디 엄마가 한두 번 아빠의 엄살을 겪어봤어야지.

그런데 내가,

"엄마……이를 어쩌면 좋아요? 아빠가 신음을 지르고 헛소리를 해요. 얼굴도 아주 창백하더라구요."

라고 말하자 엄마는 입을 꾹 다물고 가슴 아픈 표정을 감추느라고 애를 쓰는 것이었다. 나는 일단 된장이 잘 풀린다는 감을 잡게 되자 아빠에 대한 연민도 연민이려니와 더욱 그럴싸하게 말을 하고 싶다는 욕구를 참을 수 없었다. 나 참, 나도 큰일이야. '된장을 푼다'라는 말은 아빠나 쓰는 말인데 내가 왜 따라서 하지? 이건 XXX세대답지 않은 말이잖아? 좌우간 아빠 때문에 나

만 스타일을 구긴다니까. 된장이 뭐야? 하다 못해 '소스를 친다'
라고 해도 되잖아?

"오죽하면 전 상무 아저씨가 나를 데려다주셨겠어요? 병원에
가서 진통제를 맞았는데도 전혀 효과가 없는가 봐요."

"병원에 가서 진통제를 맞아? 어디가 아픈데?"

아빠는 병원에 가서 진통제를 맞은 게 아니라 약국에 가서 진
통제와 소염제를 사서 먹었을 뿐이다. 그러나 나는 엄마가 아빠
한테 가보도록 하기 위해서는 이 정도의 과장쯤은 양심에 거리
낄 것이 없다는 기분이었다. 아마도 나는 내가 생각하는 이상으
로 엄마와 아빠가 화해를 하고 가정의 평화가 유지되기를 바라
고 있었던 모양이다.

"아마……뼈에 금이 가고 신경이 어떻게 됐나 봐요. 아빠 혼자
라구요."

'뼈에 금이 가고 신경이 어떻게 됐다'는 말은 내가 아는 의학
상식으로 치통을 쉽게 표현한 말이다. 나는 단지 치통이란 말을
안 했을 뿐이므로 아무런 양심의 가책을 받지 않는다. 내가 치통
이라고 알기 쉽게 말했어 봐. 얘기가 어떻게 됐겠는가? 아빠의
견해로는 치통이 모든 질병 가운데서 최고로 지독하게 아픈 것
이라는데 엄마의 생각은 반대이니 말해 무엇하겠는가? 하긴 아
빠 충치가 있을 땐 치통이 최고요, 감기에 걸렸을 땐 그것이 또
만병의 근원이라고 주장하니 어느 쪽 말이 옳은지는 뻔한 일이
다.

엄마는 고심을 하다가 결국 아빠의 오피스텔로 가보기로 결정
을 내렸다. 지금 안 가보면 후회할 것이라는 내 엄포도 효과가
있긴 했으나 엄마도 속마음으로는 아빠한테 가보고 싶어한 게

아닐까? 내가 우리 가정의 평화와 행복을 위해 활약한 것은 여기 까지였다. 그뒤부터는 모든 것이 엉망진창이 되어버렸다. 아, 그 때 엄마가 아빠한테 전화라도 걸어보고 출발하기만 했어도 이런 비극은 없었으련만! 엄마는 왠지 아빠한테 전화를 걸어서 아빠 가 사경을 헤매고 있으니 찾아가 보겠다는 말만큼은 죽어도 못 하겠다는 생각이었던 모양이다. 하긴 엄마는 유별나게 자존심이 강한 여장부가 아니냐?

내가 엄마와 함께 아빠의 오피스텔로 들어서자 그곳에는 아빠 말고도 또 한 사람이 있었다. 엄마의 입장에서 보면 이 지구상에 서 아빠의 방에 있어서는 안 될 유일한 사람. 그 사람은 물론 바로 '그녀'였다. 이게 무슨 운명의 장난이란 말인가? 나는 훗날 내가 만들 영화에 대비해서 그때의 장면을 이렇게 시나리오로 써놓았다.

극적 반전을 위한 신. 아빠의 오피스텔(밤)

문을 열고 들어오는 엄마와 나. (《나 홀로 집에》에 나오는 매컬 리 컬킨처럼 귀엽고 잘생긴 아역배우를 캐스팅할 것!)

그러나 엄마와 나는 기절을 할 것처럼 놀란다. (엄마는 분노의 놀람이고 나는 아이고 미치겠다는 놀람. 이 차이점을 주의해서 배 우들에게 주지시킬 것!)

왜냐하면 오피스텔 안에는 아빠 외에 '그녀'가 있었기 때문. 더구나 아빠는 침대에 누워 있고 그녀는 거의 아빠를 올라탄 자 세로 간병을 하고 있다.

아빠 ― (놀라서 벌떡 일어나며) 억!

그녀 — (울상이지만 어디까지나 우아함을 잃지 않게)

엄마 — (부들부들)

나 — (눈 가리고, 나는 몰라요!)

아빠 — (능청) 지금이 몇 시야?(아빠의 어영부영하는 성격을 나
　　　타냄. 채플린의 영화 〈독재자〉를 참고한다. 그 영화에서
　　　독일군 병사가 할 말이 없으니까 괜히 "지금이 몇 시
　　　죠?"라고 했던 장면을 생각해보라. 모방은 창조의 엄
　　　마.)

엄마 — (꽥) 그게 무슨 상관이에욧!

아빠 — (당황) 아니……난 주말의 명화를 할 시간이 됐나 해
　　　서…….

엄마 — 숨이 꼴깍 넘어간다더니 이게 무슨 꼴이죠?

아빠 — (숨을 꼴깍 삼킨다.)

엄마 — 지옥으로 가버려요!('지옥으로 꺼져버려!'라고 할 수
　　　도.)

아빠 — (위기를 모면해보려고) 현동아, 너 숙제 다 했니?

나 — 아 참! 엄마 나 숙제 아직 못 했어요. 빨리 집에 가요.
　　　(이 순발력과 재치!)

엄마 — 당신들 정말 이럴 수가 있어요?

아빠 — (또 무지하게 아픈 시늉)

그녀 — 박 선생님께서 굉장히 아프시다고 해서 와봤어요. 치
　　　통이 아주 심하신가 봐요.

아빠 — 아이구 아이구 사람 살려!

엄마 — 살아서 뭐해요? 당장 죽어버려요!(하이힐을 벗어서 아
　　　빠에게 집어던진다.)

아빠 — (하필 코에 맞고) 나 죽었다!

　　아무래도 시나리오는 작가에게 맡기는 것이 좋겠다는 생각이
든다. 난 대본만 쓰려고 하면 꼭 만화영화 생각이 난다니까. 이
래서 우리 담임 선생님께서 공부시간 중에는 만화를 보지 못하
게 하시나 보다. 그럼 공부시간에 난 또 졸아야 하나? 이래서 인
생은 잃어버린 자전거 자물쇠와 같다니까!

그날 밤에는 별들이 총총했다

만화 라는 건 사람을 참 이상하게 만든다. 우리 같은 꼬마치들이 만화를 보면 선생님들이나 엄마들은 화딱지부터 내고 본다. 만화를 아무리 훑어봐도 선생님들이나 엄마들이 화를 내야 할 만한 건덕지가 없는데 참 요령부득이다. 우리가 선생님들이나 엄마들보다 만화를 더 좋아하기 때문에 질투를 하시는 걸까?

그런데 우리 같은 꼬마치들이 선생님들이나 엄마들의 불호령에도 불구하고 악착같이 만화를 보는 걸 보면 만화 속에는 아무래도 우리들의 용기를 북돋워주는 약이 들어 있나 보다. 나로 말할 것 같으면 장난기는 약간 있다 하나 어른들의 말씀은 다소곳하게 잘 듣는 편인데 만화만큼은 양보가 되지 않는다. 심지어는 반항심이 들기도 하고, 왜 여성주의는 판을 치는데 아이들주의는 아무도 귀를 기울여주지 않는지 분한 마음까지 든다. 우리가 나이가 어리다고 막 무시하는 처사가 아니고 무엇이냐?

　어른들의 우리들에 대한 편견은 만화를 가지고 얘기할 때 제일 잘 드러난다. 가령 예를 들자면 〈드래곤 볼〉만 해도 그렇다. 우리 담임 선생님은 말씀하시기를 〈드래곤 볼〉 중에는 영화로 치자면 미성년자 관람불가에 해당하는 장면이 많아서 절대 보아서는 안 되는 것이라고 주장하시는데 그건 너무 우리를 모르고서 하시는 말씀이라구요! 바보 같은 경호만 해도 아이가 어떻게 해서 태어나는지를 훤히 알고 있는데 대체 무슨 말씀이세요? 인철이 형은 말이에요, 자기 엄마하고 아빠가 자기 동생을 만들기 위해서 얼마나 고생을 하는지 직접 보기까지 했답니다. 자기 엄마는 밤새도록 끙끙 앓는 소리를 내며 진짜로 노력을 무진장 하더래요. 그런 것까지 다 알고 있는데 〈드래곤 볼〉이 뭐가 수상하다는 거죠? 체, 나는 언젠가 엄마한테 인철이 형의 예를 들면서 〈드래곤 볼〉을 봐야 한다고 주장 하다가 설거지를 하도록 벌을 받은 적이 있다. 만화는 이토록 어른들을 독재자로 만든다니까.

　그런데 만화는 어른들을 천사로 만들기도 한다. 물론 이 말은 연세가 지긋한데도 인간의 순수성을 버리지 않고 아직까지 만화를 탐독하는 어른들만 한정해서 하는 얘기다. 전철 안에서 스포츠신문의 연재만화를 열심히 읽는 어른들의 모습을 볼 것 같으면 인간이란 얼마나 영혼이 깨끗한 존재인지 알 수 있다. 만화를 보면서 도둑질이나 다른 나쁜 짓을 할 수는 없는 노릇이 아닌가? 머리가 천장에 닿을 것처럼 키가 훌쩍 큰 어른이 만화를 보면서 낄낄대고 웃는 것을 보면 속을 들여다보지 않아도 마음이 부드러운 사람임을 알 수 있지 않은가? 이래서 나는 만화를 보는 어른이라면 신용이 간다. 나한테 아이스크림을 사주며 따라오라고 해도 절대로 유괴범으로 의심하지 않을 것이다. 유괴범 얘기가 나오니 또 분한 마음이 생긴다. 우리 같은 꼬마치들이 만화를 본다고 해서 지금까지 단 한 명이라도 유괴범이 나온 적이 있느냔 말이다. 그런 나쁜 짓은 우리에게 만화를 못 보게 하는 어른들이 도맡아서 하고 있지 않은가? 그런데도 맨날 우리만 혼낸다니까! 우리 꼬마치들이 무슨 봉이란 말인가? 우리 '행복 아파트' 어린이들이여, 봉기하자! 만화가 아니면 죽음을 달라!

겉으로 보기에 우아하기 그지없는 여인들이 만화책을 보고 있는 모습을 보고 있노라면 속까지 우아할 것이라는 예감이 절로 든다. 예를 들자면 내가 가끔씩 가는 우리 동네 약국의 약사 누나가 그렇다. 하얀 가운을 입고 있는 약사 누나는 우리 엄마 다음으로 우리 동네에서 우아한 미인이다. 난 미인한테는 턱없이 약해서 별로 아프지 않은데도 불구하고 툭하면 약국을 들락거린다. 그럼 약사 누나는 만화책을 보고 있다가 감미로운 목소리로 어디가 아프냐고 묻는다. 약사 누나는 이렇게 만화를 자주 보니깐 아주 부자 아저씨한테 시집을 가게 되었지 않은가? 이것만 봐도 만화를 봐서 나쁠 것은 하나도 없다는 얘기다. 우아한 약사 누나하고 결혼을 할 아저씨는 출판사를 하고 있는데 얼마나 훌륭한 출판사인지 만화책을 다량으로 찍어내고 있다 한다.

내가 알고 있는 어른들 가운데서 만화를 제일 아끼는 어른은 두말을 할 것도 없이 우리 아빠다. 나는 정말이지 아빠를 존경해 마지않는다. 아빠는 여러 가지 인간적인 결점을 가지고 있지만 만화를 아끼는 정신 때문에 모두 용서를 받고 있다. 만약 아빠가 용서를 받고 있지 않다면 어떻게 지금까지 버티고 있겠는가? 망해도 푹싹 망했지. 지금도 아빠의 사무실과 오피스텔에는 만화가 품위있게 자리를 잡고 있다. 우리 아빠는 이처럼 인생에서 무엇이 중요한지를 아는 분이다.

헌데 아빠와 내가 좋아하는 만화는 서로 다르다. 나는 어디까지나 액션과 코미디 쪽인데 아빠는 어쩐 일인지 순정 쪽이다. 순정만화란 여자아이들이나 좋아하는 것인데 우리 아빠는 대체 어떻게 된 것일까? 아빠는 가끔씩 딸이 하나 있었으면……하는데 그것도 순정만화 탓일까? 어, 만약에 아빠가 송미 같은 여자아이를 낳으면 어떻게 되지? 담혜나 호명이는 봐줄 수 있어도 송미 같으면 결사반대다. 송미는 우선 손만 해도 내 두 배는 되는데 그걸 가지고 휘두르면 나 같은 건 죽사발이 되는 것이다. 나는 송미한테 손이 꼭 솥뚜껑 같다고 사실대로 말했다가 철푸덕, 한 방을 맞은 적이 있다. 난 그때 꼭 턱이 날아간 줄 알았지 뭔가? 나는 송미 덕분에 진실을 말할 때는 턱을 조심해야 한다는 교훈을 뼈저리게 느꼈다. 송미는 나에게 교훈을 가르쳐주더니 이렇게 물었다.

"이래도 내 손이 솥뚜껑이냐?"

나는 기어들어가는 목소리로 말했다.

"아니, 냄비뚜껑이야."

또 뻑!

이번에는 내 눈탱이가 부어오르는 소리다. 몹쓸 계집애 같으니. 아니 그래, 지 흉악한 손을 솥뚜껑에서 냄비뚜껑으로 줄여주었는데도 왜 나를 잡는 거야? 아빠, 제발이지 순정만화를 좋아하더라도 송미 같은 여자아이는 낳지 마세요. 내가 뭐 괜히 죽사발 될 일 있나요?

그러나 결론적으로 말하자면 나는 괜한 걱정을 한 셈이었다.

아빠가 순정만화를 좋아한 것은 송미 같은 무시무시한 딸을 낳기 위함이 아니고 '그녀' 때문이었으니까. 아빠의 사무실과 오피스텔에 있는 만화책들은 거의가 순정만화계의 거성 최희라의 작품이었는데, 이것들은 반쯤은 나의 '그녀'의 것이라고 해도 크게 틀린 것은 아니었다. 나의 '그녀'는 순정만화계의 거성 최희라의 스토리 작가였던 것이다!

나는 이 사실을 알고 깜짝 놀라는 기분이 되었다. 왜냐하면 나의 '그녀'는 머리에 빵모자를 쓰고 있지 않았기 때문에. 만화가는 아니더라도 만화와 관계가 있으면 의당 빵모자를 써야 할 것이 아닌가? 빵모자를 쓰지 않으려면 도대체 무엇 때문에 만화 일을 한단 말인가?

이쯤 해서 솔직하게 고백을 하자면 내가 영화감독이 되려는 이유 가운데 제일 큰 것은 바로 레디 고! 소리를 지를 수 있는 권리가 보장되어 있기 때문이다. 아, 이 세상에서 남자가 할 수 있는 일 가운데서 레디 고!를 외치는 것보다 더 근사한 것이 또 무엇이 있단 말인가? 오케스트라의 지휘자가 막대기를 마구 휘두르는 것도 멋이 있기는 하지만 레디 고! 소리에 비하면 새발의 피다. 영화감독의 옆에는 차르르 소리를 내며 돌아가는 촬영기가 있지만 오케스트라 지휘자야 아무것도 없지 않은가?

그러니깐 내 말은 빵모자를 멋들어지게 쓰고 다니지 않으려면 무엇 때문에 만화 일을 하느냐는 얘기다. 나는 언젠가 어린이날에 백화점에 갔다가 내가 존경해 마지않는 액션 코미디 만화의 거장 나대룡 아저씨가 빵모자를 쓴 것을 보고 굉장히 고민을 했다. 이대로 장차 영화감독이 될 것인가 아니면 방향 전환을 해서 액션 코미디 만화의 대부가 될 것인가? 그만큼 나대룡 아저씨의 빵모자는 환상적이었다. 만약 그날 나대룡 아저씨가 빵모자를 벗었을 때 눈이 번쩍, 할 만큼 대머리가 아니었다면 난 어쩌면 방향전환을 했을지도 모른다. 나대룡 아저씨가 대머리가 된 것은 빵모자와는 아무 상관이 없는 것이겠지만 어쩐지 미심쩍은 기분이 들었던 것이다. 둥그스름한 빵모자가 나대룡 아저씨의 머리칼을 빵 모양으로 빠지게 한 것 같은 느낌을 지울 수가 없었다. 아니, 그러고 보면 나의 '그녀'가 빵모자를 쓰고 다니지 않는 것은 대머리가 될까 봐 겁이 나기 때문일까?

'그녀'의 이름은 윤희봉이다. 내가 그녀의 직업을 알게 된 것은 엄마가 아빠의 오피스텔에 찾아와 최희라 지음의 만화책들을 죄다 내던져버렸기 때문이었다. 내가 아빠와의 데이트를 끝낼 무렵 엄마는 나를 데리러 왔다가 그 만화책들을 발견하고는 인내심을 포기해버렸다.

"당신한테는 몽둥이가 약이야!"

엄마는 이렇게 경고를 하더니 몽둥이보다 훨씬 더 무서운 손톱을 휘둘러대는 것이었다. 나는 그때까지만 해도 아빠가 사회적 지위 때문에 만화책을 서랍 속에 숨겨놓고 있는 줄만 알고 있었다.

"이런 만화책이나 쓰는 여자니까 당신을 사람 취급하지!"

'그녀'의 이름은 분명히 윤희봉인데 왜 엄마가 최희라의 만화책을 가지고 이러는 것일까? 나는 이런 의문에만 사로잡혀 있다가 진상을 알고 나서 빵모자를 떠올렸던 것이다.

우리 엄마는 참으로 잔 다르크처럼 강한 여인이다. 엄마는 아빠의 치사한 배신에도 불구하고 절대로 우는 법이 없었다. 그날 밤에도 엄마는 나를 데리고 집으로 오더니 양주를 반 병이나 마시고 이렇게 큰소리를 치는 것이었다.

"뭐? 만화 스토리 작가? 현동아, 넌 앞으로 커서 뭐가 될래?"

엄마가 이렇게 물어볼 때는 난 최소한 만화 스토리 작가보다도 열 배쯤은 훌륭한 사람이 되겠다고 말을 해야 한다.

"세계에서 최고로 훌륭한 발레리나가 되겠어요!"

엄마는 나를 부둥켜안더니 이를 부드득 가는 것이었다. 이하는 그날 밤에 엄마와 내가 우정이 가득 찬 분위기 속에서 나눈 대화이다.

"현동아……너 아홉 살이지?"

"……예."

"아홉 살이면……아직은 어린 나이야……."

"아녜요, 엄마. 여덟 살짜리, 일곱 살짜리들도 얼마나 많은데요?"

"그래……완전히 어린 나이는 아니다……."

"정신적으로는 열세 살이라니까요."

"……고맙다, 정신적으로 일찍 성숙해줘서……."

"엄마, 나 앞으로 일 년에 두 살씩 먹을까? 아니, 다섯 살씩 먹으면 안 되나?"

"……어떻게?"

"그거야 뭐 설날에 떡국을 다섯 그릇씩 먹으면 되죠?"

"넌 아직 아홉 살이 분명해……."

"다섯 그릇씩 충분히 먹을 수 있다니까요?"

"그건 다섯 배로 빨리 뚱보가 되는 지름길이야."

"그럼……어떡한다……?"

"됐어. 엄만 지금 현동이 이대로가 좋아."

"〈지금 이대로가 좋아〉는 좀 이상한 영환데?"

"넌 정말 안 본 영화가 없구나? 대체 어쩔려고 그래?"

"절대로 영화감독 같은 건 안 될 거라구요."

"그런 생각 같은 건 꿈에도 하지 말아라. 그랬다간 엄마와는 절교야."

"오매, 무서워⋯⋯."

"현동아⋯⋯너 말야⋯⋯."

"왜요?"

"너⋯⋯그러니깐⋯⋯아빠가 없어도 엄마랑 둘이서 살 수 있지?"

"⋯⋯예."

"싫은 모양이로구나? 그렇겠지⋯⋯."

"아녜요, 엄마. 난 혼자서도 잘 놀잖아요?"

"그래, 우리 현동이는 혼자서도 아주 잘 놀지⋯⋯그런데⋯⋯ 만약에 엄마가 없다면 어떡할 거지?"

"왜 그래요, 엄마? 난 무섭단 말예요."

"현동이 넌 잘 살아도 엄마, 못 살아도 엄마하고 살 거지?"

"엄마하고 사는데 왜 못 살아?"

"그러니깐 끝끝내 엄마하고만 살 거지?"

"엄마, 아빠하고 이혼할 거예요?"

"뭐? 누가 그런 소리를 하든?"

"경호 엄마가⋯⋯."

"미쳤구나, 아주! 현동아, 너 절대로 경호하고 놀지 마!"

"그럼 야구를 어떻게 해요? 경호가 빠지면 아홉 명이 안 되는데?"

"여덟 명이서만 해도 되잖아?"

"그런데 경호가 야구방망이랑 장갑이랑 가지고 있단 말예요."

"머리가 나쁘니까 별걸 다 가지고 있구나."

"아빠랑 이혼 안 할 거죠?"

"아니, 할 거다……."

"정말?"

"왜? 싫어?"

"엄만 좋아?"

"엄만 자존심도 없는 사람인 줄 아니?"

"난 엄마가 원하는 일이라면 뭐든지 할 거예요."

"미치겠다……."

"엄마, 하늘에 별이 몇 개?"

"두 개."

"왜?"

"총총이니까 두 개지."

그날 밤에는 정말로 별들이 총총했다. 나는 그 별들을 보면서 내 인생에는 별이 몇 개인지 생각해보았다. 재수가 좋으면 별이 다섯 개쯤 될지도 모른다는 생각을 했다. 난 전쟁놀이를 할 때 재수가 좋으면 육군 참모총장을 한 적이 있지 않은가? 육군 참모총장은 별이 다섯 개다.

그런데 엄마별 아빠별은 어떤 별이지? 나의 '그녀'의 별은 어디쯤 있을까?

엄마 아빠, 이혼하다

나는 어느 날 아침에 단잠을 자고 일어나다가 깜짝 놀랐
다. 파자마를 입은 모습으로 아빠가 나를 내려다보고 있었기 때
문이었다. 나는 무슨 꿈이 이렇게 진짜같이 생생할 수 있을까,
하고 눈을 깜빡거리다가 비타민이 결핍된 증거라고 생각했다.
신선한 과일을 한동안 먹지 않았더니 이런 현상까지 벌어지고
있다고 결론을 내렸다. 우리 엄마는 비타민을 바이타민이라고
부르는데 인생에서 성공을 하려면 바이타민을 잔뜩 복용해야 한
다는 철학을 가지고 있다. 바이타민 박사라는 별명을 가지고 있
는 동네 병원의 잘생긴 의사 선생님 탓이다. 엄마는 감기만 걸려
도 잘생긴 의사가 있는 병원으로 쪼르르 달려가는 버릇이 있다.
그 잘생긴 의사는 엄마를 보고 바이타민의 공급이 원활한 얼굴
을 가지고 있다고 평가를 한단다. 엄마가 미인이라는 뜻이란다.
엄마는 이 말을 듣는 재미 때문에 툭하면 동네 병원으로 쪼르르

달려가는 게 아닐까?

그러나 아직 잠에서 완전히 깨어나지 못한 내 눈에 부옇게 보이는 아빠의 얼굴은 꿈이 아니라 진짜였다. 아빠가 주특기인 '코 돌리기'를 했기 때문이다.

"아얏……아, 아빠……."

나는 놀랍고 불안해져서 비명도 크게 지르지 못했다. 아빠가 내 방으로 들어오신 것은 너무도 반가운 일이었으나 엄마를 생각하니 겁부터 더럭 났던 것이다. 그때까지만 해도 난 엄마가 무단침입을 한 아빠를 절대로 용서하지 않을 것이라고 생각했었던 것이다.

그러나 아빠의 태도는 너무도 의연했다. 내 집에서 내가 내 아들녀석의 코를 잡아당기는데 어떤 개아들놈이 상관이냐, 하는 투였다.

"욘석아, 지금이 몇 시냐? 학교에 지각할 거야?"

그렇지 않아도 지각대장인 나는 정신이 번쩍 들었다. 우리 아빠는 늦잠자기의 명수로, 아빠가 나를 깨울 정도면 틀림이 없는 지각이라고 믿었기 때문이었다.

"엄마아──."

내가 침대에서 벌떡 일어나 거실 쪽으로 달려가자 엄마는 그 어느 때보다도 훨씬 환한 얼굴로 나를 보고 방긋 웃는 것이었다.

"현동이 일어났니? 좋은 아침이지?"

"나 지각이란 말예요!"

"니네 학교는 일요일에도 공부를 하니?"

아, 나는 아빠에게 감쪽같이 속았던 것이다. 나는 안심이 되기도 하려니와 아빠가 엄마의 허락 하에 집으로 돌아왔다는 사실 때문에 마음이 풀어져 마음껏 소리를 질렀다.

"아빠는 거짓말쟁이— 우리 엄마는 내 편—."

내 판단으로는 엄마가 아빠의 오피스텔에서 나의 '그녀'와 조우한 사건 때문에 난 틀림없이 문제가정의 어린이가 될 것으로 믿고 포기를 하고 있었다. 그런데 아빠가 어디 한 군데 얼굴이 상한 곳도 없이 집을 활보하고 있다니 도대체 이건 어떻게 된 노릇이란 말인가?

어른들은 정말이지 앞뒤가 안 맞는 분들이다. 제일 알 수 없는 것은 엄마의 한 떨기 장미꽃처럼 피어난 화사한 얼굴이었다. 대체 아빠가 무슨 마술을 피웠기에 엄마는 나른하면서도 번쩍번쩍 빛나는 얼굴을 하고 있는 것일까?

난 여러 가지 의문들이 한꺼번에 내 머릿속에서 소용돌이를 치는 바람에 어지럽기까지 했다. 내가 꼭 용량이 286밖에 안 되는 구형 컴퓨터가 된 기분이었다. 286 컴퓨터는 내가 한 시간 정도만 가지고 놀면 몸살을 앓는 소리를 내며 살려달라고 아우성을 친다. 어른들의 세계는 꼭 분해해놓은 오디오의 뒷면과 같다. 언제는 운명적으로 이혼을 해야만 한다고 끙끙 앓는 소리를 하더니 이제 와서는 꿩 구워먹은 표정으로 마냥 행복해 한다. 정말이지 어른들은 잘못 입력된 명령어처럼 나를 헷갈리게 한다니까!

나 — 뭐예요?
아빠 — 뭐가?
나 — 이상하잖아요?
아빠 — 뭐가 이상해, 임마? 너 치과 가고 싶니?

나 ― (아빠의 옆구리를 쿡 찌르며) 어떻게 된 것이냐니깐요?
　　　엄마한테 맞아죽었다가 부활을 한 거예요?

아빠 ― 짜식, 참 이상한 녀석이네. 아빠가 왜 엄마한테 맞아
　　　죽냐? 아빠가 부활을 할 정도면 지금 이렇게 살고 있
　　　을 것 같냐? 사이비 교주라도 하지.

나 ― 살려달라고 빌면서 엉엉 울었죠? 아빠 때문에 남자들 체
　　　면은 영 말이 아니라니깐.

아빠 ― 좋아하시네. 아빠 사전에 우는 건 없다. 빌긴 왜 빌
　　　어?

나 ― 아빤 울보잖아요?

아빠 ― 현동이 너, 그렇게 나올래? 넌 오줌싸개 아니냐? 그게
　　　제일 치사한 거야. 소문을 확 내버려?

나 ― 난 아빠 편이잖아요? 아빠가 솔직하게 말씀을 해주시면
　　　나도 솔직하게 얘기를 할게요.

아빠 ― 현동이 너, 공부시간에 만화책 보다가 선생님한테 들
　　　켰지?

나 ― 와아……귀신이네.

아빠 ― 그것 봐, 임마. 아빠는 이정도야.

나 ― 나도 이담에 커서 아빠처럼 되고 싶다니까요. 그러니깐
　　　꼭 사실대로 말씀을 해주세요.

아빠 ― 뭐? 아빠처럼 돼? 야, 현동아, 너 마음 다시 먹을 수
　　　없니?

나 ― 내가 아빠처럼 되는 게 싫어요?

아빠 ― 그걸 말이라고 하니? 넌 아빠 꼴이 어떤 것인지 잘 알
　　　고 있……아니다, 역시 현동이밖에 없구나.

나 ― 나도 아빠밖에 없어요.

아빠 ― 남자란 말이야, 그러니깐……배꼽으로 사는 거야. 그 걸 알아야지. 알겠니?

나 ― (아, 또 배꼽이 나오는구나, 하는 생각이 들면서) 여자는 뭐 배꼽이 없나요? 또 이상한 얘기야.

아빠 ― 배꼽도 배꼽 나름이지. 아빤 누가 뭐라고 해도 엄마를 사랑한단다. 그래서 어젯밤에 엄마한테 그 사실을 확 인시킨 거야. 아빤 아직 안 죽었어요. 그걸 알아야 지. (히죽 웃으며 자신만만)

나 ― (더 모르겠다.) 피, 전에는 뭐 아빠가 엄마를 사랑 안 했 나요? 그래도 뭐 꼼짝도 못 하고 쫓겨났잖아요?

아빠 ― 임마, 말로 안 될 땐 행동으로 보여주는 거야. 남자는 행동! 여자는 절개!

나 ― 무슨 행동?

아빠 ― 너 참 끈질기구나. 잘났다, 정말. 앗! 지금 삼치가 타 고 있습니다! (딴청을 피우느라 오븐레인지 속의 삼치를 꺼내고)

나 ― 그럼 아빠 애인은 어떡하실 거죠?

아빠 ― 앗 뜨거라! (진짜로 뜨거운지 삼치를 담으려던 접시를 떨 어뜨려서 깬다.)

아, 아빠는 정말로 양심이 앗, 뜨거워라!인 모양이다. 보나마 나 아직도 아빠는 '그녀'를 사랑하고 있는 것이다. 그럼 어떻게 되는 것일까? 아빠가 엄마와 '그녀'를 다 같이 사랑을 하면 안 되나? 아빠가 힘에 부치면 내가 '그녀'를 맡아야 하는 게 아닐 까? 그럼 나와 아빠의 관계는 어떻게 되지? 엄마와의 관계는? 그렇게 되면 이번에는 내가 집에서 쫓겨나야 하나? 왜 남자들은 꼭 한 여인만을 사랑해야 되지? 누가 그렇게 법을 정했냔 말야? 하나님이? 부처님이? 대통령이? 아니, 이 경우에는 대법원장이지. 대법원장이? 아니구나! 이건 국회에서 다룰 문제가? 나도 한번 국회로 진출을 해봐? 그럼 난 뭐지? 담혜와 호명이를 어떻게 해? 담혜가 인철이 형한테 미련을 가지고 있는 것이 왜 부아가 나지? 아빠! 또 삼치가 타고 있잖아요!

나 ― 미안해, 엄마.
엄마 ― 뭐?
나 ― 내가 잘못했어.
엄마 ― 무슨 소리야?
나 ― 전부 다 내 탓이야. 그렇죠?
엄마 ― 너 또 유리창 깼지?
나 ― 나아 참…….
엄마 ― 넌 유리창을 깰 때마다 '내 탓이오'라고 하잖아? 이번
       엔 절대로 용서 못 해.
나 ― 차라리 유리창을 깼으면 좋겠네. 엄마, 나 지금이라도
       유리창을 깰까?
엄마 ― 현동이 너, 무슨 꿍꿍이속이니? 바른 대로 말 못 해?
나 ― 없었던 일로 해주세요오―.
엄마 ― 바른 대로 말하지 않으면 컴퓨터에서 오락 프로그램
       을 지워버린다?
나 ― 아이구, 아빠!
엄마 ― 넌 정말 이상한 애야. 다른 아이들은 다 아이구 엄마!

하는데 넌 어떻게 된 거니?

나 — 그래요. 난 이상한 애니까 그만두면 되잖아요?

엄마 — 잘됐다. 오락을 지워야지. 그렇지 않아도 신경이 쓰였
　　　는데.

나 — 얘기를 하면 될 꺼 아녜요? 그 동안 아빠가 집을 나가신
　　　것은 제 탓이죠?

엄마 — (이게 무슨 소리냐?)……!

나 — 맞구나! 엄마가 아무 말씀도 못 하고 있잖아요?

엄마 — 너 왜 그런 생각을 하고 있니? 너하고는 아무 상관도
　　　없는 일이야!

나 — 나도 다 알고 있다구요!

엄마 — 아빠가 나간 게 왜 네 탓이란 거니?

나 — 내가 세상에 태어나지 않았으면 그런 일도 없었을 거라
　　　구요.

엄마 — 현동이 네가 없었으면 아빠는 집에 들어오지도 못했
　　　을 거다!

나 — 그것 보세요. 모든 게 다 내 탓이잖아요!

엄마 — 얘가 왜 이래? 엄마 아빠는 모두 다 널 사랑하고 있어
　　　요.

나 — 알아요.

엄마 — 알면서 왜 그런 뚱딴지 같은 소리를 하고 있어? 용돈
　　　이 떨어졌니?

나 — 난 아홉 살이잖아요? 내가 그딴 소리나 하고 있을 것 같
　　　아요?

엄마 — 그래, 현동이 넌 잘난 애야. 이제 그만 자거라.

엄마 아빠, 이혼하다 83

나 ― 것봐요. 아빤 또 늦게 들어오시잖아요.

엄마 ― 엄마는 포기했다. 아빤 원래가 그런 분이야.

나 ― 엄마……난 사실……재수가 무지 없어요. 왜 이럴까요?

엄마 ― 우리 현동이가 열이 있는 모양이로구나. 우유 마실래?

나 ― 엄마는 어떻게 된 거예요? 아빠를 용서하셨어요?

엄마 ― 아빤……나쁜 분이 아니야……사람이 다 좋을 수가
　　　　있니? 엄마도 나쁜 데가 있는걸 뭐.

나 ― 그럼 다시는 아빠를 안 쫓아내실 거예요?

엄마 ― 우리 현동이가 원하면 그렇게 해야지. 됐니?

나 ― 엄마, 사랑해요…….

엄마 ― 그래, 엄마도 널 사랑해…….
　　　　(나와 엄마, 서로 감격적인 포옹을 한다. 그 위로 쏟아지
　　　　는 죽이는 음악소리. 어쿠스틱 기타 연주였으면 좋겠다.
　　　　811호 아저씨는 밤낮 기타만 치고 있는데 내가 영화를
　　　　하게 되면 음악을 맡겨야지. 그럼 우리 아파트 단지에 소
　　　　문이 쫘악 날 거야. 그 아저씨는 수다쟁이니깐. 부지런히
　　　　사인 연습을 하자!)

　그러나 결국 엄마와 아빠는 이혼을 하게 되었다. 나는 사랑도
뭉게구름 앞에서는 아무짝에도 소용이 없다는 것을 알았다. 엄
마와 아빠는 아빠의 치통 때문에 이혼을 하게 된 것이 아니라 뭉
게구름 때문에 그렇게 된 것이다. 참 이상도 하지. 대체 뭉게구
름이 뭐길래 엄마와 아빠는 서로를 사랑한다고 고래고래 소리를
지르면서도 합의이혼서에 도장을 찍게 되었을까?

　어떻게 된 일인가 하면 엄마와 아빠는 나를 데리고 제주도로
여행을 갔다. 나는 엄마와 아빠가 가정의 행복을 무엇보다도 중

요시한다고 결심을 하는 덕에 난생 처음 비행기까지 타보게 된 것이다. 이때까지는 분위기가 아주 좋았다. 그런데 엄마와 아빠가 제주도에까지 가서 본 것은 뭉게구름뿐이었다. 다 알다시피 제주도에는 한라산이며 감귤밭이며 조랑말이며 해녀며 볼 것이 좀 많은가? 그런데도 엄마와 아빠는 한사코 뭉게구름만 쳐다보는 것이었다. 그 뭉게구름은 구워놓은 호떡처럼 볼품이 없는 것이었는데도.

장담을 하건대 엄마와 아빠는 제주도에 오기 전까지는 아무런 일이 없었다. 말다툼을 벌이지 않았을 뿐만 아니라 사실은 나한테 동생을 낳아주기 위해서 무진장 애를 쓰기까지 했다. 이건 아직까지는 아무한테도 얘기를 안 해주고 있는 것인데 이제는 털어놔야겠다. 엄마와 아빠가 뭉게구름만을 보며 이혼으로 가는 지름길로 가려고 마음먹었던 것이 아니라는 것을 증명하기 위해서. 나는 왜 그런지 몰라? 귀가 밝은 거만큼은 할머니를 꼭 닮았나 봐?

할머니는 귀가 나쁜 척하고 있지만 사실은 집안에서 벌어지고 있는 모든 것을 다 듣고 있다. 할머니가 귀가 먹은 시늉을 하고 있는 이유는 딸기를 살 때 값을 왕창 깎기 위해서이다. 할머니는 딸기장수 아줌마가 값이 얼마라고 얘기를 분명히 했는데도 불구하고 못 들었다는 시늉이다. 그러고서는 어거지를 쓴다.

"무슨 소리야? 언제 딸기가 이천 원이라고 했어? 천 원이라고 했지? 내가 귀가 어둡다고 속여먹는 거야? 늙은이를 속이면 불구덩이 지옥으로 떨어지는 거 몰라?"

아이구, 기가 막혀라. 할머니, 그런 꾀를 자꾸 쓰면 할머니가 불구덩이 지옥으로 떨어진다구요!

할머니의 어거지는 유명한 것이어서 시장에서 장사를 하는 아줌마들은 빨리 손을 드는 것이 낫다고 생각하고 있다. 계속 따지고 있어 봤자 자기들만 손해고 할머니는 이때다, 하구선 몰려든 구경꾼들을 상대로 사람이 늙으면 얼마나 서러운 신세가 되는지를 구구절절 외워대기 때문에. 우리 할머니는 옛날에 변사가 아니었는지 모르겠어. 어쩌면 그렇게 청산유수에다가 사람들의 심금을 울리는지 모르겠다니깐. 할머니가 어거지를 쓰고 있다는 것을 뻔히 알고 있는 나도 홀까닥 넘어갈 정도니까 말을 다한 거지.

할머니는 집안에서 못 들은 척하고 아무 말도 안 하고 있다가 당신의 흉을 보면 어김없이 복수를 한다. 얼마나 꾀가 용한지 흉을 들은 그때는 아무 말도 안 하고 있다가 결정적인 때를 골라서 느닷없이 공격을 해대는 것이다. 사촌누나 시은이 누나는 할머니의 밥이다. 시은이 누나는 할머니가 옷사치를 한다고 흉을 보았다가 그로부터 사흘 후에 아끼던 치마에 빵꾸가 나는 흉변을 당했다. 평소에는 손 하나 까딱을 안 하고 지내던 할머니가 그날 따라 시은이 누나의 치마를 다려준다고 하고선 다리미를 치마 위에 올려놓은 채로 목욕탕으로 가버린 것이다.

"할머니, 누가 할머니더러 내 치마 다려달라고 했어요? 할머니가 일부러 그런 거죠?"

할머니는 이런 말을 들을 경우에 대비해서 준비해둔 말이 있다.

"에고 에고, 서러워라아……늙은 것도 서러운데 손주한테 저런 말까지 들어야 하나아……내가 지 생각을 해서어 치마를 다려주었건마느은……노망이 들어서어 깜빡한 걸 가지고오 이 늙

은 거어스을 아조오 자압네에에……차라리 나가서어 죽으을 거
어나아아……에이고오 영가암……나를 두고오 왜에 먼저어어 가
았소오오……."

이 결과 죽어나는 것은 시은이 누나고 할머니는 큰아빠로부터
보너스를 받는다. 정말이지 공포의 할머니라니깐.

내가 지금 할머니의 얘기를 하는 건 엄마와 아빠의 사랑을 엿
들었다 해도 그건 내 잘못이 아니라 유전자 탓이라는 것을 설명
하기 위한 것이다. 내 귀가 밝아서 안방에서 비디오를 보는 소리
까지도 잘 들리는데 나더러 어떡하란 말인가? 아니면 아파트 시
공업자가 책임을 져야 한다. 내 방에라도 방음장치를 해놓았으
면 이런 일이 없지 않겠는가?

나는 엄마와 아빠가 안방에서 내 동생을 만들기 위해 애를 쓰
는 동안 여러 가지 다채로운 공상을 한다. 만약에 남동생을 낳으
면 나는 코헨 형제처럼 듀엣으로 영화를 감독할 거다. 동생녀석
이 제 고집만 피우는 녀석이라면 발레를 하도록 꼬셔야지. 그래
야 엄마도 많이 실망을 하지는 않을 테니까. 난 공상을 해도 참
이상하다. 금세 난처한 상황과 마주치게 된단 말이야.

예를 들자면 나와 동생이 형제 감독이 되어 코헨 형제들처럼
칸 영화제에서 그랑프리를 타게 되면 어떻게 하나? 누가 트로피
를 타야 하는 것인지 참 난처하지 않겠는가? 형의 입장에서 트로
피를 내가 타겠다고 하면 체면문제고 그렇다고 동생한테 타게
하면 속이 많이 상할 것 아닌가? 동생들이란 보나마나 제 고집만
피우는 이상한 애들이니까. 바보 같은 경호의 동생 경민이는 한
번 울기 시작을 하면 기본이 세 시간이다. 인철이 형의 동생은
인철이 형의 물건이라면 무조건 뺏고 보는 무법자다. 내 동생도

보나마나 똥고집을 피우고 내 물건을 모조리 뺏어갈 거야. 아, 동생이 태어나기 전에 내 물건들을 숨겨놓을 장소를 만들어야 하는데…….

정말이지 어른들의 세계는 이해할 수가 없다. 내가 물경 한 시간이 넘도록 공상에 빠지고 나서야 잠이 든 엄마와 아빠가 그 다음날 제주도에 와서는 왜 그렇게 심각한 얼굴로 뭉게구름만 보았던 것일까? 뭉게구름 속에는 어른들을 심각하고 말이 없게 만드는 어떤 것이 있단 말인가? 나는 뭉게구름을 보며 인생에 대한 의문이 뭉게뭉게 피어올랐다.

이럴 때 내가 할 수 있는 일은 아주 행복한 표정을 짓는 것뿐이다. 나까지 덩달아서 심각한 표정을 지었다간 얘기가 이상해지니까. 엄마와 아빠는 내가 심각한 얼굴이 된 이유는 상대방에게 있다고 다투기 시작해서 마침내는 체면이고 뭐고 없이 전쟁을 시작한다. 나는 이런 경우에 대한 경험이 아주 많이 있기 때문에 조랑말이 오줌을 싸기만 해도 너무나 즐거워서 배가 아플 정도라는 시늉을 한다.

"저걸 어떡해요? 조랑말이 오줌을 싸고 있잖아요?"

내가 호들갑을 떨자 아빠는 입을 쩍 벌리고 이건 너무나도 신기하구나!라는 표정을 짓는다.

"아니, 이럴 수가? 조랑말이 오줌을 다 싸는구나! 난 세상에 태어나서 처음 보는 거야!"

아빠가 이렇게 감탄을 하면 엄마도 뒤질세라 감동을 받았다는 시늉을 한다.

"이걸 어떡하니? 엄마는 여태까지 조랑말이 오줌을 싸는 줄은 정말 몰랐어! 정말 굉장하구나!"

엄마 아빠의 말은 모두 거짓부렁이다. 엄마와 아빠는 조랑말이 오줌을 싸는 것을 최소한 세 번 이상은 본 분들이다. 서울랜드와 용인 자연농원에서 본 조랑말은 조랑말이 아니고 뭐란 말인가? 그때 조랑말이 쉬—를 한 것은 쉬—가 아니고 수도꼭지를 틀어놓은 것이란 말인가?

　나도 가관이다.

　"엄마, 아빠, 조랑말이 저렇게 오줌을 쌌으니 우리 달리기를 하는 게 어때요? 저기 나무가 있는 곳까지 달리기 시이작! 따앙!"

　전에도 설악산에 놀러갔다가 엄마와 아빠는 모래사장에서 달리기를 해서 기분이 풀어진 적이 있었다. 그러나 달리기를 해서 내가 얻었던 것은 제주도와 설악산은 다르다는 사실뿐이었다. 엄마와 아빠는 나한테 달리기를 지기 위해 애를 쓰다가 끝내는 다투고 말았던 것이다.

　"당신 아주 웃기는군요?"

　"그래, 난 코미디언이야!"

　"아들한테는 져도 되지만 나한테까지 질 필요는 없잖아요?"

　"조용히 해, 현동이 듣겠어."

　"지금까지는 현동이 때문에 봐줬지만 이제부터는 절대로 안돼요!"

　"대체 왜 이러는 거야?"

　"당신 인생에 단 한 번만이라도 솔직해져 봐요. 지금 누구를 생각하고 있죠?"

　"물론 당신이지. 난 당신 눈치나 보는 어릿광대 아냐!"

　"아주 잘났군요!"

　"그래, 어떡할 거야? 나도 숨 좀 쉬어야겠어!"

"그건 당신 코한테 물어보세요!"
"조심해! 넘어지겠어! 왜 하이힐을 신고 오는 거야?"
"그거야 당연하죠. 난 교양이 없는 아줌마에 불과하니까요."
"사랑해……."
"내가 죽는 꼴을 봐야겠어요?"

　나는 결승선에 들어와서 일등—이라고 손을 흔들며 기뻐하면
서 인생이란 잃어버린 자전거 자물쇠가 아니라 개 짖는 소리와
비슷한 것인지도 모르겠다는 생각을 했다. 잘생긴 콜리는 죽기
살기로 다투느라고 동시에 꼴찌로 달리고 있는 엄마와 아빠를
향해서 빨리 뛰라고 컹 커엉— 커다랗게 짖고 있었다.

남는 것은 유머밖에 없다

우리 아빠는 나를 뭘로 생각하고 있는지 모르겠다. 물론 하나밖에 없는 아들로 생각하는 거야 당연하지만 어떤 때는 친구로 어떤 때는 애인으로 어떤 때는 라이벌로 생각하는 것 같다. 아빠가 나를 라이벌로 생각할 때는 전자오락을 할 때다. '마성전설'을 할 때 보면 기를 쓰고 나를 이기려고 하다가 결국에 지고 나서는 반드시 설욕을 하겠다고 벼른다. 뭐 장난으로 그러는 것이 아니라 진심으로 분하고 자존심이 상한 얼굴이 되어.

심지어는 나를 동업자로 생각을 할 때도 있다. 이건 아빠의 사업상 비밀이기 때문에 대강만 얘기를 하겠다. 아빠는 만화영화를 제작할 야심을 가지고 있는데 나를 조감독으로 쓸 생각을 하고 있는 것이다. 이유는 만화영화라는 게 어린이들을 상대로 하는 것이기 때문이란다. 나는 계약조건만 맞으면 조감독을 못 할 이유가 없다고 생각하고 있다. 내가 내거는 조건이란 만화 여주인공의 얼굴이 아네트 버닝을 닮아야 한다는 것이다. 아네트 버닝은 영화 〈벅시〉의 여주인공이다. 나는 그녀가 〈벅시〉에서 워렌 비티의 뺨을 갈기는 것을 보고 그만 쏙 빠져버렸다. 내가 아는한 그녀는 갱스터 영화에 나오는 최고의 여인이다. 그리고 물론 남자 주인공의 얼굴은 나를 닮아야 한다. 이런 조건 말고도 영화를 찍는 동안 내 손에서는 아이스크림이 떨어지는 법이 없어야한다는 것만 보장을 해주면 불만이 없겠다. 내가 이런 얘기를 하자 아빠는 나를 최고로 조건이 까다로운 조감독이라고 감탄을했다. 정말 딱 맞는 말씀이다. 나는 일에 관한 한 까다로운 남자가 되고 싶다. 우디 앨런도 그렇고 찰리 채플린도 그렇고 월트 디즈니도 그렇지 않았는가?

아빠가 만화영화를 만들려고 하는 건 세계시장에 배급하기가 좋겠다는 점 때문이다. 아빠는 한국 사람의 얼굴로는 세계를 석권할 수 없다고 생각하고 있다. 세계 영화시장을 꽉 잡고 있는것은 할리우드이기 때문에. 이런 생각을 할 수 있다는 것만으로도 아빠는 사업의 귀재다. 다만 꿈을 꾸는 귀재라는 점이 아쉽긴하지만. 아빠가 만화영화를 만들 때가 언제인가 하면 누군가가 돈보따리를 싸가지고 와서 제발이지 만화영화를 만들어주세요, 하고 싹싹 빌 때가 될 것이다. 그렇지 않고서야 아빠가 무슨 돈으로 만화영화를 만들 수 있겠는가? 어떤 때는 아빠의 호주머니엔 만화를 사볼 돈도 없는 지경인데. 아빠는 외로운 분이다. 누군가가 돈보따리를 들고 나타나서 제발이지 만화영화를 만들어주세요, 하고 빌 날이 올 거라고 믿는 사람은 이 세상에서 딱 한사람— 아빠뿐이기 때문에.

아빠는 어떤 때는 나를 카운슬러로 알기도 한다. 어떤 사람들은 설마……하겠지만 이건 어디까지나 사실이다. 그렇지 않다면 아빠가 왜 가정법원에서의 일을 나에게 꼬치꼬치 얘기했겠는가? 물론 아빠가 나에게 얘기를 한 것은 일이 벌어진 다음 훨씬 훗날이었다. 아빠는 이혼법정에서의 충격이 가라앉고 그것을 유머러스하게 표현할 수 있는 날이 오자 나에게 얘기했다. 내 생각에 최후까지 남는 것은 유머밖에 없다. 슬픔도 기쁨도 모두가 사라지면 그것들은 유머가 되어 우리 곁에 남게 된다. 그래서 유머를 최고의 예술적 덕목이라고 하지 않는가? 누가 그랬느냐고? 그거야 물론 우디 앨런이지. 내가 괜히 우디 앨런을 존경하는 것은 아니다. 다 이런 이유가 있는 것이다.

이하는 아빠가 얘기했던 것을 거의 그대로 옮겨놓은 것이다. 이 얘기를 하면서 아빠는 어떻게든 나를 웃겨보려고 했다. 나는 그런 아빠를 이해한다. 이렇게 하지 않으면 아빠가 무슨 재주로 나와 헤어져 사는 생활을 견뎌낼 수 있겠는가?

가정법원에 가기 전에 엄마와 아빠가 한 일은 대서소에 가는 것이었단다. 너도 알다시피 엄마와 아빠는 그런 일에 처음이었으니까. 아빤 말야, 장담을 하지만 다시 한 번 그런 일이 벌어진다면 촌놈같이 대서소 사람들한테 죄지은 시늉 같은 건 절대로 안 할 거다. 아빠가 미쳤니? 그 사람들 눈치를 보게? 아빠가 진짜로 미안해 하는 사람은 너 현동이하고 엄마한테뿐이잖니? 나아 참, 기가 막혀서. 아빠 인생에 있어서 일생 일대로 중요한 일이 대서소 사람들의 볼펜에 따라서 왔다갔다하다니 정말 이런 뿔딱지가 없더구나.

현동이 너도 머지않아 어른이 될 테고 뭐 그럴 리야 없겠지만 혹시 아니? 아빠와 같은 신세가 될지. 아빠가 사랑하는 네가 잘 못되라고 하는 얘기가 아니라 인생이란 게 원래 그렇단다. 항상 좋은 일만 벌어지면 그게 어디 인생이냐? 사람 부아를 긁어놓는 거지. 아빤 말야, 못난이가 되어서 그런지 행복하게 사는 사람들을 보면 괜히 심정이 뒤틀리는 거 있지? 꼭 그렇게 되더라. 못나게도 부아가 터지는 거야.

헌데 말이지, 지금 아빠가 행복하지 못하느냐 하면 그건 절대로 아니야. 물론 너하고 헤어져 사는 거야 뛰다 죽을 일이지만 그렇다고 날 잡아잡수— 하고 불행해질 필요가 있니? 솔직히 말하자면 아빤 훨씬 더 어른스럽게 행복감을 느껴요. 인생이란 걸 내 코앞에 두고 있는 기분이니까. 행복이란 건 말야, 인생이 무엇인지 아는 거야. 그걸 알게 되면 뒤로 넘어져가지고 코가 깨져도 재수가 없다는 생각이 안 들어요. 아빠 말 알겠니? 아빠가 지금 너한테 이런 거북한 얘기를 하는 것도 사실은 그런 이유가 있는 거야. 아빤 현동이 네가 진짜로 행복해지기를 바라고 있어요.

자, 이 자료를 보렴. 이건 학자입네, 하는 사람들이 작성 한 것인데 인생은 책상물림으로는 도저히 알 수 없다는 것을 증명하고 있단다. 뭐? 이혼사유 랭킹 1위가 '성격 차이'야? 어림 반 푼어치도 없는 개수작이지 뭐냐? 아차차, 실례! '개수작' 같은 비교육적인 말은 네 앞에서는 안 쓰겠다고 결심을 했는데도 또 나오는구나. 우라질……앗차 또!

이게 바로 틀렸다는 거야. 아빠와 엄마가 대서소에 가서 창피하기도 하고 뭐 달리 할말도 없어서 가만히 있었더니 대서소 사람이 하는 얘기가 "두 분은 성격 차이죠?"야. 성격 차이는 무슨 놈에 성격 차이냐? 성격으로 따진다면 오히려 '성격 일치'지. 아빠와 엄마는 절대로 양보를 못 하는 성격 때문에 일이 생긴 것이거든. 난 다른 때는 양보를 하는 게 주특기인데 엄마하고만 붙으면 어쩌자고 죽어라고 물러서지 않는지 몰라. 아주 귀신이 곡할 노릇이라니깐.

그리고 현동이 너도 알고 있는 사실이니까 내 솔직히 말하마. 아빠한테는 애인이 있잖니? 하여튼 일이 그렇게 되어가지고 가정법원 앞에까지 가게 된 것인데 대서소 사람은 왈 "두 분은 성격 차이죠?"야. 이걸 믿고 이혼사유의 랭킹 1위는 성격 차이다! 라고 보고서를 작성하다니 좌우간 대한민국은 교수들 때문에 작살이 나고 말 거다.

아빤 말야, 이혼법정의 앞에까지 간 처지인데도 불구하고 대서소 사람의 "두 분은 성격 차이죠?"라는 말 때문에 한바탕 할 생각까지 했단다. 그때 엄마의 얼굴을 보지 않았더라면 최소한 반바탕은 했을 거야. 너도 알다시피 아빤 진실을 왜곡하는 건 못 참는 성격 아니냐? 하지만 엄마의 표정이 너무도 진지해서 입을 봉하고 말았단다. 현동이, 넌 꼭 잊지 말고 기억해두어야 한다. 진실이란 건 말야, 언제나 저만큼 뒤에 서서 잠자코 입을 다물고 있는 거야.

어쨌든 엄마와 아빠는 대서소에서 써준 서류를 들고 법원으로 들어갔어요. 삼층에 있는 가정법원의 사무실로 가니깐 참 별 사람들도 다 있더라. 전부가 아빠 같은 사람들만 있는 거야. 아니면 엄마 같은 사람들만 있는 거 있지. 이때 아빠가 맨 처음에 한 말이 뭔지 아니?

"이 중에서도 당신이 최고로 미인이로군."

아빠가 이따위 말을 한 것은 물론 이혼을 하러 온 사람들이 모

여서 풍기는 이상하게 창피하고 어색한 분위기를 납작하게 눌러
보려는 생각에서였지. 남자들은 남자들대로 앉아서 담배나 피우
거나 창 밖을 보고 있고, 여자들은 여자들대로 화난 표정이거나
멀뚱한 표정으로 앉아 있는 거야. 그런 풍경을 뭐라고 할 수 있
을까? 아이스크림을 입가에 잔뜩 묻히고 있는 점잖은 신사를 보
고 있는 기분이라고 할 수 있을까? 아니면 엘리베이터 속에서 방
귀를 참고 있는 숙녀의 표정을 바라보는 기분이라고 할 수 있을
까?

　　그런데 엄마는 내 말에 별다른 대꾸를 안 했단다. 여느 때 같
았으면 아빠한테 교양이 없다고 핀잔을 주었을 텐데. 오히려 엄
마는 마치 수줍은 듯이 웃었어. 그래, 엄마의 그 미소가 아빠를
가슴아프게 했단다. 참 쓸쓸한 기분이었어. 그래서 아빠가 어떻
게 했겠니? 현동이 넌 잘 알지? 아빤 쓸쓸할수록 거들먹거린다는
사실을?

　　가정법원의 대기실 풍경은 연극 공연이 끝나고 목수들이 무대
장치를 뜯는 풍경과 아주 닮았단다. 목수가 무대장치의 대못을
뽑을 때 뽀옥— 하고 들리는 소리가 텅 빈 공연장에서 울리고 있
는 기분이야. 아주 쓸쓸하고 눈부시고 적막하지. 멀쩡하게 생긴
부부가 서로 등을 돌리고 앉아 있는가 하면 이혼을 하는 마당에
아이를 데리고 와서 우유를 먹이느라고 부부가 협동정신을 발휘
하기도 해. 심지어는 할아버지와 할머니가 무슨 일이 있어도 같
이는 못 살겠다고 입술을 꾹 다물고 있어요. 어때? 아주 무시무
시하지? 인생이란 건 엄청난 거란다. 현동이 넌 아빠를 절대로
닮아선 안 된다.

　　엄마는 뭐 선을 보러 나온 사람처럼 아름답게 차려입고 나왔

더구나. 나는 그날따라 와이셔츠 소매 단추가 떨어져서 신경에 거슬렸어. 이혼을 하게 되면 엄마는 무진장 좋아지고 아빠 엉망이 될 것이라는 예감이 드는 거야. 시기심과 질투가 다 나더라. 아빠가 이런 말을 하게 된 것은 엄마의 속을 긁기 위해서가 아니라 손해를 본다는 생각 때문이었어.

"내가 장담을 하는데 당신한테는 삼 개월 안에 케빈 코스트너 같은 남자가 나타날 거야. 당신 아주 복 터졌어."

아빠의 목소리는 원래 크기 때문에 주위에 있는 몇 사람은 웃음을 참느라고 애를 쓰더라. 엄마는 잠자코 있더니 말했어.

"당신은 언제 철이 들 거죠?"

아빠는 끝끝내 철이 안 들었단다. 법원의 서기가 주는 이혼 접수용지를 받아들고서도 제멋대로 굴었으니까.

그 서류용지도 다른 서류용지처럼 복잡하기 그지없어서 쓰는 데 여간 힘이 드는 게 아니었어.

"이것 보라구. 여기에 뭘 쓰는 거지?"

"그것도 몰라요? 본적을 쓰라고 나와 있잖아요?"

"내 본적이 어떻게 되는데?"

"그걸 지금 나한테 물어요?"

"당신 지금 뭐하는 거야?"

"왜요?"

"당신이 남자야? 왜 남자란에다가 이름을 쓰고 있는 거야?"

"어머나……."

"그런 식이니까 뭐 하나 번듯하게 되는 일이 없잖아? 제발 정신 좀 차리라구."

"왜 이래요? 다시 쓰면 될 거 아녜요? 당신이나 제대로 쓰라구요."

"이건 지금 집에서 장난을 하는 게 아니야. 글자 한 자를 잘못 쓰면 모든 기록이 엉망이 되는 줄 몰라?"

"뭐가 엉망이 되는데요?"

"이혼부터가 안 되잖아? 아 이건……자, 찢어버릴까?"

"당신을 절대로 용서 못 해요!"

"당신 정말 접수시킬 거야?"

"당신이야말로 장난을 하는군요? 지금 제정신이에요?"

"그래, 난 미친 놈이야!"

법원 서기 — 조용히 좀 해주세요. 하실 말씀이 있으면 나가서 해주십시오.

"죄송합니다. 이봐, 우리 좀 나가자구. 진지하게 대화를 하는 거야."

"필요없어요. 저 말이죠, 이 서류 한 장만 더 주시겠어요?"

"왜 이래? 저분도 할 얘기가 있으면 나가서 하고 들어오라고 하잖아?"

"난 할 얘기가 없어요. 더 이상 무슨 얘기를 해요?"

"우리가 몇 년을 같이 살았지?"

"당신은 절대로 모를걸요?"

"내가 왜 몰라?"

"그만둬요."

"팔 년이야!"

"웃겼어. 현동이가 몇 살인데요?"

"구 년."

"십 년이에요. 박공엽 씨, 이젠 제발 그만 하자구요."

"이리 나와."

"손 못 놔요?"

법원 서기 — 아주머니, 나갔다 들어오시죠. 십 년을 살았는데
　　　　　　지금 몇 시간이 문제겠습니까?

엄마의 손을 잡아 끌고 법원의 복도로 나왔지만 사실 아빠는
할말이 없었단다. 현동이 너도 알다시피 아빠는 지난 몇 년 동안
한 말을 또 하고 또 하고 했으니까. 그날 아빠가 엄마한테 한 마
지막 말은 이 말이었다.

"당신······날 사랑해?"

엄마는 주저없이 말했다.

"그럼요, 사랑하고말고요. 그렇지 않았으면 내가 당신을 이 자
리까지 끌고나왔을 거 같아요? 당장에 아파트 베란다 밖으로 내
던졌지."

"······."

"······."

"······알겠어."

"난······자신이 있어요. 당신도 잘 살 수 있을 거예요. 안 그래
요?"

"······그래."

자, 현동아, 얘기는 이렇게 된 거란다. 그러니 어쩌면 좋으냐?
어찌 하오리까, 박현동 씨. 야······너 왜 그러니? 졸리냐? 이거야
원······뭐 이런 녀석이 다 있나?

난 결혼 안 해

나는 아무에게도 아빠와 엄마가 법원에 가서 이혼서류에 도장을 찍었다는 얘기를 하지 않았다. 나도 입이 무거운 사람이고 자존심이 있는 국민학교 이학년 학생이다. 엄마와 아빠가 이혼서류에 도장을 찍었다는 사실이 무엇을 뜻하는지 잘 알고 있는 것이다.

그런데 딱 한 사람, 담혜한테만큼은 얘기를 하지 않을 수 없었다. 담혜가 얘기를 하면 거북이가 우는 소리를 듣게 해주겠다고 꼬드겼기 때문이었다. 담혜의 말을 듣고 보니 나는 지금까지 거북이가 우는 소리를 한 번도 들은 적이 없었다. 뿐만 아니라 거북이의 실물을 본 적이 없지 않은가? 동물원에 가서도 내가 본 것은 물 속에 들어가 있는 거북이의 등뿐이었다. 다 알겠지만 거북이의 등이란 것은 거무죽죽해서 뭐 안 본 것이나 마찬가지였다. 그러니 내가 담혜의 꼬드김에 넘어가지 않을 수 있겠는가?

사실은 난 입이 무거운 편이면서도 입이 근질거리고 있었다. 누구한텐가 엄마와 아빠 사이에 벌어진 일을 얘기하고 엄마와 아빠의 아들인 나 박현동이가 어떻게 해야 하는 것인지 진지하게 얘기를 나누고 싶었다. 더 솔직하게 얘기를 하자면 난 앞으로 어떻게 되는 것인지를 알고 싶었다. 듣자 하니까 엄마와 아빠가 이혼을 하게 되면 그 아들은 꼬추를 까야 한다는데 그게 정말인지 확인을 하고 싶었던 것이다.

엄마와 아빠가 이혼을 하게 되면 그 아들이 꼬추를 까야 한다는 얘기는 중학교에 다니는 형들이 나한테 은밀하게 알려준 정보였다. 중학생 형들은 우리 같은 꼬마치들을 만나면 무조건 꼬추부터 만지려 든다. 그러면 나는 죽어라고 꼬추를 감싸안고 저항을 하는데, 난데없이 부모가 이혼을 하면 아들이 꼬추를 까야 한다는 말이 나온 것이었다. 중학교 1학년생인 명수 형의 엄마와 아빠도 이혼을 했는데 이렇게 되자 명수 형도 어쩔 수 없이 꼬추를 깠다는 것이었다. 나를 두고 하는 얘기가 아니라 자기들끼리 히히덕거리며 얘기를 하다가 불쑥 그런 얘기가 나오는 것이 아닌가? 그게 무슨 얘기인지 들어보니까 명수 형의 아빠가 명수 형에게 너는 오늘부터 어른이 되었으니 그 표시로 꼬추를 까야 한다고 명령을 내렸다는 것이다.

정말이지 해괴망측한 얘기가 아닐 수 없다. 만약 그 얘기가 맞다면 바보임이 분명한 경호가 나보다 훨씬 어른이 된다는 얘기가 아닌가? 경호는 태어나자마자 꼬추를 깠고 나는 아직까지도 봉오리가 져 있으니. 사실 경호는 바보라서 자기가 꼬추를 깐 것이 얼마나 창피스러운 일인지도 모르고 오줌을 싸지만 이건 말이 안 된다. 만약 경호가 조금만 바보가 아니라면 오줌도 그렇게 함부로 싸지는 못할 것이다. 얼레리―꼴레리― 온 동네방네가 흉을 보는 판이 아닌가 말이다.

그런데도 경호는 바보 같은 표정을 지으며 이렇게 말한다.

"이건 육군대장이야!"

이건 또 무슨 소린가? 꼬추를 깐 것하고 육군대장하고 무슨 상관이란 말이야? 경호는 또 바보 같은 소리를 한다.

"바가지를 썼잖아? 육군대장도 바가지를 썼거든. 알았니, 이 바보 현동아?"

아이구, 내가 미쳐요. 세상에나 경호가 나한테 바보라고 하는 걸 보라구요. 이게 말이나 되는 수작이에요? 내가 말을 말아야지.

그런데 명수 형 말이 맞으면 어떻게 되느냐구요? 바가지를 안 쓴 나는 완전히 쫄병이 되고 마는 건가요? 세상에 이럴 수는 없는 일이 아니겠어요?

이런 일도 있고 해서 나는 누군가하고 내 인생과 꼬추에 대해서 얘기를 나누고 싶었거든요. 나는 그만큼 지금 외로운 입장이랍니다. 이런 때 아빠가 곁에 있으면 당장 물어볼 수 있을 텐데요…….

내가 얘기를 나누고 싶었던 상대는 호명이었다. 호명이는 지성으로 보나 얼굴 수준으로 보나 나하고 얘기가 되는 상대라고 인정을 하고 있었으니까. 그러나 인생에 대한 것이라면 몰라도 꼬추만큼은…… 하고 망설이고 있는데 담혜가 불쑥 끼여드는 것이 아닌가? 거북이의 울음소리를 듣게 해준다고 꼬드기면서.

결과적으로 나는 손해만 왕창 보고 말았다. 얘기를 듣고 난 담혜는 거북이의 울음소리를 듣게 해준 것이 아니라 학교 앞에서 파는 새끼자라를 가지고 와서 어항 속의 물에 귀를 대게 하는 것이었다. 과연 내 귀에는 우웅…… 하는 소리가 들리는 것 같았지만 그것은 거북이가 우는 소리가 아니었다. 내가 새끼자라가 들어 있는 물 속에 귀를 대자 담혜가 우웅…… 하고 소라를 불었던 것이다.

"이건 뭐야? 담혜 너 엉터리잖아?"

내가 뿔이 나서 핏대를 올리자 담혜는 천연덕스럽게 이렇게 말하는 것이었다.

"현동이 너 왜 호명이 뒤는 졸졸 쫓아다니니?"

앗! 비밀 탄로! 대체 담혜가 언제 그걸 알았지?

"내가 언제 호명이 뒤를 쫓아다녔다고 그래?"

"왜 얼굴은 빨개져가지고 야단이니? 현동이 너 잘났다!"

나는 이 말을 듣는 순간 후회막급이었다. 나는 담혜에게 우리 엄마와 아빠가 도장을 찍었으며 나는 앞으로 어떻게 오줌을 싸야 하는 것인지 물어보았던 것이다.

"현동이 너 앞으로 나한테 오줌만 쌌단 봐라. 인철이 오빠한테 일러줄 거야!"

다행히도 담혜는 내가 오줌을 어떻게 싸야 하는 것인지 고민하는 이유를 모르는 것 같았다. 엄마와 아빠가 이혼을 했으니 내가 꼬추를 까야 하는데 그렇다면 오줌을 어떻게 싸느냐? 창피하지 않느냐? 하는 것이었는데도 인철이 형한테 일러준다는 것이다. 우헷헤…… 마음대로 하렴. 내가 뭘 어쨌게?

그나저나 나는 앞으로 담혜한테 오줌을 누는 재미를 잃어버리게 되었으니 그것도 큰 손해다. 담혜와 나는 구청 문화회관의 수영 프로그램 강습을 받고 있는데 수영을 할 때마다 담혜는 나를 불러서 자기 등에 오줌을 싸도 좋다고 했던 것이다. 담혜는 수영장에서 나오면 춥다는 것이었고 나는 또 마침 수영을 하고 나면 꼬추가 부풀어올라서 오줌을 싸야 했다. 그런데 담혜가 자기 등에 오줌을 싸도 좋다고 해서 나야 뭐 시킨 대로 하는 것뿐이었다.

내가 자기 등에 오줌을 싸는 동안 담혜는 아무 말도 안 하고 가만히 앉아 있다. 내가 오줌을 다 싸면 담혜는 졸리운 것 같은 얼굴이 되어 이렇게 말을 하곤 했다.

"아……따뜻해……."

지난번에는 코치 선생님한테 들켜서 야단을 맞기는 했지만 한번 담혜 등에 오줌을 싸기 시작했더니 버릇이 고쳐지지 않는 것 있지. 정말 이상하다……담혜도 내 오줌벼락을 맞는 것을 좋아해서 수영이 끝나면 꼭 나를 끌고 탈의실 옆 구석자리로 가곤 했는데. 나 대신 자기 등에 오줌을 싸줄 사람이 생겼나?

이제 와서는 나 대신 담혜의 등에 오줌을 싸는 사람이 누구인지 짐작을 하겠다. 그것은 틀림이 없이 인철이 형이다. 담혜는 나한테 철석같이 비밀을 지키겠다고 약속까지 해놓구선 인철이 형한테 죄다 불었던 것이다.

학교가 파하고 내가 친구들과 떡꼬치를 사먹고 있는데 인철이 형이 나한테 왔다.

"현동이 넌 이제 까불면 안 돼. 알았니?"

나는 그때까지만 해도 인철이 형이 또 정신연령이 모자란 소리를 하는 것이라고 생각했다.

"이건 까부는 게 아니라 떡꼬치를 먹는 거야."

"야아……벌써 또 까부는구나. 나한테 말대답을 하는 것이 곧 까부는 거야."

인철이 형은 한 번 무식한 말을 하면 그냥 끝나는 법이 없다. 최소한 세 번 이상은 계속 무식한 소리를 해야 직성이 풀리는 체질인 것이다. 벌써 두 번째 무식한 소리를 하고 있지 않은가? 내가 자기한테 말대답을 하는 것이 곧 까부는 것이라고? 말도 안 된다, 정말. 내 정신연령이 열세 살이고 자기는 열한 살인데 어떻게 내가 말대답을 해? 내가 하면 그것이 과외 교육이지.

"형이 그런 말을 하려면 이 년 후에 해도 되는데."

인철이 형이 두 살을 더 먹으면 나와 정신연령이 같아진다. 이건 물론 내가 이 년 동안 정신연령이 높아지지 않을 경우에 한한 얘기가 되겠지만. 말하자면 인철이 형이 그런 얘기를 안 하는 것이 낫다는 얘기다.

하지만 인철이 형이 어떻게 나의 이런 고급스런 조크를 알아들을 수 있겠는가?

"임마, 그런 바보 같은 말이 어딨어? 이녀석은 가끔 이상한 말을 한단 말이야. 내가 어떻게 이 년 후까지 기억을 하고 있으란 말야? 현동이 너 지금 속으로 무슨 생각을 하고 있는 거야?"

인철이 형도 눈치는 있어서 갑자기 화를 버럭 내는 시늉을 한다. 이런 경우에 내가 준비해둔 말이 있다는 것까지는 알지 못하고.

"그게 내 잘못이야? 하나님 잘못이지."

요컨대 하나님이 나를 똑똑하게 만들고 인철이 형을 멍청하게 만들었으니 나로서도 어쩔 수가 없다는 말이다. 인철이 형은 멍청한 얼굴이 되더니 나한테 알밤을 주었다.

"넌 임마 이걸 알아야 돼. 넌 이제부터 아빠를 만나기는 틀렸으니까 까불지 말아야 된단 말이야. 알아?"

정신연령이 비록 나보다 어리기는 하지만 인철이 형의 이 말은 나에게 충격을 주었다. 내가 이 세상에서 제일 견딜 수 없는 일이 있다면 그것은 우리 아빠를 만나지 못하는 것이다. 아빠는 나의 봉인데 아빠를 만나지 못한다면 나는 무엇이냔 말이다.

사실 나는 속으로 은근히 혹시나 아빠를 만나지 못하게 되면 어쩌나, 하는 걱정을 하고 있었다. 엄마 아빠가 이혼을 했기 때문에 아빠를 만나지 못하거나 엄마를 만나지 못하는 아이들이 내 주위에 있었던 것이다. 바로 이 점 때문에 나는 엄마와 아빠가 나 때문에 이혼을 하는 게 아닌가 하고 잠을 못 이룰 때도 있었다.

나는 심장이 털썩, 주저앉는 기분이었다. 인철이 형의 말은 믿을 게 못 된다고 생각을 하면서도 그 말을 듣는 순간에는 드디어 올 것이 왔구나, 하는 절망감이 발바닥 밑에서부터 올라오는 기분이었다. 나는 뭐든지 발바닥 밑에서부터 먼저 느낌이 오는 체질이다. 충격을 받으면 내 발바닥에서는 정전기가 일어나고 삐이 삐— 하는 소리가 들려오는 것만 같아진다.

인철이 형이 나한테 까불지 말라고 하는 말은 이유가 있는 것이다. 인철이 형은 우리 아파트 단지 야구팀의 4번 타자이자 투수인데 우리 아빠 때문에 코가 납작해지는 봉변을 당할 때가 종종 있었다. 학교 다닐 때부터 알아주는 단골 지각생이었다는 아빠는 어른이 되어서도 회사에 결근을 하는 경우가 많았다. 주로 술을 잔뜩 마셔서 오늘만큼은 회사에 나가고 싶지 않은 기분이 되었다거나 회사에 골치 아픈 일이 생겨서 나 몰라라 하는 심정이 되었을 때는 엄마가 등을 떠다밀어도 안 나가는 것이다. 그런

날에 아빠는 회사 사장이라는 위치보다도 훨씬 근사한 자리에 서게 된다. 그것은 바로 우리 아파트단지 야구팀인 '붕어빵' 팀의 홈런타자가 되는 것이다. 아빠가 야구를 할 때면 별명이 '베이브 박'이 된다. 전설적인 홈런왕 베이브 루드를 본딴 이름이다. 아빠는 인철이 형이 제아무리 강속구를 던져도 가볍게 공을 날려보낸다. 심지어 아빠는 1223호의 유리창을 깬 적이 있을 정도의 실력자다. 이러니 내가 가만히 있을 수 있겠는가? 손가락으로 V자를 그리며 펄쩍펄쩍 뛰면서 홈으로 들어오는 아빠한테 달려가 까부는 수밖에. 인철이 형이 나한테 까불지 말라고 하는 말은 바로 이것을 두고 하는 말이다.

하지만 지금은 한가하게 야구를 가지고 따질 때가 아니다. 인철이 형한테는 그것이 야구단의 투수이자 4번 타자로서의 자존심에 관한 문제일지는 몰라도 나한테는 그게 아니다. 박현동 인생에 관한 문제인 것이다.

"내가 왜 아빠를 못 만나? 우리 아빤 지금이라도 내가 삐삐만 치면 달려오실 텐데."

나는 불안한 마음을 누르기 위해 일부러 큰소리를 쳤다. 그랬더니 인철이 형은 기다렸다는 듯이 이렇게 말하는 것이었다.

"이래서 이학년짜리들하고는 말이 안 된다니까. 임마, 엄마와 아빠가 이혼을 하게 되면 너하고 놀아줄 수가 없는 거야. 그랬다간 임마, 순경 아저씨가 니네 아빠를 잡아가는 것도 모르냐?"

"……!"

"짜아식, 모르고 있었구나. 너 임마, 괜히 담혜를 못 살게 굴지 말란 말야. 알겠어?"

"어……정말 치사해. 담혜가 일러바쳤구나? 담혜는 산수를 일곱 개나 틀렸대."

"임마, 산수가 무슨 상관이야? 하여튼 이상한 놈이야."

또 알밤이다. 난 인철이 형이 담혜보다도 산수를 더 많이 틀린다는 사실을 잊고 있었다.

인철이 형은 무식한가 하면 인정이 많고 싸움꾼인가 하면 겁쟁이이기도 하다. 지금 인철이 형이 나를 자기 방으로 데려와 '레슬러 파이터'를 보게 하는 것도 나를 불쌍하게 여기기 때문이다. 자기딴에는 나를 아빠로부터 완전히 버림받은 불쌍한 아이로 보고 있는 것이다.

"야, 현동아. 이런 때는 헤드 록을 쓰란 말야. 그래야 '뱀인간'이 반칙을 못 하지."

제법 코치까지 한다. 그러나 나는 '워리어스'가 헤드 록을 쓰건 플라잉 킥을 하건 또는 '뱀인간'에게 떡이 될 정도로 얻어맞건 관심이 없다. 내 머릿속에는 아빠밖에 없는 것이다.

"왜 이래, 임마? 헤드 록을 쓰지 않으니깐 코브라 트위스트로 당하잖아?"

"난 인제부터 담혜하고는 말도 안 할 거야."

"……뭐? 임마, 입이 있는데 어떻게 말을 안 해?"

"그래도 안 해."

"짜아식, 또 고집을 피우네. 너 담혜가 나한테 고자질을 했다고 삐친 거지?"

"아냐, 난 담혜하고 결혼을 하지 않을 테니까."

"……뭐?"

"아무하고도 결혼 안 할 거야. 진짜야."

내가 우울하고 비장한 표정을 지으며 말을 하자 인철이 형은 금세 내 편이 되고야 말았다.

"너 임마, 결혼을 안 하면 아들을 어떻게 낳을 거야? 너 어른이 되어가지고 집에서 혼자 밥을 먹을래? 빨래도 네가 할 거야?"

그건 내가 미처 생각해보지 않은 것이었다.

"나……혼자서 밥 잘 먹어. 빨래도 얼마나 잘하는데? 그리고 아들은……내가 아들인데 무슨 또 아들이야?"

"넌 임마, 괜히 밥을 먹니? 밥을 먹었으면 나이도 먹고 키도 크고 어른이 될 거 아냐? 어른이 되어야 결혼을 하건 말건 하지 무슨 소리를 하고 있는 거야?"

"좌우간 난 안 해……어른이 안 되면 될 거 아냐?"

"너 그럼 밥을 굶을래?"

"……응."

"햐아……짜식 거 무진장 이상한 소리만 하네. 너 굶어죽을 거야?"

"꽈자나 피자 같은 거 먹으면 되잖아? 오히려 잘됐네, 뭐."

인철이 형은 어리둥절한 표정이 되더니 푸욱— 한숨을 쉬었다.

"하여튼 어른들은 이상해. 너 말야, 이제부터는 내가 너하고 놀아줄게. 그럼 됐지?"

"인철이 형이 무슨 아빠야? 겨우 육학년이면서."

"임마, 내년이면 나도 중학생이야."

"난 이제부터 진짜 아빠랑 놀 수 없단 말야?"

"그렇다니까. 너 텔레비전도 안 보냐? 연속극에도 그렇게 나와 있잖아?"

난 연속극 같은 건 안 봐도 인철이 형의 말이 얼마든지 사실일 수 있다는 것을 알고 있다. 〈크레이머 대 크레이머〉에서 더스틴 호프만이 사랑하는 아들을 못 보게 되는 슬픔을 맛보지 않던가? 더스틴 호프만의 아들 역시 아빠와 만나서 놀지 못하는 불행을 겪게 되는 것이다. 나는 더스틴 호프만과 그 아들이 만나지 못하는 장면을 너무도 가슴이 찡하게 기억하고 있기 때문에 인철이 형의 얘기를 믿지 않을 수 없었다.

"난 빨리 어른이 되었으면 좋겠다. 뭐든지 내 맘대로 하게. 현동이 아빠도 되어주고."

"타임머신을 탈 수만 있다면 형은 지금이라도 어른이 될 수 있을 거야."

"야, 현동아, 너 내가 얼마나 어른인지 모르지?"

인철이 형은 또 뚱딴지 같은 말을 하려나 보다. 내가 시큰둥한 표정을 짓자 인철이 형은 의기양양한 얼굴이 되어 열쇠를 꺼내어 서랍장을 여는 것이었다.

"내가 어른들이 보는 비디오를 보여줄게."

왜 그런 영화를 만들지?

어른들이 보는 비디오를 인철이 형과 함께 훔쳐본 감상을 뭐라고 할 수가 있을까? 비디오를 보기 시작하자마자 인철이 형의 엄마가 들어오셨기 때문에 충분히 감상을 할 시간은 없었지만 한 마디로 충격적이었다. 고기잡이 배를 타고 고기는 안 잡고 옷을 마구 벗으면 어떻게 되는가? 우리 선생님은 남들이 보지 않는다고 해서 몰래 오줌을 누면 그것이 더 나쁜 것이라고 했다. 남들이 보지 않는다고 옷을 마구 벗고 일광욕을 한다는 것은 공중도덕에 어긋난다는 사실을 어른들은 왜 모를까?

더구나 남자들이 여인들을 못 살게 굴면 그건 신사답지 않은 짓이다. 심하게 폭력을 사용하지는 않았지만 여인들이 아프다고 소리를 지르는데도 계속 못 살게 굴다니 왜 그런 영화를 만들지?

그러나 제일 충격적이었던 것은 꼬추가 오줌을 싸는 데만 사용이 되는 것이 아니란 사실을 알게 된 것이었다. 내 꼬추는 너무 작아서 정말이지 말씀이 아니다. 이런 사실을 아이들이 알면 어떻게 되겠는가? 나는 어른들이 보는 비디오를 몰래 훔쳐본 후로는 웬일인지 비밀이 많은 아이가 되어버렸다. 난 앞으로는 무슨 일이 있어도 담혜의 등에 오줌을 싸지 않을 테다.

인생은 우리들이 볼 수 없는 비디오와 같은 것이 아닐까?

엄마는 달, 아빠는 해

금요일 저녁이 되자 나는 괜스레 조바심이 났다. 엄마의 눈치가 보인 것이다. 주말이 되어 아빠와 만나려면 미리 약속을 해야 하는데 엄마가 어떻게 생각할지 판단이 안 섰던 것이다.

인철이 형의 말대로 이젠 아빠와 데이트를 할 수 없는 처지가 되었다면 괜히 아빠한테 전화를 걸어서 엄마의 마음을 상하게 할 필요는 없는 것이 아닌가? 아빠는 이젠 집안에 남자라고는 나밖에 없으니 엄마의 마음을 상하게 만드는 일이라고는 절대로 해서는 안 된다고 당부를 하셨다. 이런 아빠의 당부가 없더라도 나는 엄마의 마음을 상하게 하고 싶은 생각은 조금도 없다. 엄마가 아무리 엄마라지만 어쨌든 여인이 아닌가 말이다.

이런 때는 아빠가 전화를 걸어주었으면 하지만 아빠는 도대체가 들쭉날쭉이라서 기대하기가 어렵다. 어떤 때는 나하고 헤어지자마자 다음에 만날 약속을 하는가 하면 어떤 때는 토요일 열두시가 다 되어가는데도 도통 소식이 없곤 한다. 이럴 때는 정말이지 공부시간이 시한폭탄처럼 째깍째깍 소리를 내는 것만 같다. 간신히 공부시간이 끝나고 교문 밖으로 나와 보면 대부분은 아빠가 기다리고 있기는 하지만.

아빠가 나를 기다리고 있지 않을 때도 있다. 이게 어떻게 된 일이지? 하면서 내가 두리번거리고 있노라면 한 대의 택시가 질풍처럼 달려오고 아빠가 내린다. 그러면서 하는 말—

"대통령은 즉각 물러나야 한다니까. 교통문제 하나 해결을 못하고 무슨 대통령이야? 현동아, 오늘은 최고로 비싼 점심을 먹자. 오 케이?"

아빠는 별것도 아닌 것을 가지고 툭하면 대통령을 들먹거리는 버릇이 있다. 아빠는 아마도 자기의 상대는 대통령뿐이라고 착각을 하나 보다.

엄마는 이런 내 속을 아는지 모르는지 요가에 열중이다. 아빠와 이혼을 한 것과 엄마가 요가를 하는 것이 무슨 관계가 있는지 모르겠다. 엄마는 몸매를 처녀 때처럼 가꾸어서 남자를 유혹하려는 것일까?

인철이 형의 말도 있고 해서 나는 코가 쑥 빠져 있다. 여느 때 같았으면 아빠가 또 들쭉날쭉이구나, 하고 나도 내멋대로 지낼 텐데 오늘은 그게 안 된다. 아빠가 내일 열두시가 지나도록 연락을 안 하는 것은 물론 하루종일 기다려도 나타나지 않을 것만 같다. 이런 때 내 방에 전화가 따로 있었으면 얼마나 좋아? 엄마 몰래 아빠를 찾아서 도대체 나를 어떻게 할 거냐고 속시원히 물어볼 수 있을 텐데.

내가 이런 생각으로 뱅뱅 맴을 돌고 있을 때 전화가 왔다. 나는 일부러 천천히 수화기를 들었다. 아빠의 전화라면 내가 너무 반색을 해서 전화를 받는 것도 엄마 눈치가 보이지 않겠는가? 내가 언제부터 이렇게 됐지? 엄마 아빠가 이혼을 하면 아들이 잔머리를 돌리게 된다더니 내가 그렇게 되나? 아이고, 기가 막혀라…….

"여보세요?"

"예……거기 박현동 씨 계십니까?"

"아……아빠……!"

아빠가 드디어 전화를 걸어오셨다. 이것은 무슨 신호냐? 아빠가 내일 만나자는 것인지 아니면 그 정반대인지 결판이 나는 순간이었다.

"야아……우리 현동이는 역시 천재라니까! 어쩜 이렇게 척 목소리를 알아보니?"

나는 아빠한테 내일 만날 거냐 안 만날 거냐부터 묻고 싶었지만 꾹 참았다.

"아빠 목소리는 뻔하다구요, 뭐. 벌써 술 한잔 드셨죠?"

"또 천재구나. 그래, 한잔 하고 있는 중이다. 내일도 아빠가 학교 앞으로 가마. 열두시 반까지 가면 되는 거지?"

그래, 아빠는 나를 배신할 분이 아니다. 나는 약간 감격을 했다. 새삼스럽게 아빠와의 우정이 솟아오르는 기분이었다. 이럴 때 나는 일부러 귀찮은 듯한 목소리를 낸다.

"난 말예요, 절대 안 기다려요. 알았죠? 난 바쁜 사람이라구요."

"그래, 알았다. 너 무지하게 잘났구나? 엄마랑 같이 있니?"

"예……."

엄마는 전화가 걸려왔다는 것도 모르는 체하고 요가에 열중이

다. 그만큼 전화에 신경을 쓰고 있다는 증거다. 난 나중에 어른
이 되면 절대로 아빠처럼 두 번 장가를 가지 않을 테다. 나는 그
순간에 전화기에 대고 맹세를 했다. 요가를 하고 있는 엄마는 그
림자처럼 조용할 뿐이지만 내게는 그 모습이 더 슬퍼 보였다.
　"현동이 넌 좋겠다. 늘 엄마랑 같이 있으니."
　뻔뻔스런 아빠 같으니……지금 아빠가 그런 말을 할 때예요?
　"그럼 내일 보자. 내일은 토요일, 즐거운 토요일, 일찍 자거라
아─."
　아빠는 자기 멋대로 기분을 내더니 전화를 끊었다.
　엄마는 여전히 요가에 열중이었다. 엄마는 지금 속으로 무슨
생각을 하고 있을까?
　"……아빠니?"
　"예……."
　엄마는 잠자코 있다가 말했다.
　"……좋은 아빠다."

　나는 참으로 행복한 남자다. 이런 생각이 제일 확실하게 드는
건 내가 잠이 들기 직전이다. 엄마가 나를 재워주기 때문에. 미
인대회 출신의 엄마를 나는 독차지하는 행운아인 것이다.
　엄마의 향기는 수면제처럼 나를 잠에 빠지게도 하고 탁상시계
의 종소리처럼 나를 깨우기도 한다. 단정한 성품의 엄마도 잠자
리에서만큼은 까다롭게 굴지 않는다. 내가 엄마의 젖을 만져도
간지럽다는 듯이 웃기만 한다. 엄마의 젖은 내가 두 손으로 만져
도 한참 남을 만큼 굉장하다.
　"현동이 넌 깍쟁이야."

"왜요?"

"넌 엄마 젖을 맘대로 만지고 엄마한테는 네 엉덩이에 손을 못 대게 하잖아?"

"내 엉덩이 만지고 싶어요?"

"그럼, 우리 현동이 엉덩이가 얼마나 이쁜데."

"그럼 한 번에 백 원씩만 내요."

"……씩이나?"

"싫으면 관둬요. 엄마니깐 특별히 깎아준 거라구요."

"……뭐? 너 그럼 다른 사람들한테도 엉덩이를 만지게 하니?"

"공짜가 어딨어요? 슈퍼 아줌마한테는 이백 원씩 받구요, 비디오 가게 아저씨한테는 삼백 원씩 받아요."

"옴마마……너 왜 그러니?"

"그래도 꼬추는 절대 못 만지게 한다구요. 그럼 됐죠?"

엄마는 어이가 없다는 듯이 웃더니 말했다.

"알았어. 엄마가 백 원씩 계산을 해주마. 자아, 한 번……두 번……."

"스톱!"

"왜?"

"아무래도 이상해. 돈부터 먼저 주세요."

"얘가 왜 이렇게 깍쟁이야? 엄마는 수백 번을 만져도 돼."

"앗, 수상! 왜 그런 말을 해요?"

"넌 엄마 젖을 실컷 만졌잖아?"

"……그런데요?"

"엄마 젖이 얼마나 비싼 줄 아니? 한 번에 그러니깐……최소한 백만 원은 받아야 해."

"으악……! 백만 원!"

"얘가 왜 이렇게 놀라고 그래? 엄마가 미인대회 입상자란 걸 모르니? 지금도 말야, 엄마가 지나가기만 하면 눈이 동그래져가지고 쳐다보는 남자들이 한둘이 아니야. 그런 사람들한테 엄마가 돈을 받기로 하면……아이고오, 엄마가 지금 무슨 소리를 하고 있는 거냐?"

"엄마, 정말 엄마 젖을 한 번 만지는 데 백만 원씩이나 받을 수 있어요?"

"그만두자. 그런 게 어딨니?"

"한 번에 백만 원이면……전자오락을 그러니까……."

"얘가 지금 무슨 소리를 하고 있어?"

"엄마, 그럼 하루에 한 번씩만 엄마 젖을 만지게 해요. 그럼 되잖아?"

"떽!"

"왜 그래요, 엄마? 싫어?"

"현동이 너 잘 들어. 엄마 젖은 현동이 너말고는 아무도 손을 못 대는 거야. 알겠니?"

"체, 알았어요 뭐. 백만 원, 이백만 원……."

"아……살살……간지럽다니까……."

"엄마, 나 너무 부자 됐지?"

"그래, 우리 현동이가 최고로 부자야."

"아빠한테도 엄마 젖 못 만지게 할 거야?"

"미쳤니? 엄마가 왜? 한 번 끝이 났으면 됐지."

"아빤 정말 손해가 너무 많구나. 참 안됐어요."

"……."

118

"엄마, 내일 나랑 같이 아빠 만나러 가지 않을 거야?"

"현동이 넌……엄마가 아빠랑 만나는 게 좋니?"

"그럼요! 난 아빠가 없으니깐 심심해!"

"……."

"엄마아……그러자아……으응?"

"엄만……현동이가 됐으면 좋겠다. 그렇지만 그건 불가능한 일이야……엄마가 어떻게 현동이가 될 수 있겠니?"

"……."

"그러니깐……현동이 너라도 아빠를 실컷 만나는 거야. 엄마 대신. 알았지?"

"알았어요. 엄마는 아빠를 사랑하면서 왜 그래?"

"우리 현동이가 아홉 살이지?"

"예."

"빨리 열일곱 살쯤 됐으면 좋겠다. 정말이야……."

"쫌만 기다려, 엄마. 문제없어. 금방이지 뭐."

"그래, 금방이겠지. 그럼 엄마는 몇 살이 될까?"

토요일 방과 후가 되면 나는 그때부터 미래의 영화감독이 되고 미식가가 되며 요리사가 되기도 하고 쇼핑에 천재가 된다. 그 외에도 나는 야구광이 되는가 하면 장난감 수집가가 되고 동물 연구가가 된다. 나는 아빠와 만나서 영화를 보고 평소에는 먹어 보지 못한 음식을 찾아다니며 먹고 그렇지 않으면 쇼핑을 해서 직접 저녁 식탁을 준비하기 때문이다. 프로야구도 보러 가고 백화점에 가서 완구점을 싹쓸이하는가 하면 동물원에 가서 주말을 즐기는 것이다. 그러니 만약 내가 아빠를 만날 수 없다면 얼마나 손해가 많겠는가?

나는 일단 엄청난 손해가 나는 일은 생기지 않는다고 확신하게 되자 아빠에 대해서 마음이 너그러워지는 것이었다. 아빠와 내가 만나면 아빠는 어떻게 하든지 나를 영화관으로 끌고 가려고 하고 나는 되도록이면 유흥가로 가려고 한다. 내가 말하는 유흥가란 전자오락실이나 놀이기구들이 늘어서 있는 어린이 공원을 가리킨다. 나는 명색이 영화감독 지망생이면서도 아직까지는 아무래도 노는 쪽으로 마음이 기울어지는 것이다. 이런 내 태도에 대해서 아빠는 실망을 하는 눈치인데 내가 어디 보통 수단꾼이냐? 난 아주 그럴 듯한 대답을 준비해두고 있는 것이다.

"아빠, 우디 앨런이 뭐라고 한 줄 아세요? 쓸 만한 영화감독이 되려면 영화보다도 인생을 보라고 했단 말예요."

아빠는 내가 전자오락실이나 유원지를 찾는 것이 인생을 보는 것과 별 상관이 없는 것이라는 걸 알지만 그 정도에서 대개는 손을 든다. 오죽했으면 아홉 살짜리가 그런 궁색한 대답을 할까, 하고 마음이 너그러워지기 때문에.

그런데 그날은 내 쪽에서 마음이 너그러워진 것이다. 아빠를 만난 것만 해도 어딘데 내 고집만 피울 수는 없는 노릇이었으니까. 이래서 그날 아빠와 나는 극장엘 갔고 율리를 만나게 되었다. 나는 그녀를 만나고 나서야 아빠와 나 둘이서만 즐기는 토요일 오후가 얼마나 이상한 모습인지를 알게 되었다.

아빠는 암표를 사는 데 있어서는 대한민국에서 두 번째 가라면 분통을 터뜨릴 분이다. 주말의 극장은 대개는 만원사례인데 아빠는 한 번도 미리 표를 구입해본 적이 없다. 왜냐하면 자신의 암표 사는 능력을 믿고 있기 때문에. 사정을 잘 모르는 사람은 암표를 사는 것도 재주에 속하느냐고 할지 모르지만 그거야말로 뭘 모르는 사람이다. 암표장수도 많지만 암표 단속반 역시 그들 못지않게 많지 않은가? 그러니깐 암표 단속반이 떴다 하면 제아무리 암표를 구입하려 해도 별수가 없는 것이다.

그러나 아빠 정도 되는 암표사기의 명수라면 암표 단속반 따위야 우습게 안다. 아빠는 장사진을 이룬 극장 앞에 가면 벌써 누가 암표장수이며 단속반을 피해서 어디에 숨어 있는지를 훤하게 꿰뚫어보는 것이다. 가령 대한극장이라면 극장 앞에 있는 지하철로 들어가거나 옆골목의 빵집 근처로 간다. 그러고선 암표 장수가 우리를 찾아오기도 전에 먼저 암표장수의 어깨를 툭툭 친다.

"이봐요, 오늘 짭씨들이 많이 떴구만. 깎지는 않을 테니까 바가지를 씌울 생각은 마슈. 암표를 팔고 사는 데 질서가 없으면 대한민국은 뭐 아무런 희망이 없는 거지."

아빠가 이렇게 말도 안 되는 소리를 늘어놓으면 암표장수들은 대번에 아빠를 알아모신다. 그저 처분이나 바란다는 시늉으로 표를 슬쩍 내미는 것이다.

이렇게 해서 아빠와 나는 표를 구해서 극장 안으로 들어갔는데 그곳에서 율리를 만났다. 극장 안 로비에는 다음 프로를 보기 위해서 차례를 기다리고 있는 사람들로 붐비고 있었다. 극장 로비는 마치 시장바닥처럼 시끌벅적하고 소란스러웠지만 나는 한눈에 율리를 알아볼 수 있었다. 왜냐하면 율리와 그녀의 엄마는 한눈에 들어올 정도로 이상한 느낌을 주었으니까.

정말 이상한 일이었다. 사실 율리와 그녀의 엄마는 하나도 이상할 것이 없는 영화 관람객에 불과했으니까. 그런데도 내 눈길은 자꾸 율리네 쪽으로 가는 것이었다. 나는 아빠와 함께 감자튀김과 콜라를 마시며 흘끔흘끔 율리네 쪽을 보다가 그 이유를 알게 되었다. 우리 엄마 또래의 아줌마와 내 또래의 여자아이 둘이서만 영화를 보러 왔다는 사실이 이상한 느낌을 준다는 것을.

율리와 율리네 엄마도 우리처럼 음료수와 스낵을 먹고 있었다. 나들이를 가듯이 화사하게 차려입은 모습은 근사하게 보였지만 뭔가 한 가지가 빠진 것 같은 느낌이 지워지지 않았다. 율리는 플레어 스커트를 입고 율리의 엄마는 패션모델처럼 팔찌와 목걸이를 주렁주렁 달고 있었는데도 슬픈 색깔이 한 꺼풀 덧씌워진 풍경처럼 보이는 것이었다.

'이상하잖아? 왜 이러지?'

가만 보니까 나 혼자서만 율리네를 흘끔흘끔 보는 것이 아니라 아빠도 마찬가지였다. 율리네가 있는 옆자리에는 마릴린 몬로와 제임스 딘의 브로마이드가 붙어 있었는데 아빠는 그 사진들을 보는 척하면서 율리와 그 엄마를 훔쳐보는 것이었다. 나는 이런 아빠를 보면서 드디어 답을 알아내었다. 율리와 율리의 엄마가 있는 풍경 속에는 율리의 아빠가 빠져 있었던 것이다. 젠장, 내가 이렇게 민감해지다니 난 정말 이혼한 부모의 자식이 된 게 확실해!

영화를 보러 온 사람들은 청춘 남녀들이 대부분이었다. 그리고 엄마 아빠와 아이들 한 식구가 온 것이 나머지의 대부분, 그 나머지는 단체 관람객들이거나 혼자서 영화를 즐기러 온 사람들이었다. 요컨대 아빠와 아들, 엄마와 딸이 영화를 보러 온 경우는 우리와 율리네뿐이었다. 이래서 내 눈이 자동적으로 율리와 그 엄마에게 돌아갔나 보다. 할리우드 식으로 말하자면 율리는 내 타입이 아닌데도.

"야, 박현동. 너 저 여자아이에게 관심이 있냐?"

아빠가 마침내 못 봐주겠다는 듯이 나에게 물었다.

"아빤 저 아줌마에게 관심이 있는 거죠?"

"천만에. 아빠 여자들한테 완전히 손을 든 사람이야."

"나도 그래요."

그때 관람객들이 로비로 쏟아져나왔다. 나는 아빠의 손을 잡고 영화관 안으로 들어가면서 다시 한 번 율리네 쪽을 보았다. 멋을 잔뜩 부린 율리의 엄마도 내 쪽을 힐끗 바라보고 있었다.

〈시티 오브 조이〉란 영화는 정말이지 바보 같은 영화였다. 인도를 무대로 하고 있는데도 미국인들이 판을 치는 것이 눈에 거슬렸을 뿐만 아니라 노동조합을 그린 것처럼 얘기를 끌고 가는 데는 한심해서 졸음이 제풀에 오는 것이었다.

"영화감독들은 정말이지 믿을 수가 없는 사람들이라니까요."

영화를 보고 나서 내가 롤랑 조페 감독의 흉을 보자 아빠는 마치 동지를 만난 양 신이 난다는 얼굴이 되었다.

"영화를 평론한다는 녀석이 입에 침이 마르도록 칭찬을 해서 와봤더니 순 사기였잖아? 그녀석은 라면이나 평론을 해야 할 녀석이 괜히 까분단 말야."

아빠는 으쓱하는 기분으로 말을 하는 것이었다. 이러면 사실 내 입장은 피곤하다. 물론 〈시티 오브 조이〉란 영화가 맘에 안 든 것은 사실이지만 더 나빴던 것은 액션과 모험 장면이 부족했기 때문이었는데. 난 아빠 앞에서는 미래의 천재 영화감독 행세를 해야 하기 때문에 사실 그대로를 말하기는 힘든 입장이다. 상당히 그럴 듯한 이유를 붙여서 비평을 해야만 아빠로부터 이 박현동이가 타고난 영화작가란 존경을 계속 받게 되는 것이다. 나는 아빠를 실망시키기는 싫다. 나는 아빠의 우상이므로.

내가 〈시티 오브 조이〉에 관해서 사실대로 말을 한 것은 율리 앞에서였다. 나와 아빠는 영화관을 나와서 다시 율리네를 만나게 된 것이다. 다시 율리네를 만나지 않았다면 나는 플레어 스커트를 입은 여자아이의 이름이 율리란 것도 몰랐을 뿐 아니라 인생에 있어서 중요한 깨달음도 얻지 못했을 것이다.

아빠와 내가 영화관을 나와서 남산 공원으로 올라가자 율리와 그 엄마도 김구 선생님의 동상 밑에 있는 벤치에 앉아 있었다. 우리 팀과 율리네 팀은 서로 모르는 척하고 있었지만 이런 관계는 오래 가지 않는 법이다. 영화관 로비에서 만난 기억이 있다는 사실이 양팀의 마음속에 이미 관심을 갖게 하고 있으니까.

먼저 근사한 폼을 잡으며 상대방에게 접근을 한 사람은 아빠였다. 아빠는 율리가 가지고 있던 고무풍선이 바람에 날려 나뭇가지에 걸리자 신사도를 발휘해서 손수 나무 위로 올라가는 것이었다. 그러면서 율리에게 하는 말—

"아가씨, 나무 위에 올라갈 일이 생기면 언제든지 나에게 부탁을 하세요. 다른 건 몰라도 나무를 타는 데는 내가 선수니까요."

"어머, 아저씨, 조심하세요. 떨어지겠어……."

율리가 말을 했지만 그때는 이미 늦었다. 아빠는 율리의 말이 채 끝나기도 전에 벌써 꽝! 하고 나무 아래로 떨어졌으니까.

율리 엄마가 약국에서 약을 사와 아빠의 발목에 발라주고 있는 동안 나는 율리와 함께 인생에 관해서 고상한 얘기를 주고받았다.

율리 — 엄마와 아빠가 따로 산다고?

나 — 응. 넌?

율리 — 우린 같이 살아.

나 — 그런데 왜 니네 아빤 안 나오셨니?

율리 — 엄마와 아빤 방을 따로 쓰니깐.

나 — 방을 따로 써? 왜? 너희 집 방이 그렇게 많니?

율리 — 내가 얘기를 해주면 너도 얘기를 해줘야 해?

나 — 알았어. 약속.

율리 — 안 돼. 너부터 얘기를 해. 너 엄마는 어디 계시니?

나 — 엄마야 뭐 집에 있지. 아빠가 동쪽으로 가면 엄마는 서
쪽으로 가고 엄마가 동쪽으로 가면 우리 아빤 서쪽으로
가거든.

율리 — 너 엄마는 달이고 너 아빠는 해야?

나 — ……뭐?

율리 — 그러니깐 항상 동쪽과 서쪽으로 갈리지.

나 — 맞구나……이럴 수가…….

율리 — 우리 엄마는 문을 잠그고 우리 아빠는 문을 열어.

나 — 그건 또 무슨 소리냐?

율리 — 우리 엄마는 자물쇠고 우리 아빠는 열쇠야.

나 — 으응……사이가 안 좋으니깐 방을 따로 쓰는구나.

율리 —정말 골치야. 어른들은 말을 너무 안 들어.

나 —그러게 말야. 너 아빠가 너하고 안 놀아주면 어떻게 할
래?

율리 — 왜?

나 — 왜라니? 그럴지도 모르잖아?

율리 ― 그럼 내가 아빠하고 놀아주면 되잖아?

나 ― 뭐……야?

율리 ― 내 속에는 엄마도 있고 아빠도 있으니까 얼마든지 놀 아줄 수가 있어.

나 ― 정말이야? 어딨어? 보여봐?

율리 ―그런 게 어떻게 보이니? 중요한 건 눈에 안 보이는 거 야.

나 ― 너……그런 말 어디에서 읽었니? 그럼 뭐 봉사 아저씨가 제일 많이 보겠네?

율리―바보…….

나 ― ……뭐? 바보는 경호야!

율리 ― 경호가 누군데?

나 ― 바보라니깐. 경호가 얼마나 바본데? 너무 바보야. 자기 가 잘난 줄 아는 바보라니깐!

율리 ― 엄마 아빠가 방을 따로 써도 상관없어. 엄마 아빤 날 사랑하니깐. 사랑이 눈에 보이냐?

나 ― 알았다. 너 〈란마 2분에 1〉이란 만화영화를 보고 나한테 잘난체하는 거지?

율리 ― 너도 그 만화영화를 봤니?

나 ― 난 영화박사야! 란마가 그랬잖아? 사랑은 눈에 안 보인 다고.

율리 ― 그럼 진작 말해야지.

나 ― 〈시티 오브 조이〉가 좋은 영화구나…….

율리 ― 영화 재미 없었어?

나 ― 난 왜 좋은 영화를 보면 항상 졸리지?

율리 — 눈이 감기면 틀림없이 좋은 영화야.

나 — 아……뭐가 뭔지 모르겠어…….

율리 — 몰라도 돼. 난 바른생활을 다섯 개나 틀렸는데도 울
　　　아빠가 내가 이 세상에서 젤 이쁘대.

나 — 아빠들이야 뭐 항상 그렇지.

율리 — 사실은 현주가 젤 이쁜데.

나 — 현주가 누구야?

율리 — 우리 반에서 젤 이쁜 애. 아유, 속상해.

나 — 헷헤……나도 빨리 어른이 되어서 아들을 낳아야지.

율리 —왜? 징그러.

나 — 뭐가 징그러워? 난 막 이뻐할 거야. 헷헤…….

율리 — 홋호…….

나 — 넌 왜 웃어?

율리 — 내 맘이야. 왜 그래? 홋호…….

웃으며 돌아보니 아빠는 율리 엄마에게 손짓 발짓을 해가며
수다를 늘어놓고 있었다. 공원의 비둘기들이 우수수 소리를 내
며 날아가더니 저녁 햇빛 속으로 사라지고 있었다.

혼자라는 생각이 드는 날

우리 엄마는 개를 이뻐하기는 하지만 집에서 기르는 것은 질색이다. 똥개들은 똥을 아무 데나 싸고 치와와나 마르티스 같은 애견들은 자기만 이뻐해달라고 하루종일 보채는 통에 피곤하다는 것이다. 나는 개가 이쁘다면 그 정도야 감수해야 하는 것이라고 생각을 하는데 엄마는 그것이 아닌가 보다. 그래도 엄마는 양호한 편이다.

우리 외할머니는 개 같은 것은 아예 상대조차 하지 않는다. 기껏해야 살이 오른 개를 보면 여름에 저걸 잡아서 외할아버지 보신을 해줘야지, 하는 극단적인 생각밖에 하지 않는다. 나는 도무지 어리둥절하다. 인정이 많기로 소문이 난 우리 외할머니가 어째 그럴 수가 있단 말인가? 개를 사랑해 마지않는 내가 한 번은 외할머니에게 항의를 했더니 하시는 말씀이 이렇다.

"개가 사람이냐? 인정을 베풀게?"

이런 정도이니 말 다했지 뭔가?

또 우리 할머니(외할머니가 아니라)는 개만 보면 때려주려고 애를 쓰는 분이다. 개가 귀찮게 굴고 사람들을 향해서 짖어대기 때문에 때려주는 것이 아니라 무작정이다. 할머니는 개를 때려주면서 이렇게 말한다.

"정신 차려, 나쁜놈!"

개가 왜 나쁜놈이란 말인가? 할머니보다 얼마나 착하고 귀여운데.

할머니는 머리도 비상해서 개 옆을 지나갈 때는 일부러 개한테 아무런 관심이 없는 척한다. 자기 눈에는 개 따위는 안 보이는 양 먼산 바라보기를 하고 딴청을 피운다. 그러다가 방심을 하고 있는 개 옆을 지나갈 때는 느닷없이 발길질을 한다. 그러니 제아무리 행동이 날쌘 개라 한들 당할 수가 있겠는가? 깨갱 깽— 비명을 지르며 혼비백산 달아나게 되지. 그러면 할머니는 마치 남자처럼 커다랗게 웃으며 신이 나서 어쩔 줄을 모른다. 그러면서 하는 말—

"바보 같은 놈!"

할머니는 어쩌자고 개를 이렇게까지 학대하는 취미를 갖게 된 것일까?

나의 사촌형 현조 형은 이런 할머니를 보고 전생에 새앙쥐였을 것이라고 악담을 한다. 할머니가 전생에 새앙쥐로 있을 때 개한테 늘 맞고 지냈기 때문에 이제 와서 화풀이를 한다는 것이다. 나는 그 말을 듣고 깜짝 놀랐다. 할머니가 새앙쥐 출신이라니! 그렇다면 우리는 뭔가? 새앙쥐 할머니의 손자니까 우리도 새앙쥐가 아닌가? 내가 찜찜하고 황당한 기분이 되어 나도 새앙쥐였

단 말야? 하고 묻자 현조 형은 또 이렇게 대답을 했다.

"우리가 미쳤냐? 왜 새앙쥐 같은 걸 하냐? 난 초원의 사자 출신이다."

더 헷갈리는 대답이다. 새앙쥐의 손자가 어떻게 초원의 사자냔 말이야?

할머니를 제외한 큰아빠네 집 식구들 전체가 사랑해 마지않는 퍼그 '눌린'은 멍청하기 그지없어서 그렇게 할머니한테 당하고도 꼬리를 잘도 흔든다. '눌린'의 꼬리라야 형편없이 짤막해서 엉덩이가 움직이는 것인지 꼬리를 흔드는 것인지 알 수가 없긴 해도. '눌린'이 애견의 이름으로는 괴상하다고밖에 할 수 없는 이름을 얻게 된 것은 물론 납작하게 눌린 얼굴 때문인데, 요즘은 할머니 때문에 더 눌린 얼굴이 되었다. 할머니는 요즘 들어서 동작이 현저하게 둔해지자 세숫대야로 '눌린'의 얼굴을 눌러버리는 새로운 고문방법을 발견해내었던 것이다. 아, 눌린의 얼굴은 이래저래 펴질 날이 없을 것이다.

한편 사촌누나 시은이 누나는 사람보다도 눌린을 훨씬 좋아한다. 눌린이 사람보다 더 정이 많고 배신을 할 줄을 모르며 예쁘다는 것이다. 시은이 누나는 현조 형이 감기로 끙끙거릴 때는 기껏해야 한다는 소리가 약국에 가서 약을 사먹으란 말이나 하는 것이지만 눌린의 경우에는 사태가 심각해진다. 지난번에는 눌린이 침을 질질 흘리고 꾸웅— 꿍— 하는 소리를 내자 세상에 종말이 온 것처럼 야단법석을 피우는 것이었다. 눌린이 죽을 병에 걸린 것은 순전히 할머니 탓이라며 버릇이 없게도 할머니에 대해서 반항을 하기까지 했다. 우리 할머니로 말할 것 같으면 그 별명부터가 '공포의 이빨'인데도. 시은이 누나는 눌린이 하루 만에

병이 나았음에도 자신은 일 주일 이상을 앓아누워야 했다. 할머니에게 반항을 한 죄로 할머니로부터 저주를 받았기 때문에. 할머니는 시은이 누나가 반항을 하자 시은이 누나의 구두 뒷굽을 분질러버렸던 것이다. 시은이 누나는 그런 줄도 모르고 구두를 신고 나갔다가 발목이 삐었다. 시은이 누나는 심증은 가지만 물증이 없어서 더 속이 상했다 한다.

나는 가만히 보면 글래머 여배우를 좋아하는 경향이 있는데 이것은 그 여배우들의 몸매가 충격적이기 때문이 아니라 머리가 단순하기 때문이다. 우선 마릴린 먼로만 보더라도 〈버스 스톱〉이나 〈신사는 금발을 좋아한다〉에서 보는 바와 같이 남자를 통 골치 아프게 하지를 않는다. 나는 담혜나 호명이에게 정신적으로 시달려서 그런지 골치 아프게 하는 여자는 겁부터 나는 것이다. 마릴린 먼로를 빼놓고 얘기를 한다면 나는 요즘 브리지트 바르도에 대한 소문을 듣는 재미로 산다. 경호 같은 바보 멍충이는 브리지트 바르도가 누구인지도 모르고 "나도 이번 여름방학 때는 브리지트 바르도를 가고 말 테야!"라고 소리를 질러서 내 입을 다물게 했다. 경호 생각만 하면 인류의 미래가 어둡게만 생각이 된다. 그 유명한 BB를 도시 이름으로 알다니 경호를 어찌하면 좋단 말이냐?

내가 지금 BB에 대한 얘기를 하는 이유는 물론 개 때문이다. 영화에서 은퇴를 한 BB는 얼마 전부터 동물보호에 악을 쓰느라고 정신이 하나도 없다. 아빠는 세르비아에서 전쟁이 벌어지자 세르비아의 개들을 위해 개밥을 보내자는 운동을 하는 BB에 대해서 감동을 받은 다음 이렇게 말했다.

"브리지트 바르도란 여자가 인류를 구원할 거다!"

BB는 개를 살리자고 했는데 아빠는 갑자기 웬 인류 구원을 들고 나오는지 모르겠다. 아마도 나처럼 BB에게 반하게 되자 입에서 나오는 대로 감탄을 한 것이겠지. 브리지트 바르도는 정말이지 '눌린'보다 훨씬 귀엽고 착한 여인이다. 사람들은 왜 전쟁이 터지면 사람들 생각만 하나 몰라?

이와 같이 개에 대해서만 해도 사람들의 태도는 종잡을 수가 없을 만큼 여러 가지다. 그러니 나에 대한 주변 사람들의 생각이야 얼마나 가지각색이겠는가? 사실 나는 처음에는 분하고 슬픈 마음이 앞섰으나 지금은 차분하게 생각을 하려고 애를 쓰는 편이다. 인생이라는 것은 뿔딱지를 낸다고 해서 일이 해결되는 것은 아니니까.

나는 처음에 할머니의 얘기를 듣고 정말이지 마음을 가라앉히느라고 생고생을 했다. 나는 큰아빠집에 갔다가 현조 형과 술래잡기를 했는데 할머니의 목소리가 들려오는 것이었다. 나는 그때 다락에 숨어 있었고 할머니는 아빠를 데리고 방으로 들어왔다. 할머니는 처음에 할아버지에 대한 얘기부터 시작을 했다.

"에이고, 썩을 놈에 영감탱이……당신은 좋은 시상으로 가가지고 호강을 하고 나는 여그다 두고 이 고생을 시켜?"

할머니는 몸에 좋다는 것은 뺏어서라도 먹으면서 무슨 얘기만 시작을 하려고 하면 이렇게 엄살이다.

"어머님도 참……어머님같이 신세가 좋으신 분이 어디 또 있다고 그러세요? 자, 여기 용돈 받으세요. 이번 달에는 보너스까지 드리는 겁니다."

아빠가 할머니한테 용돈을 드리는 모양인데 그렇다면 나는 할머니의 얼굴을 보지 않아도 표정이 어떻게 변하는지 훤히 알겠다. 할머니가 이 세상에서 제일 좋아하는 것은 바로 용돈이니까. 할머니는 용돈이 떨어지면 괜히 아빠한테 전화를 해가지고 길고 끝없이 신세한탄을 하신다. 아빠가 할머니의 진심이 무엇인지 눈치를 챌 때까지. 그런데도 할머니는 절대로 자신이 용돈 때문에 전화를 한 게 아니라고 주장을 한다. 물론 용돈을 타내기 위해 얘기할 때보다 훨씬 짧게.

아빠가 지금 재빨리 용돈을 내놓는 것을 보면 아빠도 이제는 할머니의 속마음을 훤히 들여다보고 있나 보다.

"아범아, 니가 무신 돈이 있다고 날 주냐? 난 돈이고 머시고 다 싫다. 그저 니가 마음 편허게 잘 있는 것이 내 원이여."

"저는 잘 있어요, 어머니. 걱정 마시라니까요."

"왜 걱정이 안 되겄냐? 나는 니가 현동이를 데리고 와서 노는 것먼 봐도 억장이 무너진다. 너 소가지 내지 말고 내 말 한번 들어볼래?"

"제가 왜 소가지를 내요? 어머님이 말씀을 하시는데. 어머님 말씀은 다 보약 아닙니까? 어머님이 현명하시니까 저희 형제들이 이만큼이라도 컸지, 그렇지 않으면 무슨 재주로 발을 붙이고 살겠어요?"

아빠는 있는 대로 할머니한테 아부를 한다. 할머니가 용돈 다음으로 좋아하시는 것이 입에 발린 칭찬이란 것을 잘 알고 있으니까.

"내가 너그 성 둘을 하나는 손으로 끌고 하나는 등에 엎고 인공을 났던 것을 생각허먼 지금도 허리가 쑤신다. 너를 나가지고는 니 아빠가 사업을 헌다고 살림을 다 날려먹는디 새끼들 공부만큼은 시켜야 헌다고 콩새콩새 품을 팔러 댕기다가 몸이 이렇게 오그라들었잖냐? 그런디도 니네 성은 그런 공은 모르고 나보고 일을 맹글어서 사단을 낸다고 허는디 없으니께 허는 말이지만 참말로 서운허드라."

"에이, 어머님도 참……아무려면 형님이 그렇게 생각을 하겠어요? 마음 편하게 지내세요."

"야는 참말로……아니, 에미가 무신 억하가 있다고 애문 소리를 헌더냐? 너 니 성 편이냐, 에미 편이냐?"

"저야 어머님 편이죠. 그럼요. 형님이 사실 무심한 데가 있어요."

내가 생각을 해도 우리 아빠의 인생은 참 피곤하다. 할머니의 기분을 맞추기 위해 큰아빠까지 배신을 해야 하다니.

"글도 니가 효자다. 해서 허는 얘긴디……너 현동이 그만 데리꼬 댕겨라. 너 살 궁리를 혀야지 맨날 현동이만 데리꼬 댕기면 무신 좋은 굿이 생기겠냐?"

이건 또 무슨 소리냐? 할머니가 이번에는 나를 공격할 셈인가?

"그건 무슨 말씀이세요? 제가 현동이를 데리고 다니면 안 되나요? 일 주일에 한 번밖에 못 만나잖아요?"

나는 침을 꼴깍 삼켰다. 저런 식의 얘기는 그 동안 못 들은 척하고 있었지만 내 가슴속에 쌓여 있었던 것이다.

"너도 인자 어채피 새로 시작을 해야 쓰지 않겠냐? 너 여자가 따로 있다는디 그 여자 집에서는 너를 어떻게 생각을 허겠냐? 현동이를 니가 못 키우기로 했으면 무신 조치를 취해야 쓸 거 아녀? 하여튼 현동이 에미도 독혀. 애비가 이렇게 애간장을 타고 있는디 지가 꼭 아를 고집혀야 쓰겠어?"

고모가 아빠에게 나를 뺏어서라도 데리고 오라고 했다는 것을 나는 알고 있다. 내 정보원이라고 할 수 있는 종명이 형이 알려 줬으니까. 그런가 하면 이모는 아빠가 나한테 접근하는 것을 원천봉쇄를 해야 한다고 주장했다. 외할머니는 엄마한테 시골로 이사를 가라고 했다. 나 참 기가 막혀라. 아빠가 없는 나 박현동이는 그야말로 금붕어가 없는 어항인데 어떡하려고들 그럴까?

"그러니께 아범아, 너는 어디 가서 죽었다고 혀. 그려야 정을 떼지 어쩔 꺼시냐? 에미 말을 억하로 듣지 말고 이거시 보약이구나, 허란 말이여. 알겠냐?"

"왜 이래요, 어머니? 내가 왜 죽어요? 내가 현동이를 두고 그냥 죽을 사람 같아 보여요?"

"야 봐. 내가 소가지를 낼 중 알았다니께. 너도 새 장가를 가고 또 자식도 낳고 그려야 쓸 거 아녀? 너 시방 현동이만 붙들고 이게 보살이다— 허고 있으면 머시 된다냐?"

"어머니, 저 그러면 아무것도 안 합니다. 난요, 어차피 결혼 같은 거 다시는 안 해요."

"어이갸? 너 시방 에미 말이 깔쿠막지게 들리냐? 아나, 그럼 이거 그냥 가져가라. 에미는 용돈이고 머시고 다 쇠용없다. 자식 새끼들은 머헐라고 이렇게 퍼낳았는지 모르겠어. 내가 미친년이여."

그러구선 할머니는 억지로 펑펑 소리를 내어 우는 시늉을 한다. 여자의 눈물같이 무서운 게 없다고 했는데 그러고 보면 할머니도 아직은 여자인가 보다.

"나는 머 내 손주새끼가 안 이뻐서 이러는 중 아냐? 니들은 죽어도 이 에미 속을 모를 것이다. 에이고오, 영가암……나도 빨리 좋은 디로 데꼬 가씨요오……."

아빠는 아무 말이 없었다. 큰엄마가 문을 열고 들어오는 소리가 났다. 나는 내가 불쌍하고 아빠가 불쌍해서 숨을 죽였다.

아빠를 만나 하루를 보내는 것은 즐겁기 짝이 없는 것이지만 그렇다고 끝이 없는 것은 아니다. 아무리 신나고 훌륭한 영화라도 라스트 신은 꼭 있는 법이니까.

더구나 아빠와 내가 헤어지는 시간은 밤이 깊어가는 시간이라서 내 마음은 더 우울해지려고 한다. 내 경험에 의하면 확실히 밤은 낮보다 훨씬 더 마음을 어둡게 만든다. 혹시 마음이란 것은 햇빛을 받아서 열을 내는 태양열 주택과 같은 것이 아닐까?

내가 아빠와 헤어지는 시간은 대체로 열시 정도인데 나한테는 이 시간이 제일 빠르고 무겁게 지나간다. 아마 아빠도 그럴 것이다. 나는 아빠의 국화빵이고 아빠는 나의 고무도장이니까. 다 아는 얘기지만 국화빵은 닮은꼴, 고무도장은 똑같은꼴이라는 뜻이다. 할 필요도 없는 얘기인데 경호 같은 애가 있으니 이렇게 쓸데없이 설명을 하게 된다. 경호는 내가 아빠의 국화빵이라니까 그럼 니네 아빠가 국화빵을 낳았단 말이야? 하고 무섭다는 시늉을 했다. 흐응, 아빠가 나의 고무도장이라고 하면 경호는 또 그럼 현동이 네가 고무나무니? 하고 공포에 질리겠지. 경호는 자기 아이큐를 넘어서는 말이 나오기만 하면 무조건 겁부터 먹는다. 그러니깐 다시 말하자면 경호는 겁을 먹다가 하루를 보낸다는 얘기가 된다. 왜냐하면 하루에 벌어지는 일들이 대부분 경호의 아이큐를 넘어서는 것들이니까.

아빠와 내가 헤어지는 장소는 우리 아파트 단지 안에 있는 놀이터이다. 아빠는 아파트 사람들이 볼까 봐 은근히 걱정을 하는데 그래도 하는 수가 없다. 토요일 밤에 헤어지면 나와의 데이트를 일 주일이나 기다려야 하니까. 나도 마찬가지다. 아빠와 헤어지는 것이 아쉽기도 하려니와 아빠가 너무도 안된 것이다. 나는 무슨 일이 있더라도 안된 사람들을 위해서 살 거다. 이것이 아빠가 나에게 가르쳐주는 교훈이다.

더구나 오늘은 약간의 문제가 있었다. 나는 할머니의 말에 충격을 받았고 아빠는 여느 때보다도 훨씬 고독해 보인다. 할머니의 말도 있고 해서 이 세상에는 아빠 자신과 나, 둘만이 있다고 느껴지는 것이다.

"이상해요, 아빠. 왜 하늘의 별이 안 보이죠?"

나는 되도록이면 아빠와 나의 문제와는 아무런 상관이 없는 얘기를 꺼내려고 별 이야기를 했다.

"으응……그건 가로등이나 아파트 불빛이 별빛을 삼켜버리기 때문이야."

"그래요? 와아……아빤 역시 대단해요. 모르는 것이 없잖아요?"

나는 아빠의 기분을 생각해서 아부를 하려고 결심을 한다. 그렇지만 오늘은 어째 예감이 불길하다.

"그렇지만……제아무리 사람들이 만든 불빛이 별빛을 삼킨다고 해도……별빛이 없어지는 것은 아니야……어떤 개아들놈이 별빛을 없앨 수 있겠어?"

"아빠 또……내가 엄마라면 아빠는 또 혼났다."

"강아지도 별빛을 없앨 수 없다는 말이야. 뭐 어때?"

오늘은 아무래도 내가 아빠의 응석을 받아줘야 하는가 보다.

"그럼요, 강아지는 아무 데나 오줌을 싸는 것밖엔 아무것도 못

하잖아요?"

"현동아……."

"예?"

"아빠는 현동이를 사랑해……."

"……."

"현동이도 아빠를 사랑하지?"

"예……."

아빠는 참 딱하다. 사랑한다는 말을 이렇게 막 하면 어떻게 해? 나는 쑥스럽지만 하는 수가 없다. 아빠는 지금 외로우니까. 아니 실은 내가 더 외로운지도 모르지. 아빠에게는 애인이 있지만 나는 그냥 나 혼자니까. 그런데 오늘은 진짜 왜 이러지? 왜 아까부터 자꾸 나는 혼자라는 생각이 들까? 나에게는 분명히 아빠도 있고 엄마도 있고 다 있는데.

"현동이도 밤에 잠잘 때 아빠 생각을 하니?"

"……."

글쎄다. 아빠 생각을 할 때도 있고 안 할 때도 있는데 뭐라고 대답을 하나?

"아빠는 꼭 현동이 네 생각을 해. 그리고 훌륭한 아빠가 되어야겠다고 결심을 한단다. 다른 사람들에게도 실망을 주지 말아야지……하고 결심을 하게 돼. 그래야 잠을 잘 수 있으니까."

"아빠가 얼마나 훌륭한데요? 진짜예요. 내 친구들이 얼마나 나를 부러워하는지 알아요? 토요일마다 매일 같이 놀아주는 아빠는 아빠밖에 없다니까요?"

"……."

"난 아무렇지도 않아요. 아빠를 토요일에만 만날 수 있다면 뭐 어때요? 난 토요일이 아닌 날에는 친구들하고 놀고 엄마랑 노느라고 너무 바빠요. 알았죠?"

"……."

아무래도 내가 말을 잘못했나 보다. 이렇게 되면 아빠는 울지 모른다. 아빠는 뭐 울보니까.

"나도 아빠 사랑해요. 됐죠?"

아빠는 아무 말이 없다. 틀림없이 속으로 울고 있을 거다. 아빠 속은 내가 최고로 잘 알지.

"……."

"……."

아빠가 잠자코 있더니 이윽고 말을 한다.

"자, 집에 들어가 자거라. 엄마 말씀 잘 듣고. 아빠 생각이 나거든 언제든지 전화해. 삐삐를 쳐. 알았지?"

"아빠 삐삐야 뭐 안 통할 때가 더 많더라. 왜 그래요?"

"그래? 삐삐 이놈을 그냥……삐삐가 말을 안 들을 땐……거울을 봐. 현동이 네 얼굴 속에 아빠가 있으니까."

거울을 봐봤자 그 속에는 아빠의 얼굴은 없다. 내가 아빠의 얼굴을 닮았다고는 하지만 내 얼굴하고 아빠의 얼굴은 다른 구석도 많은데 뭐.

"예……알았어요."

엄마가 걱정이 된다. 엄마는 지금 나를 기다리고 있겠지. 엄만 내가 조금만 늦어도 별별 생각을 다 만들어서 벌벌 떨고 있다니까.

"자, 들어가 보렴. 엄마가 기다리겠다. 너 임마, 집에 들어가면 그냥 자지 말고 꼭 씻고 자란 말야. 너 왜 치사하게 그냥 자고 그러냐?"

"인젠 꼭 씻고 잔다니까요."

내가 볼멘소리를 하자 아빠가 나를 꼬옥 안는다. 아빠에게서
는 언제나 담배냄새와 술냄새가 풍겨나온다. 술을 마시지 않을
때라도.

"알았어, 임마……사랑해……."

나는 눈물이 나올까 봐 아무 말도 안 하고 입을 꾸욱 다물고
있었다. 아빠의 어깨 너머로 별은 안 보였지만 달은 동그랗게 떠
있었다.

호명이의 눈물

내가 호명이를 좋아하는 이유는 호명이가 우리 아파트에서 제일가는 미인이기 때문이 아니다. 나는 최소한 여인을 외모로만 판단을 하는 남자는 아닌 것이다. 내가 만약 여인을 외모로만 판단을 한다면 왜 '브룩 실즈'보다 '조애너 트리스티케'를 더 좋아하겠는가? 브룩 실즈는 누구나가 인정을 하는 팔등신 미녀지만 조애너 트리스티케는 주근깨 박사가 아닌가?

하지만 조애너 트리스티케는 브룩 실즈에게서는 찾아볼 수 없는 분위기가 있다. 그녀는 〈엠마와 부베의 사랑〉에서 바라보기만 해도 숨이 막힐 것 같은 슬픔과 그리움이 가득 배어 있었다. 그녀는 학교 선생님으로 나왔는데 유부남인 교장 선생님을 진짜로 좋아하는 것처럼 좋아하고 있었다. 그럴 때 그녀의 주근깨는 그냥 주근깨가 아니라 인생의 모든 것을 안으로 숨기고 있는 주근깨이다.

그런데 선생님들도 정말 그런 사랑을 한단 말인가? 우리들한테 가르치기는 절대로 그래서는 안 된다고 강조를 하시면서 말이다. 나는 〈엠마와 부베의 사랑〉을 보고서 의문을 풀 길이 없어서 우리 담임 선생님한테 여쭤봤다가 알밤만 얻어먹었다.

"하여튼 박현동이는 이상한 녀석이야."

이게 우리 담임 선생님이 알밤을 주면서 나에게 해주신 말씀이다. 쳇, 내가 뭐라고 그랬는데? 난 단지 우리 담임 선생님도 여자 교감 선생님을 사랑하시느냐고 물었을 뿐인데.

선생님의 말씀은 그런 건 있지도 않고 있을 수도 없는 일이라고 하셨지만 그게 왜 있지도 않고 있을 수도 없는 일이란 말인가? 영화는 절대로 있을 수도 없고 있지도 않은 얘기는 만들지를 않는데. 우리 아빠는 뭐 괜히 나의 '그녀'를 사랑하나 뭐?

호명이는 도무지 말이 없는 아이다. 나는 그것이 너무 신기하고 알 수가 없어서 매혹을 느끼는 것이다. 사실 여자아이들은 너무 말이 많지 않은가? 여자아이들이 수다를 떨고 있는 것을 보면 나는 정신이 다 없어진다. 장미가 예쁜지 수선화가 예쁜지를 가지고 하루종일 떠드는 여자아이도 있다. 장미도 예쁘고 수선화도 예쁜데 뭘 그렇게 야단일까? 나는 정말이지 수다스런 아이는 질색이다. 만약 수다쟁이하고 결혼을 한다면 나는 귀를 막고 살아야 할 거다. 그렇지 않으면 난 소음공해에 시달려 제 명에 죽지를 못할 테니까.

어? 그런데 나는 왜 담혜도 좋아하지? 담혜도 우리 동네에서 알아주는 수다쟁이가 아닌가? 이거 다시 생각을 해봐야겠는걸? 내가 이거 혹시 담혜가 수다쟁이이기 때문에 좋아하는 것이 아닐까? 아이구, 헷갈려라. 담혜는 하여튼 골치란 말이야!

호명이는 분위기가 있다. 조애너 트리스티케처럼. 그리고 조
애너 트리스티케보다 훨씬 미인이다. 물론 주근깨도 없다. 그러
니 내가 어찌 호명이에게 푹— 빠지지 않고 배기겠는가?

어떻게 보면 호명이는 말만 없다뿐이지 실은 담혜보다 훨씬
심한 수다쟁이인지도 모른다. 호명이는 말을 않고 그냥 지나가
기만 해도 훨씬 말을 많이 하는 셈이니까. 이게 무슨 말인가 하
면 호명이가 바이올린 케이스를 들고 내 곁을 지나가면 나는 호
명이로부터 엄청난 말을 들은 듯한 기분이 되는 것이다.

— 현동아, 넌 지금 뭘 하고 있니? 바보같이 왜 야구 방망이를
들고 서 있어?

— 너도 인철이 오빠나 경호랑 마찬가지야. 아홉 살이나 됐는
데도 야구 방망이로 화단이나 쑤시고 다니다니.

— 꽃은 말은 안 하고 있지만 사람보다 얼마나 이쁜지 몰라.
도대체 네가 하는 말이 뭐니? 뭐? 송미는 서서 오줌을 싸다가 치
마를 버렸대요?

— 송미가 남자 흉내를 냈으면 넌 여자 흉내를 안 냈니? 왜 지
난번에는 엄마 화장품을 가지고 나와서 립스틱을 발랐어? 그러
구선 뭐? 손님, 놀다 가세요?

— 품위있게 살아라. 남자애들은 왜 그렇게 품위가 없는지 몰
라. 하나님은 여자를 만들다가 실수를 하면 남자로 만드나?

아닌게아니라 나는 호명이를 보면 하나님이 여자를 만들다가
실수를 해서 남자로 바꾼 게 아닌가, 하는 열등감에 빠진다. 사
실 남자아이들이 모여서 하는 것이라곤 유치하고 수준 이하로
창피한 것들이 아닌가? 하루종일 전자오락의 주인공들을 가지고
누가 더 잘났다고 다투는가 하면 떡꼬치 하나를 가지고도 우정

이 상할 때도 있는 것이다.

그러나 보라! 호명이는 손에 들고 다니는 것은 바이올린 가방이요, 입은 우리가 손을 대볼 수 없는 백화점 진열장 속의 보석처럼 우아하지 않은가 말이다. 심지어 호명이는 운동화도 늘 먼지 하나 묻지 않고 깨끗하기만 하다. 내 운동화로 말할 것 같으면 꼬랑내가 나서 코를 댈 수조차 없을 지경인데.

정말 우리 담임 선생님은 지독하신 분이다. 내가 공부시간에 만화책을 좀 보았기로서니 어떻게 내 코를 운동화 속에 밀어넣으라고 할 수가 있단 말인가? 나는 운동화 속에 코를 대자마자 기절하는 줄 알았다. 아마 내 발에는 악취를 만들어내는 기계가 들어 있나 보다.

이 정도 얘기를 했으면 내가 호명이에 대해서 얼마나 열등감을 가지고 있는지 잘 알았을 거다. 내가 호명이를 좋아하면서도 거리감을 가지고 있는 이유는 바로 회복이 불가능한 이 열등감 때문이다.

그런데 요즘엔 그것이 더 심해져버렸다. 난 엄마와 아빠를 사랑하긴 하지만 은근히 불만도 있다. 그 이유야 빤하다. 바로 엄마 아빠 때문에 호명이에 대한 내 열등감이 더 깊어졌으므로. 호명이의 엄마와 아빠는 우리가 보기에도 지나칠 정도로 사이가 좋다. 나는 호명이가 엄마와 아빠의 손을 잡고 우아하게 외식하러 나가는 모습을 자주 보았으며, 호명이의 아빠가 호명이의 엄마를 위해 꽃을 사들고 들어오는 모습도 여러 번 목격했다. 여기에 비하면 우리 아빠는 도무지 멋을 모르는 분이다. 갈비짝이나 쓸데없는 양주를 사들고 들어올 줄은 알아도 꽃은 사들고 들어오는 것이 아닌 줄 알고 있다. 아, 호명이네 집은 마치 영화 속에 나오는 행복한 집 그대로인 것이다.

골 때린다, 정말. 이젠 엄마와 아빠가 이혼까지 해버렸으니 호명이가 나를 어떻게 보겠는가? 문제가 있는 집안의 문제아로밖에 더 보겠는가 말이다. 호명이의 엄마와 아빠는 너하시겠지. 내가 호명이에게 청혼을 한다 해도 호명이의 엄마와 아빠가 결사 반대를 하실 거야. 그럼 내가 호명이와 사랑에 빠진다 해도 우리는 불행한 모습으로 끝내는 헤어지겠지. 난 사실은 호명이와 결혼을 해야만 하는 책임이 있는 몸인데.

이것도 따지고 보면 아빠 책임이다. 아빠는 꽃을 사올 생각 같은 건 꿈에도 하지 않고 어느 날인가 불쑥 쌍안경을 사오셨던 것이다. 엄마가 웬 쌍안경이에요, 하고 물으니 아빠의 대답이 꼭 아빠다웠다.

"우리 회사로 쌍안경 장수가 물건을 팔러 오지 않았겠어? 우리야 뭐 쌍안경이 필요없다고 쫓아내려고 했는데 아 글쎄 그 사람이 우리 고향 사람이 아니냔 말야. 그래서 애향심 때문에 하는 수 없이 샀지."

"당신 속은 거예요. 물건 팔러 다니는 사람들은 고향이 여덟 개라잖아요?"

"그래? 힛히……거 그 사람들 재주가 좋구만. 대한민국 팔도 사투리를 다 할 줄 안다는 게 어디 쉬운가? 하여튼 한국 사람들 재주는 알아줘야 한다니까."

나는 바로 그 쌍안경을 가지고 여기저기를 둘러보다가 호명이네 집을 보게 된 것이다. 그랬더니……하나님 맙소사아……호명이가 목욕을 하고 누드로 거실에서 몸을 닦고 있지 않은가 말이다.

나는 정말로 창피하기 짝이 없는 남자다. 이건 절대로 안 되는데, 하면서도 호명이가 옷을 다 입을 때까지 쌍안경에서 눈을 안 떼었던 것이다. 나는 이대로 죽는다면 분명히 지옥으로 떨어질 것이다. 그것도 파렴치범으로 몰려서.

이렇게 따지면 나는 호명이에 대해서 남자로서 책임을 져야 하는데 이젠 책임을 지려고 해도 질 수가 없으니 이를 어떡하면 좋으냐? 나보다 열두 배쯤은 더 고상하고 우아한 호명이가 상대도 안 해줄 것이 분명하니 염라대왕님 앞에 가서 뭐라고 변명을 늘어놓는단 말인가?

심하게 말을 하자면 나와 호명이의 관계는 이처럼 공주님과 시종 사이나 마찬가지인데 그 사건이 벌어지고야 말았던 것이다. 정말이지 인생이란 해답을 알 수 없는 퀴즈와 같다니까!

나는 이상하게 엄마가 없을 때 더 착실한 모범생이 된다. 엄마가 있을 때는 숙제도 안 하려고 뻗대기 일쑤고 손발을 씻지 않으려고 궁리궁리를 하는데 엄마가 없으면 그야말로 혼자서도 잘하는 것이다. 나도 내가 왜 이렇게 청개구리 같은 행동을 하는지 알 수가 없어서 아빠에게 물어봤더니 아빠는,

"그건 현동이 네가 사나이 대장부이기 때문이야."

라고 말씀을 하시는 것이었다. 더 알쏭달쏭한 말이다.

"그럼 사나이 대장부는 청개구리 같은 건가요?"

하고 묻자 아빠는 그제야 비로소 알아듣게 말씀을 하신다.

"사나이 대장부란 여자들이 자기를 안 볼 때 여자들이 좋아하는 것을 하거든. 왜냐하면 여자들이 있는 데서는 쑥스럽잖니?"

엄마가 나에게 여자가 되는지 그냥 엄마인지는 모르겠지만 아

빠의 말은 그럴싸하게 들리는 것이었다.

아빠의 주장대로라면 나는 그날 사나이 대장부다운 짓을 한 셈이다. 엄마가 친구를 만나러 가서 늦자 숙제도 다하고 손발도 깨끗이 씻었으므로. 그런 다음 바보 같은 경호나 놀려줄까 해서 밖으로 나왔는데 호명이가 계단에 앉아서 울고 있었다.

나는 깜짝 놀라지 않을 수 없었다. 나는 지금까지 호명이는 울지 않는 여인으로 생각해왔을 뿐만 아니라 설혹 호명이가 울 일이 생긴다 해도 아파트 복도에 앉아서 울 것이라고는 상상도 해보지 못했던 것이다. 아니 나는 이런 생각을 하기에 앞서서 단순히 호명이가 울고 있다는 사실에 갈비뼈가 휘청, 하고 흔들리는 것만 같았다.

호명이가 울다니!

나는 호명이를 울린 사람을 도저히 용서할 수 없으며 결투라도 해야겠다는 비장한 생각을 하고 있었다.

내가 몸에 시멘트를 쏟아부은 것처럼 꼼짝도 못 하고 있자 호명이는 간신히 울음을 그치더니 나를 노려보는 것이었다. 호명이는 아무 말도 안 하고 있었지만 자기가 울고 있는 모습을 본 내가 엄청나게 미운 것 같았다. 호명이는 자존심이 강한 여인이 아닌가?

이래서 나도 모르게 자리를 피하려고 하자 호명이는 그제야 입을 열었다.

"현동아……."

"……!"

호명이는 특별한 일이 없는 한 자기가 먼저 나를 부르거나 하지는 않는다. 나는 호명이의 부르는 소리에 공주님의 부름을 받은 시종무관이 그러는 것처럼 우뚝 서버리고 말았다.

"나를……불렀니……?"

호명이는 고개를 끄덕였다.

"가지 마……."

이건 무슨 소리냐? 나는 다른 때 같았으면 이게 웬 떡이냐? 하고 놀랐겠지만 이번만큼은 가슴이 찌르르 울리는 것처럼 슬프다는 느낌이 먼저 드는 것이었다. 호명이가 공개적으로 우는 모습을 본 탓이었을까?

호명아, 네가 가지 말라고 하면 나는 이 자리에서 아예 전봇대가 될 거야. 나는 속으로 이런 순정파적인 생각을 하며 가만히 서 있었다. 호명이가 또 뭐라고 말하기를 기다리며.

"……안 갈 거지?"

"응……? 그거야 뭐……나 안 가……."

나도 자존심이 있어서 이런 정도로 대답을 해두었다. 나는 호명이의 옆에 서서 짧은 순간에 별별 생각을 다하고 있었다. 호명이가 나에게 드디어 프로포즈를 할 거라는 생각, 결혼을 하자고 덤비면 곧바로 오케이를 해야 하느냐 아니면 배짱을 튕겨야 하느냐 하는 갈등, 혹시 나를 잡아먹지 않을까 하는 걱정……. 그런데 나는 그때 왜 호명이가 나를 잡아먹을지도 모른다는 생각을 했을까? 나란 녀석은 정말이지 우리 담임 선생님 말씀처럼 이상하기 짝이 없는 녀석인가 보다.

"여기 그냥 있어 줘……부탁이야……."

미치겠다, 정말! 호명이는 이런 부탁 따위는 안 해도 되지 않는가? 나는 감격에 겨워서 헛기침을 했다.

"호명아, 누구니? 누가 널 울렸어? 내가 그냥……."

내가 이렇게 말하며 주먹을 불끈 쥐는데 왁자지껄한 소리가 들려오는 것이었다. 내가 무슨 소린가, 해서 두리번거리는데 호명이는 입술을 꾹 다물더니 고개를 푹 숙이는 것이었다. 나는 모르긴 몰라도 저 왁자지껄한 소리와 호명이가 무슨 관계가 있는 것이 분명하다는 생각을 했다. 그 소리는 복도에서 들려오고 있었다.

"이 사기꾼 같은 놈! 넌 쓴맛을 봐야 해!"

그리고 뒤를 이어서 귀에 익은 굵고 낮은 목소리가 들려오는 것이었다.

"자, 갑시다. 우리 집에까지 와서 떠들 필요는 없지 않소?"

내 귀에 이상이 생기지 않았다면 이 굵고 낮은 목소리는 호명이 아빠의 것이었다.

내가 왠지 가슴이 철렁, 내려앉는 것 같아서 호명이를 돌아보자 호명이는 일어나더니 쏜살같이 도망치기 시작했다. 내가 영문도 모르고 쫓아가자 호명이는 나에게 쫓아오지 말라는 시늉을 하며 달려가는 것이었다. 호명이의 신변에 위험한 일이 생기면 나는 〈보디 가드〉란 영화에 나오는 보디 가드 케빈 코스트너처럼 몸으로라도 막아야 한다고 결심을 하고 있었지만 웬일인지 다리에 힘이 쑥— 빠지는 것이었다. 그만큼 나에게 쫓아오지 말라고 하는 호명이의 표정은 충격적이었다. 나는 그 자리에 우뚝 서서 호명이가 변덕스러운 것인지 무엇인지 헤아려 보느라고 머릿속이 텅 비어지는 것 같았다.

가지 마—라고 부탁을 할 때는 언제고 이젠 또 오지 말라고?

이런 생각을 하면서도 나는 호명이에게 중대한 일이 발생한 것이 틀림없다는 예감에 몸이 부르르 떨렸다.

아빠는 나를 만나면 빼놓지 않고 묻는 것이 몇 가지가 있다. 그것들은 대부분은 물어보나마나한 것들인데 그 중에 하나가 나에게 애인이 있느냐는 것이다. 나는 아빠의 이 물어보나마나한 질문을 받을 때마다 아빠의 애인이 내 애인이에요, 하고 쌤통으로 대답을 하고 싶어진다. 그러나 그러기엔 나의 '그녀'는 나에게 너무 소중하다. 사나이 대장부는 자기에게 소중한 여인을 함부로 대하지 않는 것이 아닌가? 이래서 내 대답은,

"너무 많아요. 우리 아파트에만 해도 셋이나 되는걸요?"
하고 역습을 한다.

아빠는 이런 나의 불성실한 대답에 실망을 하기는커녕 아주 흡족한 표정이 된다. 아빠는 아무래도 하나밖에 없는 아들을 바람둥이로 키우고 싶은가 보다.

그러나 나는 이번만큼은 그렇게 대답을 할 수가 없었다. 호명이가 아파트 계단에 앉아서 소리를 죽여 울었고, 나에게 옆에 있어 달라고 부탁을 했고, 무엇보다 불행해졌다는 사실이 나를 진지하게 만든 것이다.

"우리 현동이 애인이 누구지?"

아빠는 내가 지겨울 정도로 대답을 해주었음에도 불구하고 또 고정 레퍼토리로 물었다. 나는 심각한 얼굴이 되어 딱 부러지게 대답을 했다.

"정호명이에요."

"……뭐?"

아빠는 나의 단호한 대답에 깜짝 놀라는 시늉을 했다.

"……정호명? 내 며느리가 될 아이의 이름이 정호명이란 말이냐?"

"예."

내 목소리는 비장감 때문에 딱딱한 것이 영 풀리지 않고 있었다.

"너 임마, 지난주에는 애인이 손가락 수보다도 많다고 했잖아? 현동이 너 한 주일 사이에 몽땅 바람을 맞은 거냐?"

"아녜요, 아빠. 난 결심을 했다구요."

아빠가 듣기에도 내 목소리가 예사롭게 들리지 않았는지 진지하게 물어보기 시작했다.

"결심을 했어? 왜?"

"난……호명이가 불쌍해요. 호명이 아빠가 경찰서에 끌려갔거든요."

"뭐야? 아니 그럼 범죄자란 말이냐? 왜 경찰서에 끌려가?"

"알고 보니까 호명이 아빠가 화투선수라잖아요?"

이렇게 말을 하면서도 나는 믿어지지 않았다. 그 깔끔하고 단정한 호명이의 아빠가 도박꾼이라니! 내가 보기에도 호명이의 아빠는 신사 중에 신사가 아니었던가?

"호오……거 아주 개성적인 직업을 가진 분이구나. 그건 그렇고 그 호명이란 아이가 불쌍해서 결혼을 해?"

"그럼 어떡해요? 내가 없으면 호명이는 정말 큰일이라구요."

내가 분연한 심정으로 말을 하자 아빠는 갑자기 나를 번쩍 들어올리는 것이었다.

"역시 우리 아들이 사나이 중에 사나이로구나. 암, 그래야지. 남자는 자기가 옆에 있어 줘야만 하는 여자와 결혼을 해야 하는 것이야. 정말 너 잘났다."

아빠와 나는 역시 통하는 데가 있는 모양이다.

"아빠도 아빠 애인이 불쌍해요?"

나는 나의 '그녀'를 포기해야 한다는 생각에 불쑥 이렇게 묻고 말았다. 아빠는 기습을 당한 것처럼 명청하게 서 있더니 내 어깨를 끌어안았다.

"그래. 그렇단다. 그런데……아빠 애인도 아빠를 불쌍하게 생각하고 있어."

"……!?"

"그런데……지금은 엄마도 불쌍해. 이게 아빠 진심이야."

"……."

"이런 얘긴 우리들끼리만 해야 하는 거야. 여자들이 들었다간 가만 있지 않을걸? 누구 맘대로 불쌍하게 생각하느냐고 화를 낼 테니까."

"알았어요. 아빠, 하나 더 물어봐도 돼요?"

"뭔데? 너 골치 아픈 거 물어보면 안 된다. 현동이 넌 솔직히 좀 골치가 아픈 타입이거든."

"이건 절대로 골치 안 아파요. 아빠, 그럼 아빠가 아빠 애인하고 결혼을 하면 그때부터는 엄마가 아빠 애인이 되는 건가요?"

아빠는 대답도 못 하고 골치가 아파서 죽겠다는 시늉을 했다. 뭐가 골치 아프다는 거지? 간단한 거잖아?

"현동아, 우리 어디 가서 맛있는 거 먹자. 이럴 땐 먹는 게 최고야."

청어를 굽는다고?

나와 엄마가 살고 있는 아파트는 우리 동네에서는 제일 잘 지어진 아파트라고 알려져 있다. 우선 겉모양이 번듯하고 아파트를 지은 회사도 알아주는 회사다. 지금까지 엘리베이터가 고장이 난 적이 한 번도 없고 뒤편에는 숲이 우거진 야트막한 산도 있어 부동산을 하는 아저씨들은 아파트를 보러온 사람들에게 새소리를 들을 수 있다고 선전을 한다.

그러나 다른 건 다 좋을지 몰라도 방음장치는 엉망진창이다. 예를 들자면 우리 옆집은 신혼부부가 사는데 형편없는 방음장치 때문에 나는 잠을 잘 때도 조심을 하지 않으면 안 된다. 옆집의 신혼부부는 정확하게 내가 잠자리에 드는 순간부터 매우 비밀스럽고 델리케이트한 소리를 내기 시작한다. 아빠가 하도 '델리케이트하다'라는 말을 자주 써서 그게 무슨 말이냐고 물은즉,

"네가 아이스크림을 혼자서 먹으려고 하는데 친구가 둘이나

네 곁에 있을 때와 같은 기분."

이라고 알려주었다. 여기서 '네'는 바로 나 박현동이다. 나는 진짜로 내 방에서 아이스크림을 혼자서 먹으려고 할 때도 옆집의 신혼부부가 들을까 봐 걱정이 되기도 한다.

이렇듯 소리에 관한 한 벽은 없는 것이나 마찬가지여서 나는 쥐 죽은 듯이 엎드려 잠을 자는 시늉을 한다. 옆집의 신혼부부가 나 때문에 신경을 쓸까 봐.

아빠는 옆집의 신혼부부가 방귀를 뀌고서 그것을 가지고 품위가 없다, 아니다 귀엽다, 하고 다투는 것을 내 방에서 듣더니 우리 현동이는 일찍 어른이 되겠다고 부러워했다. 옆집 신혼부부는 참 이상하기도 하지. 신랑 아저씨가 방귀에 대해서 품위가 없다고 말을 하는 것은 이해가 가는데 신부 아주머니가 자기가 뀐 방귀에 대해서 귀엽다고 자랑하는 것은 뭔가 말이다. 나는 신랑 아저씨가 방귀에 관한 토론에 져서 신부 아줌마에게 참 우아한 방귀야, 하고 결론을 내리는 것을 듣고 황당해졌다.

이건 자랑이 아니라 우리 엄마는 절대로 방귀 따위는 뀌지 않는다. 역시 우리 엄마 같은 미인은 어딘가 확실히 다른 것이다. 헌데 우리 엄마는 하이 소프라노여서 목소리가 벽을 잘 통과하는 단점이 있다. 내가 그날 엄마의 전화받는 소리를 듣게 된 것은 그러니까 내 잘못이 아니란 얘기다. 엄마의 목소리가 장난꾸러기 유령처럼 벽을 마구 통과하는 걸 내가 어떡하겠는가?

나는 절대로 전화 따위를 엿듣는 야비한 남자가 아니다. 우리 아파트를 지은 건설회사에서 책임을 져야 할 일이다. 나는 그날 아파트를 지은 건설회사를 비난하면서도 엄마의 목소리를 꼬박꼬박 챙겨들었다. 엄마, 인생이 엄마를 속일지라도 슬퍼하거나

화를 내지 마세요. 나 현동이가 있잖아요?

엄마 — 나예요……아뇨……목소리가 아주 좋아 보이는군
　　　요……혼자 있어요? ……아니, 그게 아니라……난 말
　　　이죠, 당신이 늘 누구와 같이 있을 거라는 생각을 해
　　　요……지금 몇 시죠? ……아, 벌써……아니, 그게 아
　　　니라……현동이는 자고 있어요. 요즘은 더 잠꾸러기
　　　가 됐어요. 말은 잘 듣는데……어떤 땐 그렇게 고집
　　　을 피워요. 많이 어른이 됐다는 증거죠. 안 그래요?
　　　……때려줘요? 말도 안 돼. 그건 당신이 할말이 아니
　　　죠. 당신은 현동이한테 꼼짝을 못 하잖아요? ……글
　　　쎄……당신이 현동이를 사랑하는 건……당신이야 뭐
　　　이기주의자니까……아니, 흉보는 건 아니고……당신
　　　이야 좋은 사람이죠, 뭐. 문제는 나예요……나……사
　　　실은……아니 그만두죠. 그게 아니라……당신이 이럴
　　　줄은 몰랐어요……당신도 잘 알고 있잖아요? ……이
　　　건 치사해서 뭐라고……오늘 구청엘 갔는데……내가
　　　이혼 합의서를 낼 필요도 없더군요. 당신이 먼저 냈
　　　으니까요……난 그러니까……당신은 안 낼 줄 알았어
　　　요……당신은 항상……아니, 물론 중요한 건 아니
　　　죠……중요한 게 뭐가 있겠어요? ……당신하고 이제
　　　완전히 남남이라고 생각을 하니까……이게 대체 뭐
　　　람? 내가 지금 왜 이런 얘기를 하고 있죠? ……잘난
　　　체하지 말아요. 난 당신한테 뭘 부탁을 하고 있는 게
　　　아니라구요. 알겠어요? ……그만둬요!

흐응……난 굉장히 외롭고……그럴 줄 알았어요……내가 믿었던 것이 무엇이었는지……왜요? 맘에 안 들어요? 절대로 우울하지는 않아요……친구들하고 미장원에도 같이 가고 카페에 가서 떠들고 그러는데……어떤 때는 내가 우울한 척하고 있다는 느낌이 들어요. 좀 엉터리죠. 그럴 필요가 없어요. 그럼요……미안해요. 전화 끊어요? ……아니, 끊겠어요. 난 그냥 화가 난 것뿐예요……응석을 부리고 싶은 것인지도 모르죠. 이게 뭐죠? 난 아무것도 모르겠어요. 당신은 지금 뭘 하고 있는 거죠? 오늘 차를 몰고 집으로 오는데 청색 잠바를 입은 남자가 보였어요……난 당신인 줄 알고 클랙슨을 눌렀어요. 당신이 아니라서……내가 지금 당신을 유혹하고 있는 건가요? 그런 기분도 조금은 들어요. 난 다 정리를 했다고 생각을 했는데……아이작 싱어의 소설이 생각나더라구요……그 사람 소설……정말 가슴이 아프고……늘 안개 속을 걷는 기분이죠……당신이 읽어보라고 권하고서도 모른단 말예요? ……웃겨라, 정말……당신은 말이 안 되는 남자일 때가 많아요. 그래요? 말이 무슨 소용이에요? 지금 무슨 말을 하고 있는 거죠?

아이작 싱어의 〈Enemies-a love story〉를 읽을 때는 그런 생각을 안 했는데……그 영화를 보고 나니까……당신 혹시 그 영화에 나오는 허먼 브로더 같은 사람 아네요? ……아니, 아니겠군요……당신은 개그맨이니까……그래요, 난 당신을 개그맨이라고 생각하고 있어요. 개그맨이 뭐 별건가요? 자존심이 상해요? 그 사람들은 웃기는 얘기를 해도 좋다고 공인을 받은 사람들일 뿐이죠. 난 그렇게 생각해요. 하긴……당신은 〈모스카트 가(家)〉 같은 냄새가 나기도 해요. 그 소설……참 좋았어요……당신은 기억에도 없다고 하더니 잘도 주워삼키는군요. 당신은 나를 미치게 할 때가 있어요. 단 한 번이라도 진지하게 살아보라구요. 당신은 그런 적이 있어요? 아뇨, 절대로 그런 적이 없어요. 그렇다구요! 당신……지금 당장 여기로 와줄 수 없어요? ……아뇨, 농담이에요. 당신은 너무나 비현실적인 사람이에요. 우린 지금 현실 속에 있는 거라구요. 난……자고 있는 현동이 얼굴을 보면……지금 무슨 일이 벌어지고 있는지를……그래요, 알게 되죠. 당신은……그 기분을 ……절대……모를 거예요……이게 무슨 소리죠? 청어를 굽고 있어요? 당신은 정말……청어가 타겠어요! 전화 끊어요……뭐라구요?

이상하군요, 당신이 이런 시간에 청어를 구워서 식사를 하다니……아뇨, 궁상맞은 게 아니라……궁상맞군요. 불쌍한 척하지 말아요. 당신은 늘 그런 식으로 접근을 했죠……하지만 난 지금……이런 얘기를 하려고 했던 건 아녜요……난 당신이……언제까지나 나를 바라보고만 있을 줄 알았어요…… 아뇨, 내가 왜 울어요? 당신은 나를 몰라요. 난 당신이 생각하고 있는 것보다 훨씬 강한 여자라구요. 알겠어요?

내가 방송국 로비에 서 있을 때……당신은 나한테
와서 원숭이를 못 보았느냐고 물었죠. 난 당신 말이
진짜인 줄 알았어요. 내가 원숭이를 못 보았다고 하
니까 당신은 아, 이녀석이 어디로 갔지? 하고 화를
내는 시늉을 했어요. 그러고는 후적후적 가길래 난
어리둥절했어요. 방송국에 웬 원숭이가 있지? 하고
놀랐죠. 난 그때만 해도 방송국에는 없는 게 없다고
생각을 했었나 봐요. 원숭이가 출연을 하나 보다고
여겼죠. 그때 내 나이가 그러니까……흐응, 그럼요.
부러운 게 아무것도 없었어요.

그런데……스튜디오에 들어가고 나서야 당신이
PD인 줄 알았어요. 내가 카메라를 보며 긴장을 하고
있는데 당신이 원숭이 흉내를 내고 있는 게 보이더군
요. 난 정말이지 깜짝 놀랐어요. 당신이 장난꾸러기
라는 걸 알았고 너무 원숭이를 닮았다고 감탄을 했
죠. 당신 그때 뭐라고 했죠?……뭐요? 에뻬유 꾸르께
미오? 에유뻬 꾸께오미르? 그게 원숭이 말이에요? 전
에는 그렇게 말을 안 했는데? 당신이야 뭐 제멋대로
인 사람이니까……그래요……우린……그때로 돌아갈
수가 없어요……우린 뭐죠? 그림자가요?

난……당신이 끝까지 나한테 매달릴 줄 알았어
요……그런데……이제 알겠어요……사랑도 그렇고
사랑이 아닌 것도 그렇고……그런 식은 아니죠.
난……눈이 맑아진 느낌이에요……당신은 잘한 거예
요……인생이란 건 어쩔 수가 없는 것이니까요……

난······열심히 살 거예요······손에 잡히지 않는 얘기지만······이 말을 하고 싶었어요······당신이 잘 되기를 바라요······이건······내가 당신한테 할 수 있는 마지막 진심이에요······당신은 좋은 사람이니까요······.

그리고······나 말이죠······사실은 술을 조금 마셨는데······너······박공엽······이 엉터리 빵점아······나쁜 새끼야······네가 나보다 먼저 이혼서류를 접수시킬 수 있어? 야······넌 언제 신사가 될래? 치사한 새끼······뻑키 유!······난 말이야······똥을 밟은 거야······알겠어? 너······까부는 게 아냐······알겠어? 야······빨리 청어나 구워서 밥이나 먹어. 너 배고프면 안 되는 위인 이잖아? 그 정도라구······뭐······청어를 구워? 청어를?······청어?······.

친구가 되다

내가 학교에서 나오자 아빠의 모습은 보이지 않았다. 나는 아빠가 오늘도 늦을 줄 알았다. 만약 아빠가 일찍 왔다면 학교에 들어와 내가 공부하고 있는 모습을 창문 너머로 훔쳐봤을 테니까. 그게 아빠의 취미다.

아빠와 나 사이에는 아무래도 텔레파시가 통하는가 보다. 나는 토요일 넷째 시간에 귀가 근질거리고 뒤통수가 뻣뻣해지면 아, 아빠가 왔구나, 하는 생각이 든다. 그럼 뭐 틀림이 없다. 아빠가 복도에서 나를 바라보고 있는 것이다.

복도에서 나를 바라보고 있는 아빠의 모습은 열광! 바로 그것이다. 아빠도 틀림없이 국민학교를 다녔을 텐데 내가 교실에 앉아서 공부를 하고 있는 게 뭐가 그리 신기한지 모르겠다. 나는 약간 창피한 생각이 들어서 손을 저어서 아빠에게 저리 가라는 신호를 한다. 그럼 아빠는 혀를 쏘옥, 내미는 시늉을 하고 사라진다.

이런 것을 우리 반 아이들도 대강은 눈치를 채고 있어서 어떤 때는 다른 아이가 아빠를 먼저 발견하고 나를 쿡, 찌르기도 한다.

"야 임마, 네 아빠가 왔어……."

공부시간이기 때문에 크게 소리를 지르지 않는 것만 해도 다행이다. 아빠는 왜 교문 밖에서 얌전하게 기다리고 있지를 못할까? 하여튼 우리 아빠는 너무 야단스럽다니까!

그런데 오늘은 아빠가 교실에까지 와서 나를 훔쳐보지 않은 것이다. 오늘은 또 무슨 일 때문에 늦는 것일까? 학교가 끝나는 시간이 너무 빠른 게 문제는 문제다. 우리는 대개 12시 반이면 수업이 끝나는데 아빠네 회사는 오후 2시에 끝나지 않는가? 그러니깐 아빠가 나를 만나러 올 수 있는 것은 회사에서 조퇴를 한다는 얘기가 된다. 아빠는 자기가 회사 사장님이면서도 조퇴 대장이 되는 것이다. 이런 이유로 나는 아빠가 조금 늦는다고 해서 뿔을 내지는 않는다. 누가 뭐래도 아빠는 나한테 할 수 있는 한 최고로 충실한 것이다. 내가 아빠한테 할 수 있는 한 최고로 거드름을 피우듯이.

아빠의 지각에 대해서 내가 뿔을 내지는 않지만 그렇다고 그냥 넘어가지는 않는다. 나는 나대로 노리는 것이 있는 것이다. 아빠가 지각을 하는 날은 내가 우리 반 아이들한테 한턱을 내는 날이다. 나는 우리 반 아이들을 잔뜩 불러놓고 떡볶기며 오뎅, 치약껌, 핫도그 등을 사주겠다고 약속을 한다. 그러면 우리 반 녀석들은 집에 갈 생각을 안 하고 마냥 기다린다. 어떤 녀석은 외상으로 미리 먹으면 안 되느냐고 묻기도 한다. 염치가 없는 녀석들 같으니라구. 이런 아이들에게 나는 엄청나게 단호하다.

"안 돼! 우리 아빠 외상을 싫어하신단 말이야!"

천만에 말씀이다. 사실은 우리 아빠같이 외상을 좋아하는 사람도 없다. 특히나 외상술을 마시는 데는 선수다. 그런데도 내가 외상사절을 주장하는 이유는 순전히 아이들한테 큰소리를 치기 위함이다. 애들 말을 다 들어주면 나는 뭐야?

나는 아이들을 일곱 명이나 불러놓고 아빠를 기다리고 있었다. 아빠는 운전을 못 하기 때문에, 그리고 아빠의 전용 운전사인 전 상무 아저씨를 내가 있는 곳까지 데려오기 싫어하기 때문에 택시를 타고 온다. 택시 한 대가 부앙— 소리를 내며 거칠게 달려오면 그것은 우리 아빠가 나한테 오고 있는 소리다. 아마 아빠는 틀림없이 택시 운전사 아저씨한테 엄청난 이유를 대며 빨리 가야 한다고 엄포를 놓았을 것이다. 그러니까 아빠가 타고 오는 택시마다 죽을 둥 살 둥 모르고 부앙— 하는 소리를 내며 달려오지.

한 번은 택시 운전사 아저씨가 아빠를 내려놓더니 —

"아니 사장님, 사장님의 아들이 중병에 걸려서 병원에 가야 한다고 했지 않습니까?"

아빠는 꺼떡도 안 하고 이렇게 대답을 하는 것이었다.

"거스름 돈은 필요없습니다. 애가 벌써 나은 모양이군요."

이런 때 나는 엄마를 제일 잘 이해하게 된다. 아빠는 언제 철이 들지 몰라!

헌데 달려온 것은 택시가 아니라 날씬하게 생긴 지프였다. 지프는 내 곁에 서더니 클랙슨 소리를 냈다. 나는 내가 도로교통법을 위반한 줄로만 알았다. 나는 아빠를 기다릴 때면 차도까지 내려와 고개를 빼고 부앙— 하는 소리를 내며 달려올 택시를 기다리고 있곤 하니까.

그런데 지프 속에는 놀랍게도 나의 '그녀'가 운전석에 앉아 있었다. 나는 깜짝 놀라서 우악 — 하는 소리를 지를 뻔했다.

그녀는 나를 향해 차에 타라는 시늉을 했다.

"이건……어떻게 된 거예요? 난 아빠를 기다리고 있다구요."

"아빠가 날 보낸 거야. 오늘은 내가 아빠 대신이라니까."

난 그녀를 만난 게 반가웠지만 어떻게 처신을 해야 할지 알 수가 없었다. 나는 큰소리를 뻥뻥 치는 타입이지만 실은 부끄러움이 많은 아이에 불과한 것이다.

"난……아이들한테 뭘 사줘야 하거든요……."

"아, 그렇지. 아빠가 그렇지 않아도 현동이 친구들한테 군것질을 시켜줘야 한다고 하셨어. 내가 깜빡했구나."

나의 '그녀'는 지프에서 내리더니 나에게 군것질을 할 자금을 주었다.

"실컷 먹고 차에 타는 거야. 기다리고 있을게."

"고맙습니다. 아빤 어떻게 된 거죠?"

"별일 아니야. 일이 바쁘신 것이겠지 뭐."

나는 그녀가 남성적인 냄새를 물씬 풍기는 지프를 타고 왔다는 사실에 신선한 충격을 받고 있었다. 게다가 그녀는 그야말로 여성적인, 그러니까 짧은 치마와 화사한 블라우스를 입고 있어서 지성을 자랑하는 내 머릿속이 출렁출렁하는 소리를 낼 정도였다. 나는 그녀의 존재가 신비스럽게 생각되어 몸살에 걸릴 것 같은 기분이 되었다.

"야, 현동아, 저 누나는 또 누구냐?"

누나……누나……누나…….

나는 친구가 하는 말을 들으며 그 순간 그녀를 누나로 불러도 좋지 않은가 하는 느낌을 받았다. 아빠의 애인이자 엄마의 연적인, 그러면서도 나의 '그녀'인 그녀를 누나라고 불러도 된다는 느낌은 매우 델리케이트하고 코코한 것이었다. 나는 뿅! 하게 가는 기분이 되어 이렇게 젠체를 했다.

"넌 몰라도 돼, 임마. 내 걸프랜드보다 조금 높은 누나야, 임마."

"……뭐? 그건 또 뭐냐? 과외 선생님이야?"

나는 내 친구들보다 정신연령이 월등히 높아서 탈이다. 내 친구 녀석들은 이런 건 손에 쥐어줘도 모르는 것이다.

"좋아하시네. 난 임마, 저 누나하고 오늘 할 일이 있어. 넌 말야, 다 알려고 할 것이 없어. 그런 게 있는 거야. 알어?"

아쭈요, 다. 난 왜 이렇게 신이 났을까?

다른 친구 한 녀석이 제법 아는 체를 했다.

"짜아식들. 저 누난 말야, 현동이 아빠 여비서야, 임마. 그렇지?"

나는 애매하게 우물거렸다. 인생에 있어서는 지금까지 나온 말로는 뭐라고 부를 수 없는 것이 너무 많다는 생각을 하면서.

"아빠 어떻게 된 거예요?"

"아빠는 CF 촬영 현장에서 올라오시다가 과속으로 걸리셨단다. 나도 조금 전에야 연락을 받았어. 지금 수원 인터체인지 근처에 있는 파출소에 계시대."

"아빠 정말 시한폭탄이라니깐. 아빠 때문에 내 걱정거리가 곱

절은 늘어났다구요."

"어머나, 어쩜……그래도 어떡하니? 아빤데."

"내가 매일같이 제발 침착하라고 해도 아빠는 통 듣지를 않아
요. 아빠 그럼 감옥에 가는 건가요?"

"설마, 그렇게 되지는 않겠지. 금방 나오실 거야."

"저 말이에요, 그러니깐……천천히 운전을 하셔도 돼요. 아빠
가 어디로 가시겠어요? 파출소 순경 아저씨들이 지키고 있는데."

"지금 내가 차를 빨리 몰고 있는 것 같니?"

"그런 건 아니고……지프라 어째 무시무시해요. 약간은 탱크
를 탄 기분이거든요."

"걱정 마. 난 운전경력 십 년이 넘었어. 완전히 무사고란다."

"우리 아빠 왜 운전을 못 하는지 모르겠어요. 혹시 운동신경에
문제가 있는 게 아닐까요?"

"현동이 너, 아빠가 술을 마시고 달리기 하는 거 봤니?"

"와……그럴 땐 정말 올림픽 후보 정도는!"

"또 재주넘기 하는 것도 봤어?"

"뚱뚱한 원숭이 같았어요!"

"아빠 자기가 날씬한 돌고래 정도인 줄 알고 있어."

"어림도 없어요!"

"하지만 운동신경은 확실히 있는 분이야. 그렇지?"

"그럼 왜 운전을 못 해요? 수상해."

"왜?"

"엄마가 죽어라 하구선 배우라고 해도 아빠 죽어라 하구선 안
배우거든요. 운전대 알레르기가 있는 거 아닐까요?"

"알레르기? 그게 뭔데?"

(흐응, 나의 그녀는 나의 지성을 의심하고 있다. 본때를 보여야
지!)

"운전대 속에는 강시가 들어 있다고 믿는 거죠."

"현동이가 아빠보다 훨씬 설명을 잘하는구나. 아빠 알레르기
란 미역국이라고 하시던데."

"……미역국요? 또 이상하게 설명을 하셨군요?"

"아빠 미역국을 먹으면 자기 뱃속에 아이가 들어온 것 같은 기
분이 된다는 거야."

"체, 아빠 배가 뿌웅 나왔으니까 그런 변명이걸랑요. 비겁해."

"아냐, 아빠는 아직까지는 날씬해. 어디가 배가 나왔어?"

(그녀는 아직까지는 아빠 편! 사랑은 나온 배도 안 나왔다고 우기
는 것!)

"아빠 배꼽만 들어갔어요. 몰라요?"

"내가 속았나? 이럴 수가……."

"한번 자세히 보세요. 난요, 배가 하나도 안 나왔어요."

"그래, 현동인 여자애들한테 인기가 좋겠다. 여자한테 인기가
좋아야 성공하는 거야."

"난 아빠처럼 바람둥이가 아니에요!"

"어머……아빠도 바람둥이 아냐!"

"아빠 엄마하고 결혼을 했는데도 누나하고는 또 애인이잖아
요?"

"……."

"그것만 봐도 아빠……누나, 조심하세요. 바람둥이는 믿을 수
가 없다구요."

"그래, 알았어. 알려줘서 고맙다."

"아니, 이럴 수가……아빠 바람둥이가 아녜요."

"왜 또 그래?"

"난 아빠 편인데……누나가 아빠를 쫓아내면 어떻게 해요?"

"안 돼. 분명히 따져봐야겠어. 아유, 분해……."

"이거 큰일인데……? 아빠한테는 비밀이에요? 알았죠?"

"알았어. 비밀리에 조사를 해봐야지."

"안 돼요. 누나는 아빠를 사랑한다고 하면서 그러면 어떻게 해요?"

"사랑이 뭔데? 그냥 내버려두는 거야? 누난 그런 사랑은 몰라."

"사랑을 하면 유리구슬도 그냥 줘야 해요."

"그건 무슨 소리지?"

"난 호명이를 사랑하니깐 호명이가 나보다 유리구슬이 더 많다는 걸 알지만 그냥 준다구요. 진짜예요."

"어머, 현동이 애인이 호명이니?"

"앗! 이건 특급비밀인데!"

"벌써 알아버렸는데?"

"누나만 알아야 해요! 약속해요!"

"그래, 약속. 하지만 호명이에 대해서 알고 싶어."

"호명이는요……아빠가 감옥에 갔는데도 아빠 말을 잘 들어요. 난 호명이를 존경해요."

"호명이 아빠가 감옥에 있어? 어머나!"

"그래도 난 호명이한테 유리구슬을 줬어요. 호명이도 이젠 내 마음을 알 거예요."

"우리 현동이가 아주 어른스럽구나."

"하지만……이건 담혜한테는 절대 비밀이에요."

"담혜는 또 누군데?"

"담혜도 내 애인이거든요."

(야단이 났구나! 누나한테도 비밀로 해야 하는데! 오늘 내가 왜 이렇게 엉망이지?)

"어머, 현동이야말로 바람둥이잖아?"

"난 뭐 아직까지 결혼 안 했어요. 진짜예요!"

"믿을 수 없어. 어떻게 알아? 애인도 둘인데."

"내가 결혼을 했다면 아이도 있어야 할 게 아녜요? 난 진짜로 아이가 없어요. 이거 큰일이네!"

"괜찮아. 사실은 누나도 애인이 여러 명이란다."

(아니, 이럴 수가! 여자란 역시!)

"누나는 애인이 여럿이에요? 우리 아빠 어떻게 돼요?"

"아빠도 알고 있어. 애인이 여럿이면 어떠니? 사랑하는 사람이 많으면 많을수록 좋지."

"아……너무 위험해……."

"하지만 아빠는 달라. 아빠는 누나한테 하나밖에 없는 분이야."

"나도 아빠는 하나밖에 없는데요, 뭐."

"그렇다니까. 그러니 다른 사람들을 사랑해도 좋은 거야. 현동이한테 애인이 둘이라도 호명이는 하나잖아?"

"우리……그러니깐 비밀인 거예요. 알았죠?"

"알았어."

"아빠 우리 엄마도 사랑해요. 난 그거 알아요."

"나도 알아. 그래서 누난 아빠를 더 사랑하는 거야."

"아……어려워……떡볶기를 더 먹을걸."

"……떡볶기?"

"난요, 배가 부르면 어려운 문제도 쉽게 풀거든요."

"알았어. 누나가 아빠한테 가서 맛있는 거 많이 사줄게."

(어째 손해가 난 기분. '그녀'가 나한테 누나가 되어야만 하나?)

"아빠한테도 맛있는 거 많이 사주세요. 아빠 지금 너무 불쌍해
요."

"그래, 그러자. 맛있는 거 먹을 생각을 하니까 힘이 나는 거
같네."

"사람은 다 똑같은 거군요."

"나도 먹는 걸 아주 좋아한단다. 몰랐어?"

(이건 아무래도 애인 사이에 할말은 아닌 거 같은 기분.)

"아빠를 왜 사랑해요?"

"나한테 맛있는 것을 많이 사줬으니까."

"우와……."

"왜?"

"아뇨, 그냥 기분이 좋아서요. 나도 맛있는 거 많이 사줘도 돼
요?"

"우와……."

"왜요?"

"그냥 기분이 좋아서."

"아빠를 빨리 보고 싶어요."

"그래. 빨리 가서 보자. 어떤 얼굴을 하고 있을까?"

"난 알아요."

"그래? 뭔데?"

"배가 부른데도 배고픈 얼굴을 하고 있을 거라구요."

"그건 무슨 뜻?"

"아빠가 배고픈 걸 참을 줄 알아요? 어림도 없어요. 그런데 우리가 점심도 안 먹고 달려온 줄 알면!"

"아이고, 배고파! 우리 맛있는 거 먹자!"

"맞았어요!"

"아빠를 혼내줄까?"

"몽땅 먹도록 만들어요?"

"그래. 좋지?"

"최고로 좋아요! 아빤 작살이에요!"

그러나 아빠는 파출소에 없었다. 순경 아저씨에게 물으니 낚시꾼인 차석 아저씨하고 같이 낚시를 갔다는 대답. 역시 아빠다운 스타일이라고 감탄을 했다.

"두 분이 오시면 낚시터로 오라고 하셨습니다."

젊은 순경 아저씨는 '그녀'에게 첫눈에 반한 탓인지 있는 대로 친절하려고 결심을 한 사람처럼 보였다.

"아빠 천하태평이구나."

그녀도 졌다는 시늉을 한다.

"가만히 보면 나만 혼자서 걱정을 하고 있다니까."

그녀가 분하다는 듯이 말을 하자 젊은 순경 아저씨는 자기도 분한 척한다.

"남자라고 다 그런 건 아닙니다. 나 같으면 아가씨 형부처럼 태평하게 낚시 같은 건 못 하죠."

형부? 그럼 그녀가 아빠의 처제란 말인가? 그럼 나와 그녀의 관계는 어떻게 되는 거지? 애인을 처제라고 위장을 하다니, 아빤 확실히 문제가 있다. 그런데도 그녀는 싱글싱글 웃으며 하는 말이 —.

"그래도 난 형부 편인걸요?"

그녀는 의외로 속이 없는 편인지도 모른다. 마구 깔깔깔 웃고 있잖아?

나와 그녀가 젊은 순경이 그려준 약도를 들고 찾아가니 낚시 터는 장관이었다. 파출소 차석 아저씨와 아빠, 아빠를 태우고 서울로 질주를 하다가 걸린 택시 운전사 아저씨는 삼총사나 되는 양 낚싯대를 물에 드리워 놓고 세상에 부러울 것이 없다는 시늉을 하고 있었다.

"여어……우리 아들녀석이 오는구나……아이구, 용감하다. 여기까지 찾아올 줄도 알고."

나는 왠지 아빠가 미워져서 기습을 했다.

"난 그냥 이모 지프를 타고 왔을 뿐인데요, 뭘. 아빤 최고의 처제를 두신 거예요."

기습을 당한 아빠는 내 얼굴을 물끄러미 바라보더니 그녀에게 구원을 해달라는 듯이 시늉을 했다. 하지만 그녀는 모르는 척했다. 아빠, 이것만 보더라도 그녀가 누구 편인 줄 아시겠죠?

"처제, 수고했어. 처제는 걱정할 게 하나도 없다구. 처제 신랑감으로 말야, 내가 코 크고 말 잘 듣는 친구로 하나 골라줄 테니까. 오 케이?"

뻔뻔한 아빠 같으니. 하지만 그녀는 조금도 지지 않았다.

"고마워요, 형부. 꼭 부탁해요. 지금 사귀는 남자친구는 너무 엉터리라서 불만이거든요."

아빠는 싱글싱글 웃더니 나를 끌고 구석 쪽으로 갔다.

"현동아, 미안하다. 아빠가 너에게 너무 어려운 숙제를 내준 기분이야. 너, 화난 건 아니지?"

나는 대답 대신 아빠의 옆구리를 한방 먹였다.

"내가 영화감독이 되면 아빠 같은 분을 꼭 악한으로 나오게 할 거야."

"그래, 난 오히려 고마운걸? 부탁하마."

나는 잠시 생각을 하다가 말했다.

"아빠, 이런 때 내가 엄마 생각을 해도 되죠?"

아빠는 고개를 끄덕였다.

"그래. 아빠는 각오하고 있어."

나는 아빠의 손을 잡았다.

"아빠, 나도 남자예요. 아빠와 난 남자끼리니까 통해야죠. 누 나는 좋은 분이니까 안심이 돼요. 하지만……아빤 괘씸해. 엄마 를 대신해서……얍!"

나는 헐크 호간처럼 촙을 날렸다. 아빠는 우욱— 소리를 지르 더니 간단하게 케이 오가 되었다.

아빠는 사실 낚시라고는 전혀 문외한이다. 내 기억으로는 아 빠가 낚시를 가겠다고 야단을 부린 적이 한 번도 없다. 만약 아 빠가 진짜 낚시꾼이라면 엄마와 나는 낚시 때문에 여러 가지 복 잡한 일을 많이 당했을 것이다. 아빠는 무엇이든지 한 번 빠져들 기 시작하면 온통 난리를 피우는 체질이니까.

그런데도 아빠는 낚시광이라는 파출소 차석 아저씨를 앞에 두 고 자기가 얼마나 큰 고기를 잡은 경력이 있는 사람인지를 자랑하고 있다.

"이봐요, 홍 차석. 내가 말이오, 캐나다에 갔을 때 내 몸통보다 두 배는 큰 송어를 잡지 않았겠소? 땅덩이가 커야 고기도 큰게 물린다는 말이 딱 사실이더라구요. 내가 그놈을 끌어올리는데 아주 팔이 떨어져 나가는 줄 알았다니까. 이것 보세요. 여기겨드랑이에 흉터 보이죠? 이게 그때 그 송어를 끌어올리느라고생긴 것이거든."

홍 차석이란 분은 처음부터 아빠의 말 같은 건 믿지 않는 눈치다.

"박 사장 몸통 두 배라면 그게 어디 송어겠소? 고래를 잡은 모양이로군."

자기에게는 허풍 따위는 통하지 않는다는 말투다.

"이것 봐요, 고래는 민물에서 살지 않는단 말씀이야. 이제 보니 홍 차석은 한강에서 고래를 보았다는 사람하고 똑같군요."

택시 운전사 아저씨가 끼어든다.

"한강에서 고래를 보았답니까? 내 생각엔 상어 같은데……."

아빠하고 홍 차석 아저씨는 그렇다고 치더라도 이 택시 운전사 아저씨는 또 어떻게 된 것인가? 내가 그녀가 가지고 온 만화책을 보며 걱정이 되어 묻자 그녀는 싱긋 웃었다.

"가끔씩 만사를 다 잊고 저렇게 엉뚱한 얘기로 열을 올리고 싶을 때가 있는 거야. 현동이는 그럴 때 없니?"

"사실은 나도 그러고 싶을 때가 있어요. 엄마는 아침 저녁으로 늘 손톱 발톱 이 검사까지 하는데요, 그런 땐 어디론지 멀리 떠나고 싶거든요."

"우리……언제 한번 어디론지 멀리 떠나버릴까? 아빠도 그냥 아빠 일이나 열심히 하라고 하구서 말이야."

"진짜예요? 그런데……나는 돼지 저금통에 동전밖에 없거든요. 돈이 떨어지면 어떻게 해요?"

"무슨 걱정이니? 저렇게 커다란 얼룩말이 있는데."

그녀는 자기의 지프를 가리켰다. 정말이지 그녀의 지프는 놀빛을 받아서 얼룩말처럼 늠름하게 보였다.

"좋아요, 약속해요. 정말 가는 거예요?"

나는 순전히 아빠보다 내가 더 그녀와 가까워질 수 있다는 야심 때문에 짜릿한 행복감을 느꼈다. 나는 오줌이 마려웠다. 나는 행복감을 느끼면 왜 오줌이 마려울까?

"그런데 말예요……난 맨 먼저 꼭 '그랜드캐니언'에 가고 싶어요. 누나 생각은 어때요?"

나는 정말 어떻게 된 아이일까? '그랜드캐니언'이라면 아빠가 엄마를 모시고 가겠다고 번번이 약속을 한 곳이 아닌가? 내가 아빠이고 그녀가 엄마이기를 바라고 있는 것일까? 아니면 정말 나는 아빠 대신 그녀의 애인이 되고야 말겠다는 야심을 가지고 있는 것일까? 나는 엄마에게도 '그랜드캐니언'에 모시고 가겠다고 약속을 하지 않았는가? 엄마와 그녀가 동시에 '그랜드캐니언'에 가겠다고 하면 누구와 먼저 가야 하지?

내가 속으로 별별 걱정을 다 하고 있는데 그녀가 말했다.

"아빠가 나를 '그랜드캐니언'에 데리고 가겠다고 약속을 했지만 난 현동이랑 갈 거야. 우리, 약속이다?"

그녀가 새끼손가락을 내밀었다. 아, 이것이 박현동이의 운명이란 말인가? 나는 그녀와 새끼손가락을 걸며 약속하면서 마음속으로 결심을 했다. 그녀를 버리지 않을 것이며 반드시 행복하게 해주겠다고. 그런데 호명이는 어떻게 하지? 또 담혜는?

아빠가 엄마에게 전 상무님의 차를 타고 왔다가 고장이 나서 집으로 못 가게 될 것이라고 거짓말을 하고, 거기에 내가 또 맞장구를 친 덕에 우리는 생각지도 않게 마음놓고 호숫가에서 야영을 하게 되었다. 거짓말이라고 하는 것은 참으로 편리한 것이다. 산수 숙제를 대신 해주는 전자계산기처럼.

아빠는 엄마에게 거짓말 전화를 한 후에 이렇게 말했다.

"아빤 엄마한테 평생 죄인이다."

그렇다면 나 역시 엄마한테 평생 죄인이 아닌가? 거짓말을 한번 했다고 평생 죄인이 되다니 역시 거짓말은 손해가 큰 장사다. 하지만 평생 죄인이 되더라도 오늘은 마음놓고 실컷 놀게 되었으니 별 불만이 없는 기분이다. 난 아차 실수하면 아빠처럼 골치 아프게 인생을 사는 어른이 되는 거 아닐까?

아빠는 이제 본격적으로 술을 마시고 밑도 끝도 없는 허풍을 치기 시작한다. 러시아의 바이칼 호수에서 인어를 봤다는 얘기, 인도에 갔더니 골목마다 도사들이 지상 일 미터 높이로 떠올라서 축구를 하더라는 얘기(전에는 필드 하키를 했다고 했는데), 독일 베를린에 갔다가 남자 천사를 만나 술 마시기 시합을 했다는 얘기(이건 아무래도 〈베를린 천사의 시〉라는 영화를 보고 실제로 착각을 한 게 분명해), 자장면을 먹다가 진주를 발견했는데 그 진주를 이로 깨물다가 이가 깨져서 돈이 더 들어갔다는 얘기…….

내가 그녀와 모닥불을 켜놓고 본격적으로 '그랜드캐니언'에 가는 구상을 하고 있을 때 아빠가 왔다. 아빠는 술에 취했을 때가 제일 위험하다. 왜냐하면 진짜로 취중진담을 하기 때문에.

"이봐, 박현동, 윤희봉, 너희들 뭐야?"

그녀는 잠자코 웃기만 한다. 그러나 나는 남자다.

"난 아빠 아들이구요, 누난 아빠 처제라고 했어요."

아빠는 숙연한 얼굴이 되었다.

"당신들 말야……그래, 난 절대로 안 잊는다. 현동아, 아빠는 절대로 안 잊어먹을 거야. 윤희봉, 나 박공엽이 아직 안 죽었어. 알겠어?"

그녀는 여전히 웃기만 한다. 아빠는 상대를 잘 만난 거다. 만약 이 자리에 엄마가 있다면 아빠는 지금쯤 죽사발이 되어 있을 텐데.

"고맙다……특히 우리 현동이가 너무 맘에 들어……아빠는 못난이 바보지만……넌 뭔가를 아는 녀석이야……그래, 많이 알아야지……모르는 놈들이 까불게 그냥 둬선 안 되는 거야……아빠는 다만……현동이……희봉이……현동이 엄마……사랑하는 것뿐이야……알겠니? 이거 봐, 윤희봉……뭐 불만이야?"

"난 바이칼 호수에서 인어를 봤다는 얘기도 믿는 사람이잖아요?"

"그래? 흐응, 그건 다 엉터리 거짓말이야. 그런 걸 왜 믿어? 내가 거짓말쟁이라는 걸 잘 알면서 왜 믿어? 윤희봉이가 그렇게 잘났어?"

"거짓말쟁이 아니에요."

"왜 아니야? 난 허풍 넘버 원이야!"

"한 번도 현동이나 현동이 엄마나 나를 거짓말로 사랑해본 적 없잖아요?"

나는 그녀의 말에 편도선이 걸린 것처럼 목이 따가워졌다. 아빠는 얘기를 하다 말고 저쪽으로 가서 쉬—를 길게도 본다. 나의 '그녀'가 말했다.

"현동아, 우린 이제 친구가 된 거지?"

"예……."

나는 이제부터 친구 이상의 관계가 될지도 모른다는 말을 속으로 하고 있었다.

"그럼 이제부터 현동이를 보면 미안한 생각 안 할 거야. 그래도 되지?"

나도 한 마디 말쯤은 해야겠다고 생각했다.

"오늘밤에 아빠랑 잘 거예요, 나하고 잘 거예요?"

난 누구랑 결혼하지?

허승희 아줌마는 이른바 여성운동가이다. 아빠는 약간 무식한 데가 있어서 여성운동가를 '미인 축에 못 드는 여자' 정도로 해석을 하고 있다. 아빠는 이런 해석을 속으로만 담아두고 있는 게 아니라 공공연하게 떠벌리고 다녀서 많은 여성운동가들로부터 욕을 바가지로 먹고 있다. 예를 들자면 허승희 아줌마는 우리 아빠를 '미개인' 혹은 '원시인'이라고 부른다. 물론 아빠가 없을 때만.

허승희 아줌마는 '아빠가 없을 때만' 아빠를 미개인 혹은 원시인이라고 부르는 자신을 몹시 못마땅하게 생각한다. 왜냐하면 여성운동가쯤 되면 아무 거리낌 없이 단호하게 자기의 주장을 펼쳐야만 한다고 생각하는데 그렇지 못하기 때문에 분한 생각이 드는 것이다. 허승희 아줌마는,

"눈치를 보느라고 정당한 주장을 펴지 못한다는 것은 내가 아

직 덜떨어졌다는 증거야."
라고 자아비판을 하는 것이다.

그러나 허승희 아줌마가 그 정도로 그치는 것을 다행이라고 생각해야 한다. 만약 허승희 아줌마가 자기의 주상을 거리낌없이 펴서 아빠 앞에서 아빠를 '미개인' 혹은 '원시인'이라고 불렀다면 그건 큰 실수를 하는 것이다. 아빠는 그렇지 않아도 여성운동가들에 대해서는 감정이 좋은 편이 아니니까.

"그따위 소리를 하려거든 집에 가서 설거지나 하시오!"

아빠는 이런 말을 할 수 있을 정도로 과격한 보수주의자인 것이다.

아빠는 실제로 어느 여성운동가에게 양말을 벗어서 지금 당장 빨아달라고 억지를 피운 경력도 있는 분이다. 이 얼마나 용기 만점의 사나이인가? 요즘 남자들은 여성운동가만 만나면 사족을 못 쓰고 벌벌 기며 아부를 하느라고 정신이 없는 판인데 아빠는 이런 아저씨들을 만나면,

"이봐, 그만 떠들고 여자들 스타킹이나 빨지 그래?"
하고 쎄게 나간다.

도무지 알 수 없는 일이다. 다른 일이라면 그렇게 신사적이고 현대적일 수가 없는 아빠가 이게 웬 고집이란 말인가? 아빠는 심지어는 여성운동가들 때문에 남북통일이 안 된다고 억지를 부리기도 한다. 엄마는 이런 아빠를 두고 이르기를 할아버지가 할머니한테 꼼짝을 못 하는 모습을 보고 자란 탓일 거라고 생각하고 있다. 아빠가 할아버지의 복수를 하고 있다는 것이다.

그러나 허승희 아줌마가 아빠한테 대놓고 얘기를 못 한다고 해서 효과가 없는 것은 아니다. 허승희 아줌마에게는 대변인이

있기 때문에. 그 대변인은 다름아닌 우리 엄마다. 엄마는 허승희 아줌마가 엄마에게 해준 얘기를 고스란히 아빠에게 퍼붓는다.

"당신이 바람을 피웠으니 당신이 책임을 지세요!"

엄마가 끝내 아빠와 헤어지기로 결심을 하는 데는 허승희 아줌마의 공도 결코 작다고는 할 수가 없을 것이다. 엄마가 갈팡질팡할 때마다 허승희 아줌마가 용기를 북돋워주고 격려해 마지않았으니까.

아빠는 이런 허승희 아줌마를 가리켜서 '이혼 증식균'이라고 부르기도 했다. 좀 심한 말이다.

"흥, 자기가 이혼을 당한 처지라서 남들도 그런 꼴이 되어야만 스트레스가 풀리는 모양이지?"

아빠의 말처럼 허승희 아줌마는 혼자서 내 또래의 아이를 키우며 출판사를 운영하고 있다. 허승희 아줌마의 출판사에서 나오는 책들도 주인을 닮아서 상당히 강경한 내용을 담고 있는 게 대부분이다. 우선 제목만 보더라도 '여성들이여, 깃발을 들어라!' '여성이기 이전에 인간으로' '당장 치마를 벗고 거리로 나서자' 등이다.

아빠는 '당장 치마를 벗고 거리로 나서자'라는 제목을 '당장 스트리킹을 하자'라고 바꿔서 부르고 있다. 그러면서 이르기를 허승희 아줌마는 스트리킹을 해도 남자들이 쳐다보지도 않을 거라고 단언을 한다.

"허 과부가 스트리킹을 하면 모든 남자들이 일찍 집에 가서 집안일을 돌보게 될걸?"

이라고 말하며 고소해 한다. 사실 허 과부 아줌마의 몸매는 너무 자유분방하다. 나 참, 미치겠네. 나도 아빠를 따라서 허승희 아줌마를 허 과부라고 부르는 것 좀 봐. 허승희 아줌마는 내가 아줌마라고 부르는 것도 마음에 안 들어 하는데 과부가 뭐냐? 아줌마는 자기를 스스로 '인간 허승희'라고 부르고 있다. 남자와 여자라는 말 따위는 없어져야 한다는 게 아줌마의 주장이다.

"그럼 남자도 애를 낳아야 하나요?"

내가 남녀의 구별이 없어지고 남녀가 똑같이 일을 해야 한다는 얘기를 듣고 이렇게 묻자, 아줌마는 억울하고 분하다는 얼굴이 되었다.

"하나님부터 문제야. 남자도 애를 낳는 고통을 느껴봐야 진짜로 남녀평등이 되는데."

아빠는 이 말은 듣고 이렇게 응수를 했다.

"그 과부는 아무래도 서서 오줌을 싸나 보다."

좌우간 아빠와 허승희 아줌마는 타고난 앙숙이라니까.

아빠의 앙숙인 허승희 아줌마가 집에 오자 나는 긴장을 했다. 나도 아빠의 물이 들어서 은근히 허승희 아줌마를 골려주고 싶은 마음이 들 때가 있는 것이다. 그러나 이건 너무 위험천만한 일이다. 아줌마의 적수는 아빠뿐으로 나 따위는 아줌마의 한주먹 감도 안 되니까. 아줌마는 실제로 덩치에 걸맞게 펀치도 보통이 아니다. 생각해보면 아줌마도 잘못 태어난 거야. 미국 같은 데서 태어났으면 얼마나 엄청난 스타가 됐을까? 미국에서는 여자 프로레슬링이 굉장한 인기를 끌고 있지 않은가?

아줌마가 엄마를 찾아온 이유는 엄마에게 자기 출판사로 나와서 일을 하도록 설득을 하기 위한 것이었다.

"여자도 일을 해야 해. 경제적으로 자립을 해야 진정한 남녀동등이 이루어지니깐. 난 네가 이혼을 한다고 할 때부터 우리 사무실에 네 자리를 만들어놓았어. 어때?"

아줌마는 엄마가 틀림없이 환영을 할 거라고 확신을 하는 눈치였다. 하지만 엄마는 우물쭈물이다.

"글쎄……내가 뭘 알아야지. 너한테 부담만 주지 않겠니?"

엄마는 완곡하게 사양을 하는 척했지만 사실은 벌써 딴 궁리를 하고 있었다. 엄마는 탤런트로 복귀를 하고 싶어하시는 것이다. 그러나 아줌마는 눈치가 없다.

"그런 말이 어디 있니? 여자끼리 뭉쳐야 하는 거야. 뭉치면 살고 흩어지면 죽는 거란 말야."

아줌마는 아마도 지금 '남자와의 전쟁'을 하고 있는 모양이었다.

"그리고 이건 내가 구상을 하고 있는 것인데……네가 이혼한 과정을 책으로 만들면 어떻겠니? 제목도 벌써 정해뒀어. '짧은 이혼 긴 행복', 어때?"

엄마는 질색을 하는 시늉을 했다.

"얘는……난 싫어, 얘. 그런 게 어디 있니?"

이제부터 바야흐로 허승희 아줌마의 장기가 발휘되는 순간이 왔음을 나는 낌새로 곧 알 수 있었다. 아줌마는 자기와 의견이 다르면 그것이 곧 전 여성에 대한 반항이라고 생각을 하는 게 아닌지.

"우리는 짖어야만 해. 짖지 않으면 여자는 다시 옛날로 돌아가게 된단 말야. 그것도 꾀꼬리나 카나리아처럼 해서는 안 돼. 늑대처럼 우렁차고 거칠게 으르렁거려야 효과가 있어. 다시 말하면……."

아줌마가 늑대처럼 무시무시한 표정을 지으며 으르렁거리자 엄마는 마침내 결심을 했다. 아마 허승희 아줌마는 몰랐을 것이다. 그러니까 '짖는다'거나 '으르렁거린다'는 말을 그렇게 함부로 했겠지. 엄마는 그렇게 품위가 없는 말에는 본능적으로 반발심을 가지고 있는 품위있는 여인인 것이다.

"난……사실은……모델을 하게 될 것 같아. 난 계약을 하게 되면 열심히 해볼 거야."

엄마는 완벽주의자인 데가 있어서 확실한 것이 아니면 얘기를 하지 않는다. 그런데도 엄마가 서둘러서 얘기를 하게 된 이유는 딱 한 가지뿐이다. 허승희 아줌마의 얘기를 길게 듣고 싶지 않다는.

"뭐? 모델?"

"응. 뭐 아직 확실한 건 아니지만……."

"그래? 무슨 모델인데?"

"그건……아이, 얘길 해야 되니?"

"무슨 얘기야? 빨리 얘기해봐? 이건 아주 중대한 얘기야."

"향수 선전이야. CM감독을 하는 공엽 씨 친구분이 있는데 내가 적당하다는 거야. 네 말처럼 나도 일을 해야 할 거 아니니? 나야 뭐 그쪽 일이 가까운 사람이니까 잘 해보려고 해."

"안 돼!"

허승희 아줌마는 절대로 있어서도 안 되고 있을 수도 없는 일이 벌어졌다는 듯이 비명을 질렀다. 그 비명은 그야말로 늑대가 울부짖는 것 같았다.

"안 돼? 왜?"

엄마가 깜짝 놀라서 눈을 동그랗게 뜨자 허승희 아줌마는 입에 거품을 물었다.

"도대체 향수를 왜 뿌린다는 거냐? 누구를 위한 향수야? 그건 여자가 남자의 노예라는 것을 증명하는 것밖엔 안 되는 거야!"

"……?!"

엄마는 허승희 아줌마의 과격한 말에 놀라서 입을 쩍 벌리는 것이었다.

"향수는 여자를 단순히 암컷으로 만들어버리는 거야. 우린 암컷이 아니야! 우린……."

"그럼 우리가 수컷이니?"

무심하게 반문을 한 엄마의 말이 허승희 아줌마에게 기름을 부은 격이 되었다.

"수컷들이 대체 우리한테 해주는 게 뭐니? 그 종족들은 아무데나 마구 씨 뿌릴 줄이나 알지 다른 덴 아무것에도 소용이 없잖아? 이게 대체 무슨 꼴이니? 내가 이 세상에서 제일 싫어하는 여자가 바로 샤넬이야! 그 여잔 향수를 만들어서 여자들의 자유를 이십 년이나 후퇴시킨 장본인이란 말이야!"

"이십 년? 왜 하필……."

엄마는 난처한 얼굴이 되었다. 사실 엄마는 향수를 뿌리는 것이 취미이므로.

"내가 그 작자를 만나서 향수를 뿌린 게 이십 년이 됐잖니? 미쳤지, 정말! 얘. 어쨌든 말이 안 되는 얘기야! 보렴! 현동이도 어이가 없다는 얼굴이잖아?"

허승희 아줌마는 그런 얘기를 안 하는 것이 좋았을 것이다. 나는 어디까지나 엄마와 아빠의 편이니까. 게다가 나는 엄마가 향수를 뿌리는 것을 열광적으로 좋아하는 아들 아니냐? 엄마의 향수 냄새는 나를 두 살쯤 더 어른스럽게 만들어주는 기분이 든다.

엄마도 이런 사실을 알고 있어서 나에게 물었다.

"현동이, 너도 어이가 없니?"

나는 이 순간을 기다려 왔다. 나는 엄마가 모델이 되어 TV에 나오기를 정말 학수고대하고 있다. 그래야 미인 엄마를 두었다는 자부심을 갖게 될 테니까. 특히나 바보 같은 경호의 엄마가 부러움과 질투에 눈이 멀 것을 생각하면 벌써부터 신이 나는 것이다.

"아뇨? 오래전부터 향수 모델엔 우리 엄마가 최고로 어울릴 것이라고 생각하고 있었어요."

이걸로 끝이었다. 허승희 아줌마는 또다시 늑대처럼 비명을 질렀고 엄마는 내가 역시 아들 하나는 잘 두었다는 표정을 지었으니까.

"넌 어쩜 그렇게 네 아빠를 닮았니?"

허승희 아줌마는 토끼같이 귀여운 나를 잡아먹을 것처럼 으르렁거렸다. 나는 미리 준비해둔 말이 있었다.

"아줌마, 난 우리 아빠 아들이에요. 엄마도 내가 우리 아빠를 닮은 것을 아주 좋아하신다구요."

허승희 아줌마는 내가 자기를 '아줌마'라고 불렀다는 사실에 반은 뒤집어지고 있었고, 엄마는 벌써 향수 모델이 된 것인 양 섹시한 표정을 짓고 있었다. 우리 엄마가 섹시한 얼굴이 된 것을 어떻게 아느냐고? 그거야 뻔하지 않은가? 엄마는 혀를 낼름 했던 것이다.

그런데 그게 참 궁금하다. 아빠는 엄마가 혀를 낼름 내밀면 왜 아, 섹시해……라고 말을 하는 것일까? 나는 우리 담임 선생님이 혀를 낼름 하시길래 선생님 섹시해요, 라고 말했다가 코돌리기를 당한 적이 있다.

"이상한 녀석이야, 정말. 선생님은 남자야, 요녀석아!"

이상한 쪽은 우리 선생님이시다. 남자는 뭐 혀를 낼름 해서는 안 되나?

엄마에게 향수 모델이 되어달라고 부탁을 한 사람은 이동순 아저씨다. 이동순 아저씨는 아빠가 방송국 PD로 있을 때부터의 친구로, 아빠보다 먼저 방송국을 그만두고 나와서 프로덕션을 차린 분이다. 그러나 이동순 아저씨는 아빠와 방송국을 같이 다니면서 앞서거니 뒤서거니 방송국을 그만두었다는 사실을 빼면 아빠와 닮은 점이 하나도 없다. 오히려 정반대의 성격이라고 해야 한다. 엄마가 이동순 아저씨를 존경하고 있다는 점만 봐도 알 수 있는 일이다. 엄마는 아빠와 반대되는 사람이 아니면 존경하지 않으니까.

이동순 아저씨는 전부터 엄마의 미모에 관심이 많아서 모델을 하면 어떻겠느냐는 제의를 하곤 했다. 그러나 아빠가 단칼에 잘랐기 때문에 아쉬워하며 포기를 하고 말았다. 그런데 이제는 엄마와 아빠가 법적으로 이혼을 한 상태이기 때문에 장애물이 없어졌다고 생각을 하는 모양이다. 엄마의 말로는 이동순 아저씨가 엄마의 처지를 생각해서 모델을 해달라고 부탁을 한 거라고 했다.

이런 얘기는 미묘하고 델리케이트한 냄새가 나서 말하기가 좀 어려운데, 사실 아빠가 그 동안 이동순 아저씨의 요청을 일소에 부친 이유는 따로 있었다. 아빠는 물론 엄마가 TV 드라마나 CF에 출연하는 것이 어울리지 않는다고 생각을 하고 있었다. 엄마의 연기력이 미모에 비해 떨어지기 때문에 손해라는 것이다. 그러나 그것 외에 아빠는 이동순 아저씨가 엄마에게 엉큼한 마음을 먹고 있기 때문이라고 했다.

"그 친구는 말야, 나만 없으면 당신에게 매일같이 장미꽃을 갖다바칠 친구야."

아빠는 이렇게 말하며 어림 반푼어치도 없다며 이동순 아저씨의 요청을 깔아뭉개버렸다. 그때 엄마는 분한 표정을 지으며,

"당신이 꽃을 사온 것은 어버이날뿐이잖아요? 내가 뭐 카네이션 꽃을 달기 위해 당신한테 시집온 줄 아세요? 당신도 이동순 씨를 닮아보세요!"

라고 분통을 떠뜨리곤 했다.

전에 한번은 이동순 아저씨가 우리 집에 놀러왔다가 아빠로부터 대답하기 곤란한 질문을 받고 쩔쩔맨 적이 있다.

"이봐, 이 감독. 내가 우리 마누라하고 데이트를 하도록 해줄 테니 설거지 좀 해줄래?"

이 말을 들은 이동순 아저씨는 얼굴이 빨개져서 쩔쩔매더니 이렇게 반격을 했다.

"매일 설거지나 하는 주제에 감히 누구한테 큰소리야? 난 혼자 살아도 설거지는 안 한다."

우리 엄마는 어떻게 된 게 이런 얘기를 듣고도 싱글싱글이다. 기분이 나쁜 건 절대 아닌 모양이야.

사실 이동순 아저씨는 신사 중에 신사로 엄마와 아빠 두 분 모두를 위해서 엄마에게 모델을 부탁했던 것이다. 아빠의 사업은 그야말로 들쭉날쭉이어서 엄마에게 내 양육비를 들쭉날쭉 주고 있었고, 엄마는 아빠한테서 거의 전재산을 양도받고도 따로 양

육비를 받는다는 사실에 자존심이 상해 있었다.

"이건 세 사람한테 모두 좋은 것이거든요. 난 덕분에 필생의 소원을 이룰 수 있으니 이 얼마나 기다리던 찬스입니까?"

이동순 아저씨의 얘기를 들은 아빠는 물론 반대를 했으나 이번에는 이동순 아저씨가 아빠의 말을 깔아뭉갰다.

"자네는 반대를 할 자격이 없어. 내가 사랑해 마지않는 여인을 데려다가 이혼녀로 만들어놓은 주제에 무슨 잘난 체야?"

"아니, 이건 무슨 소리지? 내 전마누라가 이혼녀라고 해서 뭐가 잘못됐다는 거야? 현동이 엄마가 불쌍하다는 투로 말했다간 아무리 친구 사이라도 용서 안 해? 난 말야, 죽는 날까지 현동이 엄마를 보살필 테니까 그런 줄 알라구."

"욕심쟁이 같으니. 여자를 둘 데리고 살겠다는 심뽀 아니야?"

"그런가? 나도 놀랐는데?"

이건 엄마가 얘기를 해준 것이니까 사실 그대로일 것이다. 하긴 이 얘기를 엄마한테 해준 사람이 누구냐 하면 바로 우리 아빠니까 그건 또 의심스럽고.

어쨌든 엄마는 이동순 아저씨로부터 모델 제의를 받고 몸매를 만드는 데 아주 열심이었다. 이동순 아저씨가 비록 프로덕션 사장님이긴 하지만 모든 게 아저씨 마음대로라고는 할 수가 없었다. 광고주가 오케이를 해야 하기 때문에 이동순 아저씨는 엄마에게 다이어트를 해야 한다고 설명을 했다.

엄마는 그렇지 않아도 '살이 찌면 난 정말 안 돼'라는 좌우명을 갖고 있어서 아주 열심이었다.

"네 아빠가 나한테 남겨준 것이라고는 지방덩어리 육 킬로그램뿐이야."

엄마는 다이어트를 하면서 아빠에게 불평을 늘어놓는 것을 잊지 않았다.

그러나……엄마는 요즘 들어 정말 이해가 안 된다. 다이어트를 한다고 물 마시는 것까지 주의를 하면서도 밤이면 이것저것 마구 먹는 것이다. 나도 다이어트에 대해서는 상식이 있기 때문에 엄마가 아무리 낮 동안 운동을 하고 주의를 한다고 해도 밤참을 먹어서는 안 된다는 것쯤은 알고 있다. 내가 빼빼한 편인데도 다이어트에 관심을 가지고 있는 이유는 우디 앨런과 찰리 채플린 때문이다. 뚱뚱한 우디 앨런과 찰리 채플린을 어디 상상이나 할 수 있단 말인가? 나는 제아무리 영화 박사라 해도 뚱뚱한 사람은 믿지 않는 편이다.

이런 이유로 나도 밤참을 먹을 때는 갈등을 느끼는데 엄마는 대체 어쩌려고 이러는 것일까?

나는 밤에 잠을 자다가 쉬—가 마려워서 일어나 거실로 나갔다가 엄마가 커다란 그릇에 밥을 비벼먹는 것을 보고 깜짝 놀랐다. 그 커다란 그릇하고 엄마는 너무도 어울리지 않는 것이어서 나는 이게 꿈인가 할 정도였다.

내가 비몽사몽의 눈으로 엄마를 멀건히 바라보자 엄마는 히죽 웃는 것이었다.

"현동아, 너도 좀 먹어볼래?"

그때 엄마는 속옷만 입고 있었다.

"엄마, 아랫배!"

나는 엄마의 우아한 몸매를 위해서 엄마의 배 위로 올라가 밟아주는 역할을 하고 있었으므로 나도 모르게 이렇게 소리를 질렀다.

"엄마, 똥배 나오면 어쩔려고 그래? 이동순 아저씨한테 일러줄 거예요!"

그러자 엄마는 아랫배를 쓰다듬어 보더니 입을 크게 벌리고 깔깔대며 웃는 것이었다. 엄마가 웃음을 그치자 이상하게도 엄마의 눈에는 눈물 방울이 맺혀 있었다.

"엄마 똥배 나오면 안 되지. 걱정 마라, 현동아. 엄마는 아무런 걱정이 없어……."

그러면서 엄마는 다시 입을 쩍 벌리더니 한입 가득히 먹는 것이었다.

사실은 우리 엄마는 요즘 술꾼이 되어 있다. 낮에는 다이어트에 열심인데 밤이면 술을 마시는 것이다. 지난번에는 얼마나 고주망태가 되도록 술을 마셨는지 내가 학교에 가는 시간이 되도록 일어나지도 못하고 있었다. 엄마도 그전에는 안 마셔서 그렇지 마셨다 하면 아빠 못지않은 주량을 과시하곤 했다. 엄마는 아빠의 술버릇을 고쳐준다고 아빠와 같이 맞술을 마신 적이 있었는데 먼저 케이오가 된 쪽은 아빠였다. 그때도 엄마는 끄떡도 하지 않았는데 이게 대체 웬일이란 말인가?

아무래도 엄마의 낮과 밤은 다른가 보다. 낮엔 다이어트, 밤엔 과식과 술. 대체 내가 이걸 어떻게 생각을 해야 할까?

엄마는 나한테 다시는 술을 마시지 않겠다고 새끼손가락을 걸고 약속까지 해놓고도 그 다음에는 음주운전까지 했다. 엄마는 잠깐 친구를 만나러 나간다고 하더니 술에 취한 채 차를 몰고 들어왔던 것이다.

그날 나는 아빠의 말을 상기하고 더 이상 보고만 있을 수가 없다는 판단을 내렸다. 아빠는 이제 이 집에는 남자라고는 나밖에 없다고 얼마나 강조를 했는가?

"현동아, 부탁한다. 엄마를 잘 보살펴드려. 집에 남자라고는 너밖에 없지 않니?"

아빠는 엉뚱하긴 해도 선견지명이 있었나 보다.

"엄마, 음주운전을 하면 어떻게 해? 이건 너무 큰일이란 말야. 엄마가 사고를 내면 난 뭐야? 아빠도 없는데 누가 피자를 만들어주겠어? 밥은 나도 할 수 있지만."

그러자 엄마는 마치 남자처럼 호탕하게 웃는 것이었다.

"그래, 엄마가 만들어주는 피자가 최고로 맛있지?"

"그리고 엄마가 아빠한테 뭐라고 그랬어? 아빠가 배가 나온 건 술을 마셔서 그렇다고 했잖아?"

"현동아, 매직펜 좀 가져오렴. 엄마가 글씨를 써서 벽에 붙여놓을 거야. '우리 현동이를 위해서 금주!'라고 말야."

엄마는 그날 약간 주정까지 했다.

"현동아……엄마는 말이야……이 세상에서 누가 제일 예쁘냐면 말이야……그게 바로 현동이야……알겠니? 알고 있지? ……다른 건 다 필요없어……현동이 넌 엄마하고 사는 거야. 우린……절대로 헤어지지 말자. ……엄마는 절대로 안 죽어. 엄마가 왜 죽니? 금쪽 같은 우리 현동이를 놔두고……엄마가 약속을 할게. 다시는 술을 안 마실 거야. 엄마는 말이야, 아주 쪼끔……이렇게 쪼오끔만 마셨어. ……엄마가 테레비 광고에 나가서 돈을 많이 벌면 우리 현동이하고 멀리 외국여행을 갈 거다. 그래, 우리 언제 갈까? 여름방학 때 갈까? 겨울방학 때도 가지 뭐……현동아……엄마가 밉지? 엄마를 안 미워할 거지?"

그날 밤에 난 기어코 엄마와 둘이서 대작까지 했다. 엄마는 양주를 마시고 나는 우유를 마시긴 했지만.

"오늘이 진짜로 마지막이에요?"

"그래, 진짜 마지막."

"난 말예요, 사실은 엄마가 왜 술을 마시는지 다 알아요."

"엄마가 왜 술을 마시는데……?"

"엄마는 내가 결혼을 할까 봐 그러는 거예요. 그쵸?"

"……결혼?"

"엄마, 난 말예요, 엄마가 허락을 안 하면 호명이하고 절대로 결혼을 하지 않을 거라구요. 호명이가 아무리 결혼을 하자고 졸라도 난 다 대답할 말이 있어요."

"……."

"나하고 호명이는 엄마가 결혼을 한 다음에 해도 되잖아요?"

"엄마가……결혼을 해?"

"아빠도 희봉이 누나하고 결혼을 할 테니까 엄마도 해야죠. 엄마가 결혼을 안 하면 누구하고 살아요?"

"……그러니?"

"난 그럼 엄마가 둘, 아빠가 둘인데 그래도 우리 엄마하고 아빠하고 더 많이 놀 거예요."

"아빠가……그 여자하고……결혼을 해?"

"당연하죠. 그럼 왜 엄마하고 이혼을 해요?"

"……."

"호명이가 불쌍하긴 하지만 좀 기다리라고 할 거라구요. 호명이는 바보가 아니니까 내 말을 알아들을 거예요."

"호명이가……너하고 결혼을 하자고 하든?"

"그건……내가 그냥 마음속으로 생각한 건데요, 호명이도 그렇게 생각을 하고 있을 거예요. 내가 그것도 모를까 봐요?"

"어떻게 알았는데?"

"지난번에요, 다시는 담혜 젖꼭지를 만지지 말라고 했거든요."

나는 그날 이 세상에 태어나서 처음으로 엄마한테 볼기를 맞았다. 엄마가 내 볼기를 때리면서 한 말은 딱 이것 하나였다.

"너 이녀석, 너도 아빠처럼 못되게 굴래?"

난 정말이지 아빠 때문에 손해가 너무 많다. 인철이 형은 담혜의 오줌싸는 곳까지 봤는데도 자기 엄마한테 안 맞았잖아? 그런데 담혜는 진짜로 거기에 아무것도 없었다. 세상에, 이럴 수가! 꼬추가 없다는 것은 너무 괴상해!

인철이 형이 담혜의 오줌싸는 곳을 보는 곳은 차고 뒤쪽의 창고다. 인철이 형은 담혜의 오줌이 나오는 곳을 볼 때마다 담혜에게 초콜릿이나 아이스크림을 주곤 한다. 내가 왜 그런 짓을 하느냐고 물었더니 인철이 형은,

"담혜가 그냥은 안 된다고 그러는데 어떡하냐?"

하고 분하다는 듯이 말했다. 또 덧붙여서 말하기를 —

"그런데 말야, 실은 나도 담혜에게 주고 싶거든. 난 오학년 아니냐?"

인철이 형이 오학년이라는 사실과 담혜에게 초콜릿이나 아이스크림을 주는 게 무슨 상관이 있는지 나는 알 수가 없었다. 담혜는 또 왜 오줌이 나오는 곳을 보여주면서 인철이 형에게 그런 것들을 받을까? 난 송미에게 꼬추를 보여주고도 아무것도 안 받았는데.

그래서 나는 담혜에게도 물었다.

"담혜야, 너 왜 인철이 형에게 쪼코렛하고 아이스크림 같은 걸 받니?"

담혜는 어리둥절한 표정을 지었다.

"내가 언제 그런 걸 받았다는 거야?"

"너 오줌 나오는 곳을 보여주고 받았잖아?"

담혜는 멍청한 얼굴로 가만히 있더니 그제야 생각이 났다는 듯이 대답을 했다.

"그럼 어떻게 해? 창피한데."

"그게 무슨 소리야? 너 경호처럼 바보야?"

"인철이 오빠가 그런 말을 했어? 나 몰라, 정말 나빠."

그러고 보니 인철이 형은 우리에게 비밀을 지켜달라고 했다. 이건 비밀인데, 너희들이 비밀을 지킨다는 약속을 하면 얘기를 해주겠다고 말을 했다.

"다 아는데 왜 그래? 난 뭐 그런 거 안 본다. 틀림없이 화장실에서 나는 냄새가 날 거야."

"안 나! 왜 그래? 너 우리 엄마한테 일러줄 거다?"

담혜는 무척이나 수치스럽다는 얼굴이었다.

"흥, 내가 너 엄마한테 일러줄걸? 그건 좀 이상한 짓이니까."

내 말에 담혜는 골치가 아프다는 얼굴로 가만히 있다가 싱긋 웃었다.

"현동아, 너한테도 보여줄까?"

분명히 얘기를 하지만 나는 담혜한테서 이 말을 듣기 전까지는 그런 생각 따위는 한 번도 해본 적이 없었다. 내가 왜 담혜의 오줌이 나오는 곳을 본단 말인가? 좀 이상하고 잘 보이지도 않고

컴컴할 것만 같은데.

그러나 나는 담혜의 말을 듣자 꼭 담혜의 그곳을 보고 싶다는 욕구를 느꼈다. 나는 침을 꼴깍 삼켰다. 점심을 배불리 먹었는데도 배가 고파서 어지러운 느낌이었다.

"싫어. 난 너하고 다시는 안 논다……."

문화회관에서 수영을 하고 담혜의 등에 오줌을 쌀 때는 재미가 있었는데 담혜의 오줌이 나오는 곳을 본다는 것은 생각만 해도 창피하고 화가 나는 것이었다. 담혜는 공부를 못하는 편이니까 그런 것이나 보여준다는 말 따위를 하고 있는 것이라는 생각이 들었다. 그러고 보니 경호도 문제가 있다. 경호는 나에게 바가지를 쓴 꼬추를 보이며,

"소풍 가서 잠 오는 사람 여기 모여라. 꿈 속에서 도깨비 본 사람 여기 모여라."

라고 말도 안 되는 소리를 하지 않았는가? 공부를 못하는 것과 오줌이 나오는 곳을 보여주는 것은 무슨 상관이 있는 것일까?

그런데도 내가 결국은 담혜의 젖꼭지를 만지게 된 것은 거짓말 때문이었다. 나는 거짓말을 수치스러운 것이라고 알고 있어서 웬만해서는 거짓말 따위는 안 하는 정직한 소년이다. 그런데도 나는 그날 거짓말을 할 수밖에 없었다. 담혜의 엄마가 짧은 치마를 입는 것을 좋아하고 눈화장이 요란하기 때문에.

담혜 엄마는 사업가로 알려져 있는데 경호 엄마는 입이 험해서 담혜 엄마를 '술집 아줌마'라고 부른다. 담혜 아빠가 없기에 망정이지 만약 있다면 참지 못했을 것이다. 담혜 엄마도 담혜 아빠가 없어서 꾹 참고 있는데 우리 엄마는 어떻게 되는 것일까? 우리 엄마도 엉터리 같은 나쁜 소리를 들어도 꾹 참아야 하는 것

일까? 아마 이런 생각이 내가 담혜 엄마에게 요즘 더 신경을 쓰는 이유일지도 모른다.

담혜 엄마와 우리 엄마가 다른 점은 우리 엄마는 아빠가 있다가 요즘 없어졌는데, 담혜 엄마는 처음부터 아빠가 없다는 점일 것이다. 그러고 보니 참 이상하다. 담혜에게는 왜 아빠가 처음부터 없는 것일까?

담혜 말로는 아빠가 멀리 외국에 있다는데 아무래도 수상쩍기만 하다. 담혜의 아빠가 외국에 있다면 담혜 엄마는 왜 다른 아저씨들을 집으로 불러들이는가 말이다. 작년에는 담혜가 어떤 낯선 아저씨를 한동안 아빠라고 부르기도 했다.

"그 아저씨가 외국에 있다는 네 아빠니?"

내가 이렇게 묻자 담혜는 아니라고 대답을 했다.

"우리 아빠는 얼마나 잘생겼는데? 장국영 오빠처럼 생겼단 말야."

담혜가 이런 식으로 뻐기기는 했지만 나는 더욱 혼란을 일으켰을 뿐이었다.

"아빠도 아닌데 넌 왜 그 아저씨를 아빠라고 불러? 너 바보야?"

"바보는 너야. 엄마가 시켰는데 그럼 뭐. 그 아저씨는 얼마나 날 이뻐하는데?"

"그럼 내가 널 이뻐하면 네 아빠가 되는 거야?"

"너 내 아빠 되고 싶어?"

말이 도무지 안 된다. 내가 담혜 아빠가 되려면 담혜 엄마도 있어야 하고……하여튼 복잡하지 않은가?

담혜가 아빠라고 부르던 아저씨는 얼마 있다가 안 오게 되었다. 내가 궁금해서 물으니 담혜는 그 아빠도 멀리 외국에 나갔다는 것이다. 담혜의 아빠가 되는 아저씨들은 결국에는 먼 외국으로 나가야 하나 보다.

한번은 일본인 아저씨가 담혜네 집에 드나든 적이 있었다. 담혜의 말에 의하면 그 일본인 아저씨의 이름은 후지모리 상이라는데 우리는 그냥 훈도시 상이라고 불렀다. 경호 엄마가 훈도시, 훈도시, 하고 막 불러댔기 때문에. 그 훈도시 상은 몸이 작았지만 아주 예절이 바르고 웃는 낯이어서 우리들에게 인기가 있었다. 우리가 훈도시 상, 훈도시 상, 하고 불러도 그 아저씨는 싱글싱글 웃으며,

"내 이름은 후지모립니다. 그렇게 잘 불러주세요. 후지모리―."

하며 근사하게 생긴 자기 차에 올라타는 것이었다.

담혜는 우리들이 훈도시 딸이라고 놀려도 화를 내지 않는다.

"후지모리 아저씨라니까. 선물도 얼마나 많이 사주는데?"

그럴 때마다 오히려 우리가 이상하다는 듯한 얼굴로 쳐다본다. 담혜는 어떤 때는 참 너무 이상하다. 아마도 자기 엄마를 꼭 닮았나 보다. 담혜 엄마도 너무 이상한 아줌마니까.

담혜 엄마는 경호 엄마나 동네 아줌마들이 자기를 놀리는데도 뭐 끄떡이 없다. 귀가 약간 어두운 게 아닌가 하는 의심이 들 정도다.

"난요, 이렇게 살거든요. 어떻게 해요?"

경호 엄마가 주동이 되어 아파트 아줌마들이 문제를 삼자 심드렁하게 이렇게 대답을 했다 한다.

그런데 나는 사실 이런 담혜 엄마가 그렇게 밉거나 하지 않는

다. 담혜 엄마는 짧은 치마를 입는 데 선수고 날씨가 무더운 여름에는 거의 잠옷 같은 모습으로 슈퍼에 오기도 한다. 엄마는 담혜 엄마가 행실이 조금 복잡하다고 생각을 하는데 나는 다른 생각을 하고 있다.

어쩐지 마음이 착한 아줌마야.

라는 게 나의 느낌이다. 이런 느낌이 왜 드는 것인지 알지는 못한다. 담혜 엄마가 어깨가 드러나는 장난감 같은 블라우스를 입고 나비처럼 묶은 치마끈이 보이는 옷을 입고 걸어가면 괜히 그런 느낌을 받는다. 아마 이런 느낌 때문에 난 담혜를 위해서 거짓말을 했을 것이다.

담혜는 그때 어떤 아저씨가 타고 온 고급 승용차를 연필깎이 칼로 부욱 ─ 긁어버렸다. 담혜는 내가 보고 있는데도 하나도 거리낌 없이 승용차를 칼로 긁고 있었다. 그렇지 않아도 그 차는 너무 깨끗해서 얼굴이 비칠 정도였는데 칼자국이 나자 꼭 파란 피가 배어나올 것 같았다. 승용차의 색깔은 짙은 감청색이었다.

"담혜야, 왜 그래? 너 그러면 감옥에 간다!"

나는 놀랐기도 하거니와 담혜를 말릴 생각으로 그렇게 말을 했다. 그러나 담혜는 ─

"무슨 상관이야? 네가 뭔데 그래? 내 맘이야!"

그때 마침 아파트 경비 아저씨가 지나가다가 말렸기 때문에 다행이었지 그렇지 않았으면 어떻게 됐을까?

경비 아저씨가 연락을 하자 담혜 엄마는 처음 보는 아저씨하고 같이 내려왔다.

"아니, 애가 왜 이래? 너 미쳤니?"

이것은 담혜 엄마가 한 말이고 처음 보는 아저씨는,

"이거 참……이거 구입한 지 며칠 되지도 않았는데……."

라고 혀를 차는 것이었다.

"담혜야, 너 왜 이러니? 너 왜 안 하던 짓을 해? 네가 한 짓이 아니지? 누가 시켰어?"

나는 담혜가 뭐라고 변명을 하는지 보려고 가만히 있었다. 그런데 담혜는 고집스럽게 입을 다물고 땅바닥을 노려보는 것이었다. 나는 그때 이상한 느낌을 받았다. 왠지 담혜가 울고 있다고 생각을 한 것이다.

"현동아, 너는 뭘 하고 있었어? 담혜를 말리지 않고. 현동이는 착한 아이잖아?"

담혜 엄마의 짧은 치마는 바람에 흔들리고 있었는데 꽃무늬들이 그 바람에 날려 부웅— 떠가는 것 같았다.

"담혜 너 아빠한테 보내버릴까?"

담혜 엄마가 이렇게 말하자 담혜는 손에 들고 있던 연필깎이 칼을 땅에 버리는 것이었다. 담혜 엄마도 참. 담혜 아빠는 먼 외국에 있다는데 어떻게 담혜를 보낸담? 그때 불쑥 담혜가 말했다.

"내가 안 했어, 뭐……."

"그럼 누가 그랬어? 현동이가 시켰니? 네가 했어?"

나는 어리둥절해 하고 있다가 아무렇게나 대답을 했다.

"예. 내가 그랬어요……."

아무래도 내 인생은 내 것이 아닌가 보다. 나는 왜 이런 쓸데없는 대답을 하는 것일까?

담혜 — 너 왜 그랬니?
나 — 네가 안 했다고 했잖아?

담혜 — 그게 말이 되니? 내가 거짓말을 했다고 네가 그렇게
　　　 말을 해?

나 — 그게 왜 거짓말이야? 그냥 내 입에서 나왔는데.

담혜 — 날 좋아하니?

나 — 그게 무슨 상관이야? 너 지금 웃기고 있어?

담혜 — 그 아저씨는 맘에 안 들었어. 엄마를 때렸어.

나 — 그래? 왜?

담혜 — 나쁜 아저씨니까.

나 — 아빠한테 일러라. 아니……넌 지금 아빠가 먼 외국에 있
　　　 잖아? 체!

담혜 — 너도 아빠가 지금 집에 없잖아?

나 — 그래도 외국에 있는 건 아니야! 우리 아빠 회사는 여기
　　　 에서 얼마나 가까운데?

담혜 — 그래도 엄마는 그 아저씨가 좋대. 그래서 화가 났어.

나 — 너 아까 울었지?

담혜 — 언제?

나 — 아까!

담혜 — 내 맘이야! 왜 그래?

나 — 넌 잘났구나!

담혜 — 현동아, 너 내가 오줌 싸는 곳 보여줄까?

나 — ……뭐?

담혜 — 쪼코렛 안 사줘도 좋아.

나 — 싫어. 넌 지금 이상한 말을 했어.

담혜 — 난 인철이 오빠를 안 좋아해.

나 — 너 인철이 형에게 다 보여줬잖아?

담혜 — 그래도 싫어.

나 — 그런데 왜 그런 걸 보여주고 그래? 바보 등신.

담혜 — 이리 와. 보여줄게.

나 — 싫다니까!

담혜 — 너, 나 싫어하니?

나 — ……또 이상한 소리!

담혜 — 우리 엄마는 다 보여준다, 아저씨들한테!

나 — 몰라! 어른들은. 어른들은 자기들 맘대로잖아.

담혜 — 너 호명이 좋아하지?

나 — 응.

담혜 — 그럼 나도 싫어.

나 — 그래, 뭐…….

담혜 — 손을 줘봐.

나 — 왜 그래?

담혜 — 너 남잔데 왜 그래?

나 — 자, 어쩔래?

담혜는 내 손을 잡아서 자기 가슴을 만지게 했다. 난 아무렇지
도 않았다. 담혜가 자기 엄마는 아저씨들한테 이렇게 한다고 설
명을 해주었다. 나는 그 말을 듣자 이상하게도 슬펐다. 그리고
이상하게도 호명이에게 이 얘기를 해주고 싶은 생각이 들었다.

나 — 담혜 가슴을 만졌는데 책받침 같더라.

호명 — 싫어, 그런 말.

나 — 담혜는 아무렇지도 않은데 너는 왜?

호명 — 그런 말 하지 말라니까.

나 — 헹, 난 할걸?

호명 — 너, 우리 아빠가 집에 안 계시니까 그런 소리 하는 거
        지?

나 — 그건 이상한 소리야.

호명 — 아니면 대답해봐. 담혜가 그러니까 좋아?

나 — 헤에……좀 이상하지.

호명 — 그런데 왜 나한테 그런 말을 하지? 난 절대로 그런 거
        안 해.

나 — 나도 싫어. 다시는 담혜 가슴을 안 만질 거야?

호명 — 책받침 같았어?

나 — 응. 너희들 여자들은 언제 어른이 되니? 웃겼어.

호명 — 이건 비밀이야.

나 — 뭔데?

호명 — 약속해.

나 — 약속.

호명 — 그렇게 말고 진짜로 약속.

나 — 자, 진짜로 약속.

호명 — 난 젖꼭지가 세 개야.

나 — 뭐?

호명 — 쉿!

나 — ……어떻게?

호명 — 그냥…….

나 — 너 ET야?

호명 — ET가 왜?

나 — 너 큰일났다. 어디 봐?

호명 — 안 돼!

나 — 너 우리 엄마한테 일러!

호명 — 왜 그래?

나 — 아빠한테도 일러!

호명 — 자…….

호명이 배꼽 위에는 이상한 점이 있다. 호명이도 알고 보면 좀 바보야. 젖꼭지하고 점도 구별을 못 해? 그런데 그날 밤에 나는 아주 혼이 났다. 호명이 점하고 담혜 젖꼭지가 밤새도록 나를 쫓아다니는 것이었다. 나는 그런데 누구하고 결혼을 해야 하나? 담혜도 호명이도 왠지 무서워!

엄마는 초콜릿, 누나는 아이스크림

어른들이 하는 얘기로 '오래 살다 보면 별일이 다 생긴다'라는 말이 있다. 나야 정확하게 따지면 칠 년 십일 개월 삼 일밖에 살지 못했지만 아빠 덕분에 별일이 다 생기는 꼴을 보게 되었다. 다름이 아니라 아빠가 운전을 배우기 시작한 것이다.

다른 아빠들이라면 운전을 배운다는 것쯤은 화젯거리도 되지 못한다. 그러나 우리 아빠라면 얘기가 달라진다. 아빠는 한마디로 말하면 '기계공포증'에 걸려 있는 분이 아닌가? 앞에서도 얘기를 했지만 아빠의 기계에 대한 공포는 상상을 초월하는 것이다. 아빠는 팩스도 보낼 줄을 몰라서 휴일날 집에서 쉬고 있는 직원을 불러내어 팩스를 보내게 한 사건으로 한동안 경외의 대상이 되기도 했다. 어쩌면 21세기를 눈앞에 둔 시대를 살고 있는 사람으로서 그럴 수가 있느냐며, 모두들 감탄을 금치 못했던 것이다. 아빠는 직원을 불러내어 팩스를 보내게 한 것에 대해 자

신도 염치가 없었던지,

"난 말야, 사실 변비가 있거든."

이라고 말을 해서 사람들을 더욱 어리벙벙하게 만들었다고 한다.

"변비하고 팩스하고 무슨 상관이 있습니까?"

하고 직원이 물은즉, 아빠는

"나는 체질적으로 내 똥도 못 보내는 사람이란 말야."

라고 엉터리 같은 대답을 했다고 전해진다. 이것이 아빠의 신화 가운데 하나다. 아빠는 남들은 하나도 가지고 있지 않은 신화를 여러 개 가지고 있다.

그 중에 몇 가지만 예를 든다면, 아빠가 못질을 하면 그 못은 벽에 박히는 것이 아니라 오히려 밖으로 더 튀어나온다. 이런 현상은 나만 해도 여러 번 목격을 했는데 마술이 따로 없었다.

"아빠, 지금 못이 나오고 있잖아요?"

하고 내가 놀라서 부르짖자 아빠는,

"글쎄, 왜 못이 나오지? 옛끼놈! 어딜 기어나와!"

꽝!

그리고 악쿠!

앞의 꽝! 소리는 아빠가 못을 친다고 시멘트 벽을 친 소리고 뒤의 악쿠! 소리는 아빠가 내려친 시멘트 벽과 망치 사이에 낀 아빠의 손가락 때문에 아빠가 지른 비명이다. 만약 아빠가 커뮤니케이션 회사 사장이 아니라 목수가 되었다면 아빠의 손톱은 남아나지 않았을 것이다.

또 한 가지 아빠의 최신판 신화를 얘기하겠다. 아빠 자신도 이건 너무 창피하다는 생각이 들어서인지 나에게 입을 다물어 달라고 신신당부를 했지만 나 박현동이가 누구냐? 나는 마땅히 소문을 내야 할 것을 꾹 참고 있으면 밥맛이 없어지는 체질이 아닌가? 아빠가 가로되, 체질이란 타고나는 것이므로 억지로 반대로 하려고 들면 하나님이 뿔을 낸다고 했다. 아빠는 자기가 기계를 다루지 못한다는 사실을 하나님 탓으로 돌리려고 그런 말을 했지만 쌤통이지 뭐야? 나도 체질이라는데 뭘.

어떤 얘기냐 하면 어느 날 아빠의 오피스텔에 귀신이 나타난 것이다. 그 귀신은 아빠와 내가 함께 오피스텔에 있을 때 나타났는데 정말이지 무시무시한 것이었다. 아빠와 나는 오디오에 손도 대지 않았는데 그 오디오가 제멋대로 작동을 한 것이었다.

그때 오디오에서 나온 음악이 마침 그 유명한 베토벤의 〈운명교향곡〉이어서 아빠의 놀람과 공포는 더욱 컸다.

꽈과과 꽝!

꾸과과 쾅!

베토벤의 음악이 울려나오자 아빠는 요리를 하던 손을 멈추고 망연자실한 얼굴이 되는 것이었다.

"얘······현동아, 또 귀신이 나타······났어······."

나는 아빠에게 과장하는 버릇이 있다는 것을 알고 있었기 때문에 처음에는 별로 놀라지 않았다.

"예, 그래요, 아빠 좋겠어요. 처녀귀신이 나타났나 봐요."

나는 나의 고급스런 유머를 자랑하기 위해 한 말이었는데 아빠는 정색을 하는 것이었다.

"난 싫어 임마. 귀신 중에서 처녀귀신이 제일 무섭단 말야······."

"그래요? 하긴 뭐 아빠 겁이 많으니깐 뭐. 그런데 처녀귀신은 어디 있죠?"

"눈에 보이면 그것이 귀신이냐? 안 보여야 제대로 된 귀신이지. 이것 봐. 지금도 음악이 나오고 있잖아?"

나는 오디오가 제멋대로 나오고 있다는 사실을 모르고 있었기 때문에 아빠의 말을 이해하지 못했다.

"오디오에서 음악이 나오는 것이야 뭐 당연한 것이잖아요?"

"임마, 아빤 오디오를 틀지 않았단 말야! 네가 틀었니?"

"아뇨? 난 밥을 먹을 때나 재즈를 틀지 요리를 할 때는 틀지 않는다구요."

"그것 봐, 임마. 지금 이 방에는 너하고 아빠 둘밖에 없는데 둘 다 오디오를 안 틀었단 말야. 그럼 누가 튼 거야?"

나는 그제야 아빠의 말을 알아들었다.

"그럼……확실히 귀신이 틀었네요?"

"안 돼!"

아빠는 거짓말 하나도 안 보태고 거의 비명을 지르다시피 했다.

"내 방에 귀신이 나타나면 어떻게 되는 거냐? 전에도 몇 번이나 귀신이 나타났단 말야!"

뭔가 이상하긴 했지만 이 정도라면 그다지 위험하거나 무서운 귀신은 아닌 것 같았다.

"그래도 뭐 아빠는 아직까지 죽지 않았잖아요?"

"임마, 넌 아빠가 죽기만을 기다리고 있다는 거냐 뭐냐? 이상한 녀석이야, 정말……."

아빠와 내가 계속해서 귀신에 관해서 논쟁을 벌이고 있는 사이에도 귀신의 음악은 사라질 줄을 몰랐다.

"이거……안 되겠다……귀신이 나한테 해꼬지를 하는 것은 참을 수 있지만 내 아들한테까지 이러는 건 곤란해……."

아빠는 용단을 내린 듯 전화를 걸었다. 아빠는 오피스텔에 투숙을 하면서부터 사귀기 시작한 '모짜르트 장' 아저씨에게 구원요청했다.

"이봐요, 모짱. 또 귀신이 나타났어요! 그놈이 지금 소리를 지르고 있다니까!"

"박형은 말이에요, 귀신이 거기에 있으면 귀신한테 이놈, 저놈이라고 부르지 말아요. 귀신이 화내면 무섭다구요."

아빠가 '모짜르트 장'이란 별명을 '모짱'이라고 줄여서 부르는 '장일정' 씨는 귀신이 그다지 겁나지 않은지 전화를 받자마자 달려왔다.

"분명히 오디오에는 손을 대지 않았어요?"

"그럼요. 현동아, 그렇지?"

"난 안 댔어요."

나는 대답을 하는 순간에도 혹시나 아빠가 장난으로 오디오에 손을 댄 게 아닐까 하는 의심을 버리지 못해서 이렇게 대답을 했다. 그런데도 아빠는 내 말이 아빠 자신의 진실을 증명해주는 것이라고 믿었는지 큰소리를 치는 것이었다.

"그것 보세요. 난 귀신 같은 건 싫단 말입니다. 그런데 내가 왜 손을 대겠어요?"

그러나 못자리에서 낳았다는 이유로 '모짜르트 장'이란 근사한 별명이 붙은 아저씨는 아빠의 말이 끝나기도 전에 귀신의 정체를 밝혀내고야 말았다.

"이건 누가 시간이 되면 자동으로 음악이 온(ON)되는 단추를 눌러놓은 거예요. 이것도 몰랐어요?"

아빠는 '모짜르트' 아저씨의 설명을 듣고도 그게 무슨 말인지를 알아들을 수가 없는 얼굴이었다. 아빠는 단지 아무도 손을 대지 않았는데 음악이 나왔다는 사실의 충격 속에서 헤어나지 못하고 있을 뿐이었다.

"자동으로 뭐가 온(ON)되었다구요? 그런 게 어디 있습니까?"

"여기 있잖아요? 이것도 모르면서 오디오를 들어요? 혹시 전에 이 단추를 누르지 않았어요?"

아빠는 여전히 사태를 이해하지 못한 채였지만 뭔가가 잘못 돌아가고 있다는 것만은 눈짐작으로 깨달은 모양이었다.

"난 단추 같은 건 안 눌러요. 난 그냥 여기를 청소한 것뿐인데……."

"청소를 한다고 수건으로 여기를 문질렀죠?"

"왜 그래요? 난 수건으로 문지른 게 아니고 티슈로 문질렀다구요……."

아빠가 현저하게 자신감을 잃은 목소리로 대답을 해서 모든 의문은 삽시간에 풀렸다.

"귀신을 만드는 티슈네요. 박형이 이걸 누른 거예요. 박형 손은 귀신 만드는 손이에요."

우리 아빠는 이런 정도의 아빠인 것이다.

그런 아빠가 운전을 배우고 있다니 나는 정말이지 오래 살다 보니 별꼴을 다 보는 심정이 되지 않을 수 없었다. 아빠는 운전 면허에 관해서도 타의 추종을 불허하는 신화를 가지고 있는 분이 아닌가?

아빠는 방송국에 입사를 하자마자 무슨 생각이 들었는지 최신형 승용차를 샀었다. 아빠의 자백에 의하면 방송국 PD 시험에 합격을 해서 자랑스러운 얼굴로 셔틀버스를 타려고 나오는데 외제 포르셰 한 대가 아빠 곁을 지나간 것이 화근이었다. 아빠는 크리스티 브링클리처럼 매혹적으로 날씬하게 생긴 포르셰를 보는 순간 자신이 포르셰를 몰고 풍광이 수려한 알프스를 지나는 환상을 보았다고 했다. (박현동 주 — 크리스티 브링클리는 이 세상에서 우리 엄마 다음으로 날씬하고 아름다운 모델이다. 그런데 이 미녀가 왜 빌리 조엘 같은 추남 겸 피아니스트 겸 가수와 결혼을 했지? 미인이 추남과 결혼을 하고 미남이 추녀와 결혼을 하게 되어 있다면 나의 장래는 너무 암담한 것이 아닌가?) 나도 자동차 잡지에서도 보고 영화에서도 봐서 알지만 포르셰란 차는 누구나가 보는 순간 그 차를 운전하고 싶다는 욕구가 생기게 되어 있다. 그러나 대부분의 사람들은 현실적이어서, 아니면 아빠의 표현대로라면 대부분의 사람들은 고지식해서 욕구란 것은 그냥 내버려두는 것이 좋다는 것을 알고 있다. 그러나 우리 아빠 박공엽 씨는 다르다. 아빠는 차에 대해서 욕구를 느꼈을 당시에 자기는 무슨 일이 있어도 차를 사야 하며, 만약 차를 사지 않는다면 그것은 사나이답지 않은 것이라고 큰소리를 쳤다 한다. 그래서 아빠는 할머니에게 방송국 PD가 되면 반드시 차를 운전해야만 하도록 되어 있다고 우겼다고 전해진다. 방송국 사정에 대해서는 아주 깜깜한 우리 할머니에게. (이런 이유로 지금도 우리 할머니는 방송국 PD는 택시 운전사와 비슷한 직업인 것으로 알고 있다.)

그러나 아빠가 자신이 차를 운전한다는 환상을 품은 것은 이때까지가 전부였다. 아빠는 최신형 차를 사자마자 차를 운전하고 싶다는 욕구를 완벽하게 잃어버린 것이다. 차가 임시 마크를 달고 아빠에게 인도되었을 때는 아빠는 이미 조깅에 거역할 수 없는 욕구를 느끼고 있었으니까. 이래서 아빠는 임시 마크를 단 최신형 승용차를 방송국 주차장에 세워둔 채 두 달 반을 보내버렸다. 이것은 당시로서는 '방송국 안에서 임시 번호를 단 채 최장시간 동안 꼼짝 않고 주차된 차'의 기록이었다.

"이건 무슨 꿍꿍이속인가?"

아빠의 입사동기가 이 사건에 대해 묻자 아빠는 이렇게 대답을 했다 한다.

답 — 조깅을 해야 하는데 운전을 한다면 그건 모순 아닌가?
문 — 조깅은 운전을 하면 해서는 안 되는 것인가?
답 — 그렇다.
문 — 그럼 운전을 하는 사람들도 조깅을 하는 것은 뭔가?
답 — 이건 내 개성이다. 그 사람들은 그 사람들대로의 개성이
    겠지.
문 — 왜 갑자기 조깅을 하겠다고 결심을 했는가?
답 — 알 파치노가 영화에서 조깅을 하는데 멋이 있었다.

하지만 아빠의 이 말은 사실일 리가 없다. 아빠는 단지 승용차를 사자마자 자신이 운전한다는 것은 너무도 비현실적인 욕심이라는 것을 깨달았기 때문에 조깅으로 둘러댄 것뿐이었다. 아빠는 알 파치노가 갱스터 영화에서 조깅을 하자 알 파치노가 지금까지 보여준 모습 중에서 제일 형편이 없다고 혹평을 하지 않았는가? 아빠는 알 파치노의 열렬한 팬인데도.

아빠가 자신이 운전을 한다는 것이 비현실적인 욕구라는 것을 깨닫게 된 것은 겁도 없이 친구의 차를 운전해보다가 자기 자신

을 알게 되었기 때문이었다. 아빠는 친구의 지시대로 기아를 넣었다가 막상 차가 굴러가자,

"쇠뭉치가 굴러간다!"

하고 비명을 질렀다고 한다. 그러고는 꽝! 이건 아빠가 친구의 차를 박살내고 아빠 자신도 반쯤은 꽝!이 된 소리다.

이런 아빠가 운전을 배우고 있다는 사실에 나는 충격을 받았다.

이건 분명히 아빠에게 괴상한 일이 벌어지고 있다는 뜻이 아닌가?

나는 이렇게 판단을 내리고 아빠를 구슬렀다. 아들이 된 입장에서 아빠를 상대로 '구슬린다'라는 표현을 쓰는 것은 싸가지가 없는 행동이지만 사실이 이러니 어쩔 수가 없다. 아빠는 구슬려야 사실대로 말을 하는 분이니까. 아빠를 구슬린다는 말은 아빠를 칭찬한다는 말과 같다.

"와아……아빠, 커뮤니케이션 회사 사장을 그만두고 카레이서로 나서는 게 좋겠어요. 운전을 하는 아빠는 정말이지 알 파치노 그대로예요!"

내가 한 말이지만 정말 말 같지 않은 말이다. 카레이서라니? 아빠가 노란색 운전 연습용 차 안에서 운전을 하는 모습은 딱 굼벵이였다.

"그……러니? 내가 정말이지 카레이서로 나서도 될까?"

우리 아빠는 양심이 없는 분이다. 얼굴이 새하얗게 질려 가지고 운전 연습용 차에서 나오면서 어떻게 그런 말을 한담? 난 이런 아빠를 보면 아부를 하는 사람보다도 아부를 받는 사람이 더 문제가 크다는 생각을 절로 하게 된다.

"하긴 아빠 말이야, 전자오락을 할 때도 다른 건 몰라도 '죽음의 경주' 만큼은 잘하잖니?"

'죽음의 경주' 란 전자오락은 못하는 게 오히려 이상할 정도의 게임이다. 나는 한 마디 해주고 싶었지만 목적을 달성하기 위해서 꾹욱 참았다. 인내는 쓰나 그 열매는 달콤한 법이니까.

"맞아요, 아빠. 난 아빠가 운전연습을 하는 데를 가자고 할 때도 아빠를 믿지 못했걸랑요. 그런데 아빠가 운전을 하는 모습을 보니까 아빠가 소질을 타고났다는 것을 실감했어요. 그런데 왜 갑자기 운전을 배우는 거예요?"

나는 드디어 묻고 싶은 것을 물었다. 아빠는 으쓱하더니 대답을 했다.

"야 임마, 현대인으로서 운전은 필수 아니냐? 아빤 인생을 진취적으로 살기로 했다."

제법 헛기침까지 하시는 것이다. 아빠의 말은 도무지 진실성이 없다. 내가 오늘은 아빠를 잘못 구슬렀나?

"두고 봐라. 아빠가 면허증을 따서 차를 몰고 다닐 것 같으면 여러 놈 혼나게 될 거야!"

누가 우리 아빠를 좀 말려줬으면 좋겠다. 또 무슨 엉터리 같은 말씀을 하려고 이러시지?

"그 동안 나를 안 태워준 놈들, 운전도 못 하면서 어떻게 신발은 신을 줄 아느냐고 놀렸던 놈들, 비 오는 날 나한테 물을 튀기고 달아난 놈들, 너희들 각오해. 세상이 뒤집어졌다는 것을 알아야지."

아빠가 기염을 토하는데 운전교관 아줌마가 아빠를 큰 소리로 불렀다.

"이봐요, 박공엽 씨. 거기서 뭐하고 있어요? 빨리 기초 재교육 반으로 가보라니깐요!"

"……예?"

"나아 참……그렇게 정신을 딴 데 두고 있으니까 맨날 시동을 꺼뜨리죠. 빨리 가세요."

아빠는 얼굴이 벌개지더니 끽소리도 못 하는 것이었다.

"체……가면 될 거 아냐? 왜 맨날 나한테만 야단이야?"

구시렁구시렁. 우리 아빠가 올해 안에 운전면허를 따면 내가 바보 같은 경호의 아들이다!

"현동이는 좋겠다. 아빠가 운전면허를 따게 되면 어디든지 태우고 다닐 테니."

나는 나의 '그녀'가 하는 말을 들으며 아빠가 왜 운전을 하려고 하는지를 알았다. 그래, 아빠 나 때문에 운전을 하시려는 거다. 내가 왜 그 생각을 못 했지?

아빠는 그 동안 나와 데이트를 하면서 택시가 잘 안 잡힌다고 항상 투덜거렸지 않은가? 모르긴 몰라도 아빤 토요일에 나를 학교 앞에서 기다리면서 참 입장이 난처했을 거야. 내가 내 친구들하고 우르르 몰려나가면 아빤 나를 반기면서도 쑥스러운 표정을 짓곤 하시지 않았는가? 이혼을 한 아빠가 지을 수 있는 그런 얼굴로 말이야.

"아이구, 난 아빠가 운전을 하는 차는 안 탈래요. 아무리 아빠와 아들 사이지만 일부러 교통사고를 당할 순 없잖아요?"

난 무심결에 진심을 밝히고 말았다.

"야, 현동이 너 지금 무슨 소리를 하는 거야? 자식, 참 되게 이상한 말을 하네. 아빠 운동신경이 얼마나 좋은데 사고를 내냐?"

아빠는 도저히 믿을 수 없게도 학창시절에 권투를 한 경력이 있다. 글러브를 끼고 폼을 잡은 사진이 있으니까 믿지 않을 수도 없지만 지금의 아빠하고는 너무도 안 어울린다. 아빠는 권투 얘기만 나오면 자신이 전성기에는 '링의 난폭자'란 닉네임도 가지고 있었다고 주장을 하지만 나로서는 글쎄. 아빠의 친구분은 아빠가 권투를 한다고는 했지만 경기를 하는 모습은 본 적이 없다고 말하고 아빠의 닉네임도 '공포의 헛손질'이었다고 증언을 했다. 아마 아빠 친구의 말이 더 사실과 비슷할 것이다.

"권투에 비하면 운전 같은 건 뭐 아무것도 아니지. 아빠가 뭐 괜히 '링의 난폭자'라는 닉네임을 가지고 있었는지 아니? 자동차로 말하자면 경주용 차처럼 빠르고 날렵했기 때문이야."

"아빠, 난폭운전을 하려고 그러는 거 아녜요?"

내가 지지 않고 말하자 '그녀'도 내 편을 들어주었다.

"절대로 난폭운전을 하면 안 돼요. 공엽 씨는 술을 좋아하니깐 정말 문젠데?"

아빠는 자존심이 상한 얼굴이 되어 나와 '그녀'를 모두 적으로 간주했다.

"둘 다 내 차 타지 마! 절대로 안 태워줄 테니 그런 줄 알아?"

아빠와 내가 '그녀'의 방갈로에 간 것은 내가 졸랐기 때문이었다.

"아빠, 희봉이 누나 집에 가보자니깐요? 아빤 이상해. 왜 아빠만 가고 나는 못 가게 하는 거예요?"

'나를 견제하는 거죠?'라는 말을 덧붙이고 싶었으나 그 말은 차마 입에서 나오지 않았다. 아들의 입장에서 아빠의 자존심을 건드릴 필요는 없으니까.

"자식, 참 이상한 놈이네. 아빠가 임마, 가긴 어딜 가? 아빠가 그 누나 집에 가는 거 네가 봤어? 넌 가끔씩 생사람을 잡더라?"

아빠의 얼굴은 벌개져 있었다. 아빠는 거짓말을 숨기지 못한다. 그런데 아빠는 왜 자기가 희봉이 누나 집에 간다는 사실을 악착같이 숨기는 것일까?

"지난번에는 희봉이 누나 집에는 별별 게 다 있다고 얘기까지 해줬잖아요? 강도 있고 산도 있고 '따비'도 있다구요."

'따비'는 지금 나를 만만히 보고 틈만 있으면 겁을 주려고 하는 바로 저 콜리종 새끼다. 콜리는 어른이 되면 의젓하기 짝이 없는데 '따비' 녀석은 철이 없어서 야단스럽게 군다 한다.

"그건 임마······그 누나가 설명을 해줘서 아는 거지 누가 가봤다고 했냐? 넌 꼭 아이스크림인지 무스인지 만져봐야 아니?"

"정말 안 갔어요?"

"그래. 진짜다! 어쩔래?"

"왜 안 가요?"

"······뭐?"

"가기 싫으면 누나네 집만 가르쳐줘요. 나 혼자서라도 가야 되겠어요!"

"애 좀 봐. 넌 왜 자꾸 누나네 집을 가려는 거야?"

"아빠가 안 가니까 나라도 가야 할 거 아녜요?"

"그건 무슨 소리야?"

"몰라서 물어봐요? 난 누나가 좋단 말예요!"

216

"뭐?"

"왜요? 질투하세요?"

아빠는 얼이 빠진 얼굴로 나를 멍하니 바라보더니 큰 소리로 웃었다.

"너 왜 그러냐?"

"뭐가요?"

"너 진짜로 웃기는 놈이구나. 확실히 똑똑해. 그런 농담도 할 줄 알고."

"내가 왜 농담을 해요? 이제부터는 아빠하고 난 큰일났다구요!"

"큰일날 게 뭐 있어?"

"아빠하고 난 연적이라니깐요!"

아빠는 또 웃는다. 내 머리까지 쓰다듬는다.

"그래, 우리 현동이 때문에 스트레스가 다 풀리는구나. 역시 아들밖에 없다."

아빠는 아직도 사태의 심각성을 모르고 있다. 그나저나 난 왜 갑자기 내 속마음을 털어놓아버렸을까? 하여튼 박현동이는 입이 싼 녀석이야.

"하지만……넌 엄마의 아들이야. 그런데 어떻게 누나를 좋아할 수가 있니? 너 금방 한 소리를 엄마가 들었어 봐라. 아무리 아들이라고 해도 맞아죽을걸?"

"알았다. 아빠는 엄마한테 혼날까 봐서 누나네 집에 가는 걸 무서워하죠?"

"너 진짜 왜 이러니?"

"엄마한테 안 이르면 되잖아요?"

"안 일러?"

"그래요. 난 집에 가면 엄마 편인데 왜 엄마가 싫어할 얘기를 해요?"

"밖에 나오면 아빠 편이라는 거냐?"

"그럼요. 그러니깐 나는 엄마 아빠 모두의 편이라구요."

"네가 아빠 형님이다."

"예? 그럼 내가 큰아빠예요?"

"아이구, 내 새끼……."

아빠는 무슨 이유에선지 나를 끌어안고 감격해 마지않았다.

그런데 사실은 나는 누나의 편이기도 하다. 내가 누나의 편일 때 절대로 아빠의 편이 되고 싶은 마음은 없다. 아, 아빠는 이런 내 마음을 알까? 그래서 엄마는 아빠를 용서하지 못하는 것일까? 엄마는 아빠 편이긴 하지만 희봉이 누나를 사랑하는 또 다른 아빠는 웬수인 것이다. 아, 인생이란 너무 어려운 것이야!

나 ─ 그러니깐 누나가 여기에다가 대본을 쓰면 최희라 만화
　　　가가 여기에 그림을 그리는 거예요?

그녀─ 응, 그래.

나 ─ 만화가들은 너무 이상해. 그렇다면 이 만화는 최희라 만
　　　화가 말고 누나 이름도 들어가야 하잖아요?

아빠 ─ 우리 현동이가 말 잘 한다. 이건 사실 말이 안 된다
　　　구. 이게 뭐야? 영화도 보면 시나리오 작가 이름이 번
　　　듯하게 나오는데.

그녀─ 처음에 시작이 그래서 그래요. 옛날에는 만화가가 글
　　　도 썼거든요. 지금도 그러는 분들이 많구요.

아빠 — 만화계도 개혁을 시켜야겠구만.

그녀— 난 싫어요. 내 이름도 이상하고.

아빠 — 무슨 소리? 윤희봉이란 이름이 얼마나 근사한데? 그렇
　　　　지, 현동아?

나 — 당연하죠. 아빠 이름만 이상하지 누나 이름하고 내 이름
　　　은 알아주는 이름이에요.

아빠 — 이 자식은 꼭……아빠 이름이 어쨌다는 거냐?

그녀— 좀 그래요. 난 처음에는 얼마나 웃었는데요.

아빠 — 믿을 사람 아무도 없구만. 현동이 넌 아빠가 이름을
　　　　지어줬다는 것을 알아야 해.

나 — 휴……다행이야. 아빠 이름은 할아버지가 지어준 거죠?

아빠 — 할아버지 이름은 또 뭐냐?

나 — 우헷헤……박춘평!

아빠 — 우헷헷…….

나 — 누나하고 내 이름을 나란히 붙여놓으면 근사할 거라구
　　　요.

아빠 — 얘는 꼭 아빠 이름은 빼놓는다니까. 너 왜 그래?

나 — 아빠는 스토리 작가가 아니잖아요?

아빠 — 그런데?

나 — 내가 영화를 만들면 누나가 대본을 써서 영화 자막에 함
　　　께 나오는 얘기를 하고 있다구요.

아빠 — 그래……? 거 환상적이다. 지금 당장 시작하는 거야.
　　　　임마, 아빤 제작자로 나서면 될 거 아냐? 그럼 아빠
　　　　이름도 나오잖아?

나 — 아, 그렇구나……난 제작자 같은 건 생각도 안 해봤어

요. 언제 시작하죠?

아빠 — 언제는 무슨 언제? 당장이라니까! 신난다!

나 — 난 학교 숙제도 해야 하고 내일은 야구도 해야 하는데
　　　요?

아빠 — 지금 학교하고 야구가 문제냐?

그녀— 현동이가 아빠보다 낫구나.

아빠 — 또 편을 먹을 거야?

그녀— 예, 그래요.

아빠 — 야아……이거 내가 호랑이 새끼를 키웠구나!

나 — 나 박현동이는 한국 영화계의 호랑이!

아빠 — 호랑이 새끼! 호랑이는 아빠!

나 — 영화는 감독이 최고예요!

그녀— 맞아요.

아빠 — 또!

나 — 아빠, 오늘 누나 집에서 자요.

아빠 — ……뭐? 안 돼, 임마……난 그런 건……그러니까……
　　　너 지금 아빠를 시험하는 거냐? 못됐어, 아주.

나 — 아빠는 아빠 집으로 가셔도 돼요.

아빠 — 넌?

나 — 난 당연히 여기서 자죠.

아빠 — 이상한 놈! 엄마에게 맞아죽고 싶으냐?

나 — 엄마는 오늘 시골에 가셨잖아요?

아빠 — 아……!

그녀— 어머, 잘 됐다, 현동아. 누나랑 여기서 자자.

나 — 아빠는요?

그녀— 아빠는 아빠 집으로 가시겠지.

아빠 — 거 오늘 내가 이상하게 외로워지네?

나 — 아빠 하고 싶은 대로 하세요. 내일 나를 집에까지만 데
　　　려다 주시면 돼요.

아빠 — 너 잘났다!

그녀— 현동아, 그럼 진짜로 누나하고 자는 거야?

　나는 이때까지만 해도 앞에서는 강이 흐르고 뒤편으로는 우뚝
한 산이 있는 누나의 방갈로에서 내가 누나와 같이 자는 줄 알았
다. 실제로 나는 잠이 들 때 누나와 함께 잤다. 누나의 냄새는
엄마의 그것과는 좀 달랐다. 엄마가 초콜릿 맛이라면 누나는 아
이스크림 맛! 아, 아이스크림과 초콜릿 맛을 함께 느끼며 잘 수
는 없는 것일까?

　그러려면 엄마와 누나가 한 집에서 살아야 하는데……그럼 아
빠가 엄마와 누나 두 사람과 다 같이 결혼을 해야 되는데……왜
남자는 한 여자하고만 결혼을 해야 하는 것일까? 아마 이런 말은
물어보기만 해도 또 알밤을 맞겠지? 나는 담혜와 호명이를 둘 다
내 색시로 할 수는 없을까? 인철이 형이 끼여들면 어쩌지? 그건
참 곤란하구나. 그래서 엄마와 아빠는 집집마다 한 사람씩밖에
없는 것이구나…….

　이런 생각을 하면서 잠이 들었는데 문득 깨어보니 침대에는
나 혼자밖에 없었다. 나는 낯선 곳에서 잠을 자면 꼭 한밤중에
깬다. 그러니 아빠, 내가 아빠의 비밀을 알았다고 해도 그건 내
책임이 아닙니다. 그걸 아셔야 해요.

　나는 밤중에 잠에서 깨어나면 최고로 무서운 생각은 모두 꺼

내어 한꺼번에 하게 된다. 무서운 생각은 하지 말아야지······라고 생각을 할수록 무서운 생각은 더 모여드니 '무서운 생각'은 정말이지 고약한 놈이다.

나는 무서운 생각을 물리치려고 애를 한참 동안이나 쓰다가 아, 여기가 누나네 집이로구나! 하는 데 생각이 미쳤다.

'이상해······누나는 분명히 나하고 같이 잤는데······.'

이런 생각을 하다가 내가 화장실을 가려고 방문을 열고 나오자 마침 화장실에서 누나가 나오고 있었다. 나는 처음에는 누나도 나처럼 잠이 깨서 화장실을 다녀오는 것이라고만 생각을 했는데······아, 누나가 화장실에서 나오는 모습은 너무 추운 모습이었다. 누나는 웬일인지 옷을 하나도 입지 않고 있었다.

"누나······왜 그래요? 안 추워요?"

내가 눈을 비비며 묻자 누나는 아무 말도 안 하고 있었다. 화장실에는 불이 켜 있었고 거실 쪽으로 가는 길은 불이 꺼져 있어서 누나의 모습은 꿈 속에서 스르르 빠져나온 것 같았다.

"누나······."

그러나 나는 곧 누나의 모습이 얼마나 놀라운 모습인지 깨달았다. 나는 지금까지 어떤 여인에게서도 '옷을 남김없이 모두 다 벗은 모습'은 본 적이 없었던 것이다!

누나는 싱긋 웃더니 내 곁을 지나서 거실 쪽으로 가는 것이었다. 누나는 거실에서 잠을 잤던 것이다. 아니, 누나는 지금까지 거실에서 잠을 안 자고 있었던 것이다! 그럼 우리 아빠는 어디에서 잠을 잔 거지? 어젯밤에는 아빠가 거실에서 잠을 잤는데?

신. 엄마 집으로 돌아가는 길

(나는 아무래도 나와 아빠를 주인공으로 하는 영화를 만들어야 할 운명인가 보다. 이런 대본은 일기를 쓰는 것처럼 금방 쓴단 말이야! 그런데 주인공은 누구로 하지? 나야 내가 연기를 하면 되지만 아빠는 아무래도 좀……. 아빤 틀림없이 자기가 직접 배우를 하겠다고 난리 난리를 칠 거야. 그럼 정말 안 되는데. 난 스티븐 스필버그처럼 관객이 많이 드는 영화를 만들고 싶단 말야. 영화는 인생을 닮았다고 우디 앨런이 그랬는데 정말 맞구나. 영화도 인생처럼 퍽 골치가 아픈 거야.)

아빠 — 야, 현동아.

나 — 예?

아빠 — 너 뭐 갖고 싶은 거 없냐?

나 — 수상해요, 아빠.

아빠 — 아냐, 임마. 왜 그래?

나 — 내가 어떻게 알아요? 아빠가 수상한데. 아빠 맘이잖아요?

아빠 — 얘가 아주 생사람을 잡을 애야?

나 — 나 갖고 싶은 거 없어요.

아빠 — 너 왜 그래? 네가 갖고 싶은 게 없을 수가 있냐?

나 — 있지요!

아빠 — 임마, 치사하게 그러지 말고 말해봐. 오늘은 뭐든지 사준다. 날이면 날마다 아빠가 인심을 쓰는 건 아니다.

나 — 아빠, 혹시 누나 누드 사진 가지고 있는 거 없어요?

아빠 — (경악! 아빠가 나동그라져도 좋음) ……악!

나 — 왜 그래요, 아빠?

아빠 — 이런 응큼한 녀석! 너 나중에 어른이 돼서 뭘 할래?
　　　너 제비족이야? 너야말로 수상쩍은 놈!

나 — 아빠는 지금 좋아하시네요. 난 영화감독이 된다고 했잖
　　아요?

아빠 — 네가 영화감독이 되는 거하고 누나 누드 사진하고 무
　　　슨 상관이냐?

나 — 내가 어젯밤에 누나의 누드를 봤으니깐 나중에 영화 찍
　　을 때 참고로 하려고 그런단 말예요.

아빠 — (또 한 번 경악! 아빠는 이번에는 잘못 넘어져서 코가
　　　깨져도 할 수 없음) ……학!

나 — 영화는 경험한 것을 찍어야 실감이 난다고 했잖아요?

아빠 — 어떤 녀석이 그런 끔찍한 소리를 했어?

나 — 아빠는 지금 어떻게 됐나 봐요. 아빠가 존경해 마지않는
　　우디 앨런이 그랬잖아요?

아빠 — 이제 보니 그 안경잡이 쪼끄만 녀석은 아주 이상하다.
　　　그런 놈 말은 믿지 마!

나 — 아빤 정말 수상해. 누나 누드 사진 가지고 있느냐고 물
　　었는데 왜 괜한 우디 앨런 아저씨를 막 욕해요?

아빠 — 수상한 건 너라니까! 너 왜 자꾸 누드 누드 하냐? 쬐
　　　끄만 녀석이.

나 — 엄마가 못 보게 하는데 여배우의 벗은 모습도 봐야 한다
　　고 우긴 건 누군데요? 아빠잖아요?

아빠 — 그 누나가 여배우냐?

나 — 아, 누나를 여배우로 쓰면 되겠다!

224

아빠 — (세 번째 경악! 이번에는 아빠의 갈비뼈가 분질러진다.)
　　　꾸웩!

나 — 왜 그래요, 아빠? 난 어젯밤에 누나의 누드를 봤는데 꼭
　　　영화의 한 장면 같았다니까요?

아빠 — (마지막 경악! 담배를 피운다고 담뱃불이 붙어 있는 쪽
　　　을 혀에 댄 것 같은.) ……와흑!

나 — 아빤 지금까지 한 번도 못 봤어요?

아빠 — 현동이 너 지금 하고 있는 말을 엄마한테 했다간 다시
　　　는 아빠를 못 본다!

나 — 아빠도 나를 못 봐요. 엄마가 나를 그냥 둘 것 같애요?
　　　담혜 젖가슴을 만졌다고 했다가 엄마한테 맞아죽는 줄
　　　알았는데요.

아빠 — (새로운 경악! 이러다 아빠 죽겠다.) ……끕!

나 — 거짓말 아녜요? 진짜로 담혜 가슴을 만졌다니깐요. 꼭
　　　털장갑을 낀 기분이었어요. 담혜가 털셔츠를 입고 있었
　　　으니까요.

아빠 — 아이고, 하나님……안 돼! 다시는 그런 짓 하지 마!

나 — 안 해요. 호명이도 그런 짓 하면 나하고 안 논다고 했는
　　　걸요?

아빠 — 이놈, 아주 잘 나가는 녀석 아냐? 여자친구가 또 있
　　　냐?

나 — 누나 누드 사진을 주려면 주고 그렇지 않으면 관두세요.
　　　갖고 싶은 거 없어요.

아빠 — 아빠가 임마, 그런 사진을 가지고 있으면 지금 이렇게
　　　안 산다.

나 — 그럼 됐네요.

아빠 — 너…… 정말 봤냐? 다 봤어?

나 — 그럼 다 보지 덜 봐요?

아빠 — 이녀석이 이거 아주 큰일날 녀석이네?

나 — 담혜는 아직 멀었어요. 담혜는 털장갑, 누나는 야구장
　　갑.

아빠 — ……뭐? 웬 야구장갑?

나 — 야구장갑이 훨씬 크잖아요?

아빠 — 너, 아빠 아들만 아니었으면 오늘 무슨 일 났다.

나 — 아빠는 어제 무슨 일 났어요?

아빠 — ……뭐엇?

나 — 아빤 못 봤어요?

아빠 — 아빤 그런 거 안 봐, 임마. 너 지금 쓸데없는 소리 하
　　지 마?

나 — 아빤 나하고 상대도 안 돼요.

아빠 — 그래, 너 잘났다.

나 — 누나랑 같이 자면서도 못 봐요? 아빤 나하고 껨이 안 된
　　다니까.

아빠 — 숏!

나 — 왜요?

아빠 — 너……봤구나?

나 — 예?

아빠 — 관두자. 너하고는 다시는 누나네 집에 안 간다.

나 — 엄마한테 일른다.

아빠 — 안 돼!

나 ― 나, 누나네 집에 가지 마요?

아빠 ― 가라 가, 이 치사한 녀석아!

나 ― 엄마한테 일른다.

아빠 ― 이 안 치사한 녀석아!

나 ― 봐요, 아빤 나한테 껨이 안 되지.

아빠 ― 너 이 다음에 좀 크면 사람 몇은 아주 쉽게 잡겠구나?

나 ― 누나는 아이스크림, 엄마는 초콜릿.

아빠 ― ……뭐?

나 ― 누나 냄새가 그랬어요.

아빠 ― ……그럼……너 아이스크림이 맛있냐, 초콜릿이 맛있
        냐?

나 ― 아빤 엄마 편이에요? 누나 편이에요?

아빠 ― 아빤……둘 다 편이야, 임마. 짜식은 정말…….

나 ― 나도 초콜릿하고 아이스크림이 다 맛있어요.

아빠 ― 우히힛……헷헤…….

나 ― 우히힛……헷헤…….

아빠 ― 너 우습냐?

나 ― 예. 아빠도 우습죠?

아빠 ― 그래, 여자들은 좀 웃기지.

나 ― 맞아요.

아빠 ― 남자들이 최고야.

나 ― 또 맞아요.

아빠 ― 현동아, 우리 친하게 지내자.

나 ― 그래요.

아빠 ― 우리 현동이 꼬추 좀 만져볼까?

나 — 한 번에 삼백 원이에요.
아빠 — 전에는 이백 원이었잖아?
나 — 싫으면 관둬요. 나도 올랐어요.
아빠 — 자식, 배짱이네. 그래, 어디 보자아……

나는 그날 천이백 원을 벌었다. 나도 호명이나 담혜한테 천이
백 원을 벌게 해주고 싶었다.

아빠의 라이벌이 출현하다

아빠가 집에 안 계시는 지금 나 박현동은 엄마를 보호할 책임이 있다. 내가 엄마가 CF를 찍는 스튜디오에 가기로 결심을 한 이유는 바로 이와 같은 의무감 때문이었다.

물론 이 말은 순 공갈이다. 진짜는 장차 영화감독이 될 인재로서 CF 촬영현장을 보아두어야 한다고 생각했기 때문이었다. 그러나 이 진짜 이유를 내가 어떻게 엄마한테 정직하게 말할 수가 있단 말인가? 엄마는 내가 영화감독이 되겠다고 하면 강시처럼 펄쩍펄쩍 뛸 텐데. 정말이지 엄마 아빠 사이에서 등이 터지는 건 나 박현동뿐이다.

내가 촬영현장에 따라가겠다고 하자 엄마는 미처 생각을 못 했던 것처럼 머뭇거렸다. 엄마의 이런 태도는 내 경험에 의하면 명백한 거절이다. 엄마는 국민하교 2학년짜리 아들이 자기를 따라오겠다는 게 미덥지 않고 불안했을 것이다. 내가 말이야 근사하게 엄마를 보호하겠다고 했지만 엄마 입장에서야 짐이 한 가지 더 늘어난 것밖에는 안 될 테니까.

"현동이 네가 엄마를 보호하겠다는 마음은 고마운데……엄마도 그렇게 약한 사람은 아니란다. 엄마도 이제는 아빠 없이도 모든 일을 알아서 처리를 해야 돼. 엄마가 향수 모델을 하겠다는 것부터가 그런 것 아니겠니? 그리고 넌 숙제도 해야 되잖아? 촬영이 아주 늦게까지 계속될 텐데."

엄마가 이렇게 나올 줄 알고 있었기 때문에 나는 미리 준비해 둔 대답이 있었다.

"숙제 걱정은 안 하셔도 돼요. 그런 것쯤은 벌써 다 해뒀다구요. 그리고 말예요, 난 사실은 엄마가 카메라 앞에 서 있는 모습을 보고 싶기도 하거든요. 난 엄마가 일을 한다는 게 너무 자랑스러워요."

전 같았으면 이 정도의 말솜씨로 엄마를 사로잡는다는 것은 불가능했을 것이다. 우리 엄마는 미인도 이렇게 쌀쌀맞을 수가 있나 할 정도로 내 부탁을 묵살하는 경우가 많았다. 가령 예를 들어서 내가 친구들을 집으로 불러서 놀겠다고만 해도 엄마는 이렇게 딱 잡아떼곤 했다.

"엄마는 너희들이 몰려와서 뭘 하려는지를 다 안다. 남자들이 시시하게 방안퉁수처럼 비디오나 보든지 만화 주인공 흉내를 내려는 거야. 그러고는 온 집안을 잔뜩 어질러놓지. 엄마는 미안하지만 예정에 없는 초대는 못 해. 딴 데 가서 알아봐."

와! 엄마는 아주 찬바람이 쌩쌩 불 정도였다.

그러나 지금은 사정이 바뀌었다는 것을 나 박현동이는 잘 알고 있다. 나는 현재 이혼한 엄마의 하나밖에 없는 고명아들인 것이다. 그리고 무엇보다 엄마는 나를 실제 이상으로 불쌍하게 생각하고 있다. 이런 현재의 상태를 나보다도 더 교묘하게 이용할 줄 아는 아이가 있으면 어디 나와 보시지?

"하지만 엄마가 싫다면 난 안 따라가겠어요. 엄마한테 좋은 게 나한테도 좋으니까요. 난 엄마를 불편하게 하고 싶지 않다구요. 난 그냥 집에서 라면이나 끓여 먹겠어요."

아쭈, 이걸 보세요. 박현동이는 이렇게 잔머리를 굴리고 있다구요.

특히나 '집에서 라면이나 끓여 먹겠다'는 말은 내 계책의 하이라이트라고 할 수 있다. 엄마는 전에 예상치도 않게 집에 늦게 들어온 적이 있었는데, 내가 라면을 끓여 먹었다고 하자 그만 눈물을 글썽이며 나한테 용서를 빌었던 것이다. 엄마는 뭔가 오판을 한 것이다. 나는 그때 라면을 먹고 싶어서 먹은 것뿐이었는데.

엄마는 과연 내 예상대로 나를 촬영장까지 데리고 가기로 결정을 하셨다.

"하지만 현동아, 너 거기에 가서 떠들고 까불면 안 된다. 아주 의젓하게 굴어야 해."

"그럼요, 엄마의 보호자로 가는데 내가 까불면 되겠어요?"

그리고 한 마디 덧붙이기를,

"엄마 같은 미인은 항상 위험하거든요. 남자들이 엄마를 그냥 놔두겠어요? 난 그걸 걱정한다구요."

엄마는 눈물을 글썽이며 또 나를 끌어안는다. 엄마는 확실히 눈물이 너무 늘었어.

"이 오로라 향수는 30대 주부들을 대상으로 하고 있거든요. 그래서 운영 씨를 모델로 쓰게 된 겁니다. 광고주는 얼굴이 알려진 연예인보다는 참신한 얼굴을 원했어요. 일이 잘된 거죠. 잘해보세요."

이동순 아저씨가 L. A. 다저스 야구모자를 쓰고 이렇게 얘기를 하자 엄마는 흥분을 가라앉히려고 애를 쓰며 말했다.

"고마워요. 잘 해보겠어요. 이런 기회를 준 것을 잊지 않겠습니다."

엄마의 목소리는 약간 떨리고 있었다.

"천만에요, 난 아무것도 한 게 없습니다. 사실 운영 씨가 없었다면 모델을 섭외하는 데도 애를 먹었을 거예요. 광고주가 까다로워서 모델 후보만 스무 명 이상을 올렸거든요. 화장품 쪽 광고주들은 우리 이상으로 전문가예요. 그러니까 운영 씨는 자부심을 가져도 됩니다. 지금 이 순간에는 내가 최고라고 자만해도 좋아요."

이동순 아저씨는 우리 엄마를 '운영 씨'라고 부르고 있다. 물론 '서운영'이 우리 엄마 이름이니까 그렇게 부른다고 해서 틀릴 것은 없지만 나에게는 생소하게 들렸다. 엄마는 그 동안 주로 '현동이 엄마'로 불렸던 것이다. 나중에 내가 이동순 아저씨에게 우리 엄마를 '운영 씨'라고 부르는 이유를 물었더니 아저씨는,

"난 총각이잖니?"

라고 대답을 하는 것이었다. 내가 어리둥절해 하자,

"현동아, 엄마는 이제부터 네 엄마인 동시에 모델 '서운영 씨'야. 난 엄마와 함께 일을 하는 사람이니까 당연히 '운영 씨'라고 불러야지. 이해가 되니?"

라고 말했다.

　나는 물론 이해했다.

　"아저씨도 우리 엄마가 최고로 미인이라고 생각을 하는군요? 그렇죠?"

　이동순 아저씨는 내가 무슨 말을 하는지 이해가 되지 않아 멍청한 얼굴이 되었다.

　엑스트라들과 스태프들에게 둘러싸인 엄마의 모습은 〈로마의 휴일〉에 나오는 '오드리 헵번'과 〈셸부르의 우산〉에 나오는 '카트린느 드뇌브', 그리고 〈유금세월(流金歲月)〉에 나오는 '종초홍'을 모두 합한 것처럼 눈이 부셨다. 나는 엄마가 이브닝드레스를 입고 '케니 G'의 색소폰 소리에 맞춰 춤을 추는 모습을 보면서 동경과 매혹을 느꼈다. 심지어는 엄마에게 질투가 느껴지기도 했다. 그리고 한편으로는 아빠가 안됐다는 생각이 드는 것이었다.

　'엄마 같은 미인을 두고 바람을 피우다니, 아빤 크게 실수를 한 거야.'

　아빠에게 삐삐를 쳐서 지금의 엄마의 모습을 보여주고 싶다는 충동이 생기기도 했다.

　그런데 아빠에게는 '그녀'가 있다는 생각이 났고, 지금 우리 엄마가 눈부시게 아름답다는 것과 대비되어 '그녀'가 이상하게 슬픈 느낌으로 다가오기도 했다.

　엄마는 검정색 연미복을 입은 남자 모델과 춤을 추다가 이렇게 속삭이고 있었다.

　— 오늘밤 당신은 특별한 남자예요.

체, 무슨 스크립이 이렇게 엉터리람? 우리 엄마는 아빠에게 저런 말을 한 번도 한 적이 없지 않은가? 엄마가 아빠에게 하는 말이란,

— 오늘밤 당신은 더 철부지 같잖아요?

— 오늘밤 당신이 할 일은 현관문을 고치는 일이에요. 당장 도둑이 들면 어쩔 셈이죠? 당신은 틀림없이 벌벌 떨면서 뒤꽁무니를 뺄 거예요.

— 오늘밤에는 제발이지 코 좀 골지 마세요. 난 당신 때문에 만성 수면부족증에 걸렸다구요.

주로 이런 것들인데 무슨 '특별한 남자'란 말이지?

난 왠지 불안해져서 트집을 잡고 싶은 심정이 되어 있었다. 엄마가 '오드리 헵번 + 카트린느 드뇌브 + 종초홍'처럼 보인다고 해서 우리 엄마가 아닌 것도 아닌데 내가 왜 이런 마음이 되는 것일까?

내가 부조에 올라가자 이동순 아저씨는 야구감독처럼 손을 휘두르고 꽥꽥 고함을 지르며 연출을 하고 있었다.

"이것 봐. 조명이 받지를 않잖아? 어디에 때리는 거야? 지금 우리가 선전하는 게 식용유야?"

기술부의 아저씨들은 긴장을 하면서도 낄낄거리고 웃었다.

한 남자가 고개를 저으며 말했다.

"이 감독, 아무래도 모델에 문제가 있는 것 아냐? 향수 냄새가 나는 게 아니고 밀가루 반죽 냄새가 나거든. 역시 이런 CF에는 연예인을 써야 한다구."

이동순 아저씨가 담배를 우적우적 씹으며 말했다.

"모델은 최곱니다. 연예인들은 TV 속에 있는 것 같지만 우리

모델은 집안 거실에 있는 분위기거든요. 그걸 제대로 표현해보
자는 게 이번 광고의 컨셉입니다."

이동순 아저씨의 말을 듣는 순간 나는 아저씨가 우리 엄마에
게 빨리 프로포즈를 해췄으면 좋겠다는 느낌을 받았다. 그리고
그런 느낌을 받았다는 것 때문에 나는 나한테 화가 나서 쪼르르
화장실로 달려갔다.

내가 엄마의 차 안에서 잠을 잘 수밖에 없었던 이유는 물론 촬
영이 밤 열두시를 넘길 정도로 늦게까지 계속되었기 때문이었
다. 나는 영화에 관한 한 박사라고 할 수가 있는데도 일 분짜리
하나, 삼십 초짜리 하나, 이십 초짜리 하나를 찍는 데 그렇게 시
간이 걸릴 줄은 정말 모르고 있었다. 다 합해 봤자 광고는 일 분
오십 초밖에 되지 않는데 정말 너무한다는 생각이 들었다. 그래
서 구경하는 것도 시들해져서 엄마의 차 안으로 들어갔는데 그
만 잠이 들었던 것이다.

내가 잠에서 깨어난 것은 향수 냄새 때문이다. 엄마가 나를 깨
우자 나는 엄마의 얼굴보다도 향수 냄새를 먼저 맡았다.

"으윽……이건 무슨 냄새?"

"이건 세상에서 제일 지독한 냄새?"

엄마는 이렇게 말하며 내 볼을 툭툭 쳤다.

"엄마는 앞으로 평생 동안 향수 같은 건 안 쓸 거야. 골치가
아파서 혼났어."

엄마는 정말 끔찍한 일을 당했다는 표정이었다.

"이제 보니 이동순 아저씨도 굉장한 악질이야. TV에서 향수
냄새 같은 건 나지도 않을 텐데 끝까지 향수를 뿌리고 찍자는 거

있지? 엄마는 덕분에 향수로 목욕을 한 기분이란다."

나는 잠에서 깨어나면서 엄마가 이동순 아저씨를 좋게 생각한다는 걸 알았다. 엄마는 자기 맘에 들지 않으면 절대로 악질 운운 하는 말 따위는 쓰지 않는다. 엄마가 악질이라고 말을 할 때는 그 사람이 썩 훌륭하다는 뜻이다.

엄마가 아빠를 제일 맘에 들어한 것은 아빠가 엄마 생일에 다이아몬드를 선물했을 때였다. 그때 엄마는,

"어머? 당신은 정말 악질이군요! 이건 너무 심했어요! 엄마가 아주 뒤집어지겠죠? 하여튼 당신은 뚱딴지 악질이야!"

그럴 때나 쓰는 '악질'이란 말을 이동순 아저씨에게 쓰다니, 엄마는 아저씨하고 어쩌려고 이러지?

내가 이렇게 머릿속으로 복잡한 생각을 하고 있을 때 엄마가 너무 미안하다는 얼굴로 나에게 부탁을 했다.

"그런데 어쩌면 좋니? 모두들 어디로 몰려가서 한잔씩들 할 모양인데. 우리 현동이가 너무 불쌍해."

나는 엄마의 향수 냄새에 잠이 다 달아났으며 엄마의 보호자라는 생각이 다시금 고개를 들었다.

"내가 왜 불쌍해요? 이 세상에서 제일 아름다운 엄마의 아들인데. 난 엄마가 가는 데는 지구 끝까지라도 따라갈 거예요."

나는 지구 끝까지 가기도 전에 아빠의 라이벌이자 나의 라이벌이 될 아저씨를 만나게 된다. 아빠는 지금 비록 엄마와 이혼을 한 상태지만 엄마를 사랑하지 않는 것은 아니다. 나로 말하자면 아직은 호명이나 담혜가 성숙한 애인이라고 보기엔 어려운 입장이 아닌가? 이게 무슨 말이냐 하면 아빠와 나는 누가 뭐라고 해도 현재까지는 엄마의 애인들인 것이다.

236

내가 잠시 후에 만나게 될 아저씨는 아빠나 내가 지금까지 만나본 적이 없는 아주 강한 상대였다. 왜냐하면 그 라이벌 아저씨는 엄마가 남자에게서 바라는 것들은 모두 갖추고 있는 이상적인 사나이였으므로. 자, 이제는 엄마가 원하는 것들을 모두 갖추고 있는 무시무시한 아저씨를 만나러 가보자.

엄마와 내가 밤 열두시도 넘은 시간에 간 곳은 어느 호텔의 스카이라운지였다. 나는 엄마와 같이 창 쪽에 앉았는데 커다란 유리창 밖으로는 야경이 펼쳐져 있었고 강물은 어둠 속에서 굽이치며 번쩍거렸다. 나는 우디 앨런의 영화를 봐도 밤풍경을 유난히도 좋아하는 체질이어서 주로 창 밖을 바라보고 있었다.
"현동이는 스카이라운지의 멋을 아는 아이군요."
엄마 앞에 앉아 있는 중년의 아저씨가 외화를 더빙하는 것 같은 근사한 목소리로 말했다. 그러나 나는 쌀쌀맞은 표정을 지었다. 누군지도 모르는 아저씨가 만나자마자 우리 엄마를 좋아하는 눈치였으므로. 다른 사람들은 눈치를 채지 못했는지 모르지만 나는 척 보면 알 수가 있다. 안경을 낀 리처드 기어처럼 생긴 아저씨는 나만 없다면 엄마에게 좀더 적극적으로 추근거릴 것이 틀림없어 보였다. 이 아저씨는 내가 호명이에게 그랬던 것처럼 엄마의 관심을 끌기 위해 점잔을 빼고 있다.
"난 우리 아빠랑 이런 델 자주 왔거든요. 스카이라운지의 멋을 진짜로 아는 분은 우리 아빠세요."
아, 비록 엄마와 아빠가 이혼을 한 상태이긴 하지만 나는 아빠의 아들이 분명한가 보다. 나는 점잖은 아저씨를 경계하는 마음이 생겨서 부러 아빠 얘기를 했다. 나는 엄마의 상대로는 아직도 아빠뿐이라고 믿고 있는지 엄마에게 관심을 주는 아저씨들을 보면 괜히 심술이 난다. 만약 점잖은 아저씨가 나의 흥미를 끌지 못했다면 나는 자리가 파할 때까지 계속 그랬을 것이다. 그런데 그 아저씨는 한순간에 나를 사로잡고야 말았다.

"그래? 현동이 말을 듣고 나니까 현동이 아빠를 만나보고 싶구나. 아들을 데리고 이런 데를 자주 오시는 분이라면 틀림없이 나와 통하는 분일 거야. 내 생각에는 현동이가 틀림없이 재키 쿠간을 좋아하는 것 같은데? 맞니?"

아니, 이럴 수가? 이 아저씨가 어떻게 재키 쿠간을 알지? 게다가 내가 재키 쿠간을 좋아한다는 건 또 어떻게 알았을까?

나는 신선한 충격을 받았다. 사실 우리 아빠 같은 일부 비현실적인 사람들을 빼면 어른들은 영화에 대해서 얘기를 하는 법이 없다. 어른들이 제일 좋아하는 얘기는 부동산이나 증권에 관한 것들뿐이다. 그게 아니면 좀 듣기 거북한 얘기지만 여인들에 대해서 얘기를 주고받는다. 그렇지 않으면 주위 사람들에 대해 험담을 하는 것으로 시간을 보낸다. 이래서 나는 어른들이란 재미없고 심술궂은 사람들이라고 생각을 해오고 있었다. 그런데 이 아저씨의 입에서 재키 쿠간의 이름이 나오다니? 나는 감색 양복을 입은 아저씨가 너무 신기하게 보여서 당장에 의심스런 기분이 되었다. 이 아저씨도 우리 아빠처럼 엉뚱하고 괴상한 분이 아닐까 하는. 아빠에 대해서는 미안한 얘기지만 난 아빠를 나이 든 어린이 정도로 생각을 할 때가 있다. 이 아저씬 혹시 건달이 아닐까? 아빠 친구들은 모조리 건달인데 이 건달 아저씨들은 뭉쳤다 하면 영화, 퍼포먼스, 기행, 괴담 등의 얘기만 한다. 제대로 직업을 가진 어른들하고는 전혀 다르게.

"옴마……아저씨가 어떻게 재키 쿠간을 알아요?"

나는 '아저씨 혹시 건달 아니에요?' 라고 물을 뻔했다. 하지만 아저씨의 품위있는 모습이 건달과는 너무 달라 보여서 차마 그렇게 묻지는 못했다.

"알다뿐이니? 재키 쿠간은 내 영웅이었는데. 재키 쿠간은 찰리 채플린의 친구 아들이었지. 채플린은 말야, 자기의 어린 시절, 그러니까 런던에서 보냈던 불우한 고아원 시절을 생각해서 〈꼬마(the kid)〉란 영화를 만들었는데 재키 쿠간이 채플린과 같이 주인공을 맡았어. 그게 아마 1921년이었을걸?"

미치겠다. 이 아저씨의 입에서는 재키 쿠간의 모든 것이 술술 잘도 나오고 있는 것이다.

"그때가 재키 쿠간이 몇 살 때였죠?"

나는 아저씨의 말을 듣고도 의심을 풀 수 없었다. 양복을 입고 있는 아저씨가 요즘 영화도 아닌 채플린의 영화에 대해서 알고 있다는 사실이 믿어지지 않았다.

"그야 그때가 아마 쿠간이 다섯 살 때였을 거야. 맞니?"

"우와."

"우와가 아니에요. 〈the kid〉는 러닝 타임이 팔십 분이었는데 채플린과 쿠간 외에도 에드나 푸비앙, 칼 밀러, 톰 윌슨 등이 공연을 했지. 이 영화는 데이비드 와크 그리피스 감독이 만든 〈국가의 탄생〉 다음으로 무성영화로서는 관객을 많이 끌어들인 화제작이었어."

이건 강적이구나! 하는 느낌이 순간적으로 몰려드는 것이었다. 나는 사실 채플린과 쿠간만 알고 있었지 다른 배우들에 대해서는 이름조차도 외우지 못하고 있었던 것이다.

"그런데……아저씨는 누구세요?"

내가 궁금증을 참지 못하고 묻자 웃음이 터졌다.

"얘가 좀 이래요. 현동아, 아까 이 아저씨하고 인사를 했잖아? 엄마가 모델로 출연하는 오로라 향수 회사 사장님이셔."

"그래요? 아저씨, 미안해요. 난 우리 아빠 외에는 남자 어른들에 대해서는 관심이 없어서요."

"그럴 거야. 재키 쿠간을 좋아하는 아이라면 여자 어른들에 대해서만 관심이 있지."

"그걸……어떻게 아세요?"

"〈the kid〉에서 쿠간은 여인들은 훌륭하고 아름다운 사람들이고 남자 어른들은 무섭고 나쁜 사람들로 그려져 있잖니?"

"난……지금 죽겠군요. 사장님은 내가 쿠간을 좋아하는지 어떻게 아셨어요?"

"지금 네가 쓰고 있는 모자하고 멜빵이 재키 쿠간 패션이거든. 요즘엔 찾아보기 힘든 옷이지. 안 그러니?"

"맞아요! 사장님, 우리 정식으로 인사해요! 전 박현동이에요!"

"난 배현수라고 불러. 만나서 반갑다. 우리 다음에는 영화관에서 만날까?"

나는 그제야 엄마가 신경이 쓰였다. 그러나 엄마는 싱글싱글 웃고 있었다.

나 ― 그런데 요즘엔 영화를 싫어하거든요.

사장 ― 그래? 왜? 그게 말이 되니?

나 ― 그렇게 됐어요. 엄마, 나 요즘엔 통 영화 같은 거 안 봐요. 진짜예요.

엄마 — 누가 뭐래니?

사장 — 그게 무슨 말입니까? 현동이가 왜 엄마한테 그렇게 말하죠?

엄마 — 전 현동이가 영화감독이 될까 봐 걱정이거든요.

사장 — 그거야말로 이상하군요? 무슨 특별한 이유가 있습니까?

엄마 — 그거야……앤 한 가지를 좋아하게 되면 너무 푹 빠지는 버릇이 있어서요.

사장 — 이럴 수가!

나 — 난 절대 안 본다니까요!

사장 — 푹 빠지는 게 얼마나 좋습니까?

엄마 — 푹 빠지는 것까지는 좋은데 애는 너무 푹 빠져요. 숙제도 안 해가고 밥도 안 먹고 그렇다니까요.

나 — 대신 핫도그 같은 걸 먹었어요!

엄마 — 넌 그게 문제야. 핫도그 같은 거만 먹으면 되니?

사장 — 안 되죠. 현동아, 밥 먹고 영화 보면 되잖아?

나 — 밥 잘 먹을게요, 엄마.

엄마 — 오늘은 제가 불리한 자리 같은데요?

감독 — (이동순 아저씨는 가만히 있다가 끼여들며) 그렇군요, 나도 현동이 편이니까요.

엄마 — 됐어요, 그만 하죠.

사장 — 안 됩니다. 우린 다음엔 영화관에서 만나야겠어요.

나 — 난 우리 엄마 편이에요.

엄마 — 그래, 고맙다.

나 — 그런데 배현수 사장님은 어떻게 그렇게 영화에 대해서 잘 아세요?

사장 — 앞으로 영화를 제작할 사람인데 영화를 몰라서야 되겠니?

나 — 우와—.

사장 — 이번엔 왜 우와 — 니?

나 — 우린 너무 잘 만났어요. 난 영화감독을 할 사람이거든요!(아뿔싸! 엄마가 옆에 있는데 이런 실수를!)

사장 — 정말 잘 만났구나. 우리 동업하자.

나 — 엄마……저 괜히 해본 소리예요.

엄마 — 아냐, 현동이 네 진심을 알았어.

나 — 그게 아니라니깐요. 배현수 사장님, 취소예요.

사장 — 그건 곤란한데? 운영 씨, 무슨 문제가 있습니까?

엄마 — 벌써 문제가 있잖아요? 얘는 지금 진심으로 얘기를 하고 있는 거라구요.

사장 — 나도 진심입니다.

감독— 운영 씬 오늘 임자를 만난 겁니다.

엄마 — 그렇군요. 진심이라니, 고맙습니다.

사장 — 제가 현동이하고 영화관에서 만나도 되겠습니까?

엄마 — 현동이가 좋다고 하면요.

나 — 좋아요!

사장 — 통과!

엄마 — 사장님은……현동이 아빠하고 닮은 점이 많으신 것 같아요.

사장 — 현동이 아버님을 꼭 만나뵙고 싶군요.

나 — 문제없어요! 배현수 사장님, 토요일에 시간 있으세요?

242

배현수 사장 아저씨는 확실히 나에게 관심이 많았다. 다른 이유가 아니라 내가 우리 엄마 아들이라는 사실 때문에. 바로 이점이 나를 헷갈리게 했다. 배현수 사장 아저씨가 마음에 들기는 하지만 아빠의 연적이 된다는 점이 마음에 걸린 것이다. 만약 우리 아빠가 배현수 사장 아저씨가 엄마를 좋아한다는 사실을 알면 반쯤은 뒤집어질 것이다. 우리 아빠도 이상해. '그녀'를 좋아하면서도 왜 뒤집어져야 하는 것일까? 나는 더 이상하다. 아빠가 뒤집어진다는 사실을 알면서도 그게 왜 당연하게 생각이 되지? 아빠가 '그녀'를 좋아하면 뒤집어질 필요가 없다고 생각을 하면서도 말이야.

최고로 이상한 것은 엄마다. 엄마는 배현수 사장 아저씨가 나와 함께 엄마도 영화 시사회에 초대를 하자 무턱대고 화를 내는 것이었다.

"내가 자기 회사 향수 모델을 했으면 그것으로 됐지, 왜 나를 초대해? 난 절대로 안 간다. 현동이 너 혼자서 가!"

이렇게 핏대를 올리면서도 우아한 드레스를 새로 드라이크리닝해서 차려입고 나서는 것이었다. 엄마는 배현수 사장 아저씨가 마음에 든다는 것일까, 아니면 미워 죽겠다는 것일까?

"엄마, 가기 싫으면 가지 마세요. 내가 아빠한테 얘기를 할게요."

"그게 무슨 소리니? 엄마가 아빠하고 무슨 상관이야?"

"왜 상관이 없어요? 아빤 엄마가 다른 아저씨하고 같이 있는 걸 알면 화를 낼 텐데요?"

"흥, 미쳤지. 가자 가! 엄마가 왜 못 가니?"

엄마는 이렇게 신경질을 내면서 바나나를 세 개나 먹었다. 내가 알기로 이것은 기록이다. 엄마는 바나나를 한 개 이상은 절대로 안 먹는데. 그리고 엄마가 바나나를 먹는다는 것은 지금 신경이 바짝 곤두서 있다는 것을 알려주는 신호인데. 엄마가 바나나를 세 개나 먹었으니 누구든 조심하지 않으면 안 된다. 나는 이런 사실을 배현수 사장 아저씨에게 알려줘야 한다고 생각했다.

그러나 엄마와 내가 배현수 사장 아저씨의 개인 영화시사실에 도착하자 엄마는 젤리 병을 핥고 있는 고양이처럼 그렇게 얌전하게 굴 수가 없었다. 우리 동네에서 살고 있는 도둑 고양이 '조로'는 쓰레기통에서 젤리 병을 찾아내기만 하면 수줍은 여자아이처럼 조용해진다. 젤리 병을 핥기에 바빠서. 도둑 고양이의 이름을 '조로'라고 붙인 것은 물론 나다. 프랑스 영화 〈쾌걸 조로〉에서 이름을 따왔는데도 동네 아저씨들은 이름을 듣더니 "저녀석이 조로(朝老)해서 마누라한테서 쫓겨났군" 하며 낄낄 웃는 것이었다. 그게 무슨 말이냐고 물으니까 남자들은 꼬추가 제맘대로 안 되면 쫓겨나는 수밖엔 도리가 없다고 하며 또 낄낄. 체, 어른들은 모든 걸 성(性)적인 문제로 보는 통에 얘기가 안 된다니깐. 나아 참……오죽하면 우리 반 강성기란 아이는 어른들 등살 때문에 이름을 바꾸기까지 했을까? 이름을 바꿨더니 또 왜 그좋은 이름을 바꿨느냐고 야단을 부리더라니깐!

엄마는 뾰족구두를 신고 있었는데도 발걸음 소리를 전혀 내지 않았으며 차를 마실 때도 그렇게 얌전할 수가 없었다. 엄마는 신경질이 뻗쳐 있을 때는 커피도 숭늉을 마시듯이 후루룩 소리를 내며 털어 마시는데.

헌데 사실은 엄마가 얌전하게 굴 수밖엔 없었을 것이다. 배현수 사장 아저씨의 영화 시사실은 엄마는 물론 나도 끽 소리를 내지 못할 정도로 굉장한 것이었으니까. 아저씨는 지하실 전체를 영화관으로 꾸며놓고 있었는데 조명과 음향효과, 그리고 소파의 부드러움은 입 안에서 녹는 초콜릿을 생각나게 할 정도였다. 하지만 내가 최고로 기가 죽은 것은……그 영화관(이것은 당연히 영화관이라고 불러야 할 정도의 것이었다!)의 한쪽 벽이 온통 영화 필름으로 가득 차 있다는 사실이었다!

나는 마치 〈시네마 천국〉에 나오는 토토가 된 기분이었다. 쥐세페 토르나토레 감독이 1989년에 만든 〈시네마 파라디소(Nuovo Cinema Paradiso: 시네마 천국)〉에서 쥐세페 토르나토레 감독의 어린시절의 배역인 토토는 늙은 영화기사 알프레도의 친구가 되어 얼마나 행복해 했는가? 토토가 영화 필름 속에 갇혀서 행복해 했던 것처럼 나도 배현수 사장 아저씨의 필름들을 보면서 헛배가 불러와 숨을 쉬기가 거북할 정도였다. 그래서 이런 말이 불쑥 튀어나왔을 것이다.

"여기엔 영화관에서 잘려나간 키스 신 같은 것들도 다 모아져 있나요?"

〈시네마 파라디소〉에서 유명한 영화감독이 된 토토(쥐세페 토르나토레)는 영화기사 알프레도가 죽자 고향으로 돌아와 알프레도가 모아둔 필름 조각들을 보게 된다. 그 필름 조각들은 동네의 신부님이 영화에서 잘라낸 키스 신들을 모아놓은 것들이었다. 배현수 사장 아저씨는 내 말이 무슨 말인지를 단번에 알아들었다.

"현동이가 〈시네마 천국〉이란 영화를 생각하고 있구나. 여긴 그런 필름을 모아놓은 건 없다. 그럴 필요가 없지. 이 필름들은 하나도 잘려나간 것이 없으니까."

"아……여기가……진짜 영화관이군요……?"

"글쎄……잘려나가지 않은 영화를 볼 수 있는 곳이 진짜 영화관이라면 현동이 말이 맞지. 〈시네마 천국〉에서 돌아온 토토, 그러니까 쥐세페 토르나토레 감독이 영화를 보고 뭐라고 했지?"

"영화는……아름다운 꿈이라고 했어요."

"영화는 아름다운 꿈에 불과하다고 했어."

"그게 어떻게 달라요?"

"영화는 아름답지만 영화를 만드는 것은 쓸쓸하다는 뜻이 아닐까?"

"영화관이 주차장이 되죠?"

"〈시네마 천국〉에서는 그렇지. 여기서는 더 나쁜 것이 된단다. 예를 들자면 카바레 같은 곳……."

"……?"

"아저씨가 어렸을 때 우리 집에서 영화관을 했어. 그런데 얼마 전에 가보니까 카바레가 됐더구나. 현동이는 카바레가 어떤 곳인 줄 아니?"

"〈카바레〉란 영화도 보았는걸요?"

"결국 영화를 만드는 것은 쓸쓸한 것인데 넌 왜 영화를 만들려고 하지?"

"……영화를 보면 슬픈 생각도 안 나잖아요?"

"어떤 슬픈 생각?"

"그건……말할 수 없어요."

나는 엄마와 아빠가 다투고 미워하고 결국엔 이혼을 했다는 사실이 슬프다. 그러나 난 이런 얘기는 죽어도 안 한다. 엄마와 아빠를 사랑하니까.

246

"그래, 영화를 보면 슬픈 생각이 안 나지. 현동이하고 말이 통하니까 아저씨는 너무 기분이 좋구나. 현동이가 우디 앨런을 좋아한다고 했지?"

"예."

"그래서 우디 앨런 영화를 준비했다. 운영 씨도 괜찮죠?"

"두 분이 얘기를 하는 걸 듣고 있으니까 쓸쓸한 건 나군요."

엄마는 웃었다. 그런데 엄마는 쓸쓸한 것이 아니라 마음이 놓인다는 표정을 짓고 있었다. 나는 엄마가 배현수 사장 아저씨를 좋아하게 될지도 모른다고 생각을 하자 감기약을 마신 것처럼 어지러웠다.

〈브로드웨이 대니 로즈(Broadway Danny Rose)〉

이 영화는 우디 앨런이 1984년에 만든 것으로 한국인 입양녀인 순이 패로와 같이 살기 전에 만든 것이다. 그러니까 우디 앨런이 아직은 미아 패로와 함께 살 때 만든 것으로 여자 주인공은 당연히 미아 패로. 그리고 우디 앨런과 친한 닉 아폴로 포트가 공연을 했다. 나는 이 영화를 비디오 가게에서 구해보지 못했기 때문에 오랫동안 못 하고 미루었던 숙제를 해치우는 기분이 되었다.

내가 왜 이렇게 우디 앨런을 좋아하느냐고? 그건 아빠가 우디를 좋아하기 때문. 아빠에게 내가 〈브로드웨이 대니 로즈〉를 봤다고 하면 아빠는 어떤 얼굴이 될까? 그것도 엄마를 좋아하는 것이 분명한 배현수 사장 아저씨의 개인 시사실에서 봤다고 하면?

사장 — 현동이는 귀여운 아이군요.

엄마 — 저한테는 귀여운 것 이상이죠.

사장 — 현동이를 보니까 내 아들녀석이 생각납니다. 지금은
　　　 훌쩍 커버렸지만 현동이만할 때는 영화를 무척 좋아
　　　 했죠.
엄마 — 지금은 안 좋아하나요?
사장 — 나를 미워하거든요.
엄마 — 왜요?
사장 — 자기 엄마를 버렸다고 생각하고 있어요.
엄마 — 그렇군요.
사장 — 현동이가 우디 앨런의 유머와 인생에 대한 냉소를 알
　　　 까요?
엄마 — 설마 그럴 리가 있겠어요? 지 아빠가 좋아하니까 괜히
　　　 그러는 거죠. 아빠한테서 영화 얘기를 너무 많이 들
　　　 어서 그러는 것뿐이에요.
　　　 (아니, 엄마가 이럴 수가!)
사장 — 영화, 재미있었습니까?
엄마 — 예.
사장 — 우디 앨런은 우리가 생각하고 있는 인생에 대해서 정
　　　 말 그럴까 하고 정색을 하고 물어보는 것 같거든요.
엄마 — 그런 해석이 재미있다고 생각해요.
사장 — 내 해석 말입니까?
엄마 — 아뇨, 우디의 해석요.
사장 — 그렇다면 이걸 물어봐도 되겠군요. 이혼이 결혼의 실
　　　 패인가요?
엄마 — 우디는 그렇게 생각하지 않는 것 같더군요.
사장 — 우디는 인생의 과정이라고 생각하겠지요.

엄마 — 전 우디의 생각에 전적으로 동감할 수는 없어요.

사장 — 어떻게 생각을 하시죠?

엄마 — 후회스러운 게 많아요.

사장 — 저도 그렇습니다. 특히 지금 그래요.

엄마 — 지금이라구요?

사장 — 지금 나한테 그런 기억이 없었으면 좋겠다는 생각을 하고 있어요.

엄마 — 그런 기억이 없어지지는 않겠지요.

사장 — 난……그 동안 여자를 무서워하거나 싫어했는데…… 지금은 그런 생각을 안 합니다. 갑자기 그렇게 됐어요.

엄마 — 잘됐군요.

사장 — 운영 씨가 CF를 찍는 모습을 보면서 그런 기분이 됐죠. 이런 얘기를 해도 되겠죠?

엄마 — 전……불편해요.

사장 — 운영 씨가 날 불편하게 생각하지 않았으면 좋겠군요. 그런 날이 오기를 기다리겠습니다.

엄마 — 오늘, 영화 잘 봤어요. 우디 앨런의 영화는 이젠 그만 바보짓을 해도 된다고 말해주는 느낌이에요.

사장 — 오늘 내가 굉장한 성공을 했군요.

이상은 내가 화장실에 갔다 돌아오다가 엿들은 엄마와 배현수 사장 아저씨의 대화 내용이다. 어어, 이제 우리 아빠 큰일났다! 배현수 사장 아저씨는 진짜 아빠의 라이벌이 되려고 하나 봐!

인생이란 콘칩과 같은 것

나는 엄마와 배현수 사장 아저씨의 관계에 대해서 절대로 아빠한테는 말하지 않을 생각이었다. 그러나 나는 참 이상한 놈이다. 얘기를 하지 말아야 한다고 결심을 할수록 틀림없이 말을 하고 마니까. 변명을 하자면 이것은 내가 입이 싼 탓이 아니라 인생의 장난이라고밖에 말할 수 없다. 이번 인생의 장난은 내가 배현수 사장 아저씨의 개인 시사실을 다녀온 다음다음날, 그러니까 그 주의 주말에 발생했다. (아, 이 얘기를 하려니까 벌써부터 식은땀이 난다. 그리고 사람의 목숨은 참으로 질기다는 감상이 떠오른다. 아무래도 얘기가 길어질 것 같지만 하는 수 없다. 이제 시작을 한다.)

나는 그날 수업이 끝나자 교문을 나오다가 깜짝 놀라서 뒤집어지는 줄 알았다. 아빠가 선글라스를 쓰고 제프 브리지스처럼 거만한 표정으로 4WD 지프 옆에 서 있었기 때문이었다.

나는 처음에 선글라스를 쓴 제프 브리지스가 설마 우리 아빠일 리는 없다고 생각했었다. 그런데 그 제프 브리지스가 내 어깨를 툭 치며 꼭 제프 브리지스처럼 담배를 질겅질겅 씹으며 씨익 웃는 게 아닌가? 아빠의 옷차림은 거의 XX세대풍의 피카소족을 방불할 정도였다. (박현동 주 — 아빠는 자기가 피카소족의 원조라고 주장을 한다. 아빠는 그림을 그리는 친구들과 어울리기 위해서 옛날부터 홍대 앞의 카페에 출입했는데 압구정동에 신물이 난 오렌지족들이 홍대 앞으로 몰려들어서 오늘날의 피카소족이 되었다는 것이다. 그러나 아빠의 말에는 엉터리가 많다. 피카소족이라면 당연히 오래전부터 고급 승용차를 운전할 줄 알아야 하는데 아빠는 이제야 운전면허를 땄지 않은가? 난 그날 아빠가 4WD 지프를 몰고 와서야 비로소 아빠가 운전면허 시험에 합격을 한 줄 알았다. 그리고 참, 제프 브리지스는 담배를 제일 거만하고 멋지게 피워대는 배우 가운데 하나다. 실제로 확인을 하고 싶으면 가까운 비디오숍에 가서 〈피셔 킹〉을 빌려다 보시도록.)

"아니, 아빠! 이게 어떻게 된 거예요? 면허도 없이 차부터 몰고 나오면 어떻게 되느냐구요?"

나는 그때까지만 해도 설마하니 아빠가 운전면허 시험에 합격을 했으리라고는 상상도 하지 못했다. 도대체 그럴 리가 없지 않은가? 아빠처럼 기계를 무서워하는 사람이라면 당연히 일 년 정도는 걸려야 운전면허증을 교부받을 수 있으리라고 예상을 했으니까.

내가 혹시나 경찰에게 걸릴까 봐 두리번거리며 말하자 아빠는 거만한 표정으로 거드름을 피우며 말했다.

"아빠가 면허가 없다고? 흐응, 그건 벌써 옛날 얘기야. 아빠가 면허가 없다면 그럼 이건 뭐란 말이냐?"

아빠는 담배를 질겅질겅 씹으며 지갑을 열어서 운전면허증을 보여주었다. 아직 손때가 묻지도 않은 채 반짝거리는 운전면허증에는 분명히 아빠의 증명사진이 붙어 있었다.

"아니, 아빠…….. 이럴 수가……? 아빠, 어떻게 된 거예요?"

"현동이 넌 말야, 지금까지 아빠를 잘못 봤어요. 아빠는 시시하게 운전면허 시험에 떨어지고 재수가 없었다고 변명이나 하는 그런 사람이 아니야. 아빤 말이지, 단번에 쫘악— 붙었다는 거 아니냐?"

아빠가 운전면허증까지 증거로 제시를 하고 있는 마당에 나는 더 이상 아빠를 의심할 수가 없었다. 그렇다고 내 놀라움이 줄어들 수는 없는 일이었다.

"아빠가 단번에 붙었다구요? 면허시험장에 무슨 일이 생겼나요? 불이 났어요?"

"아빠가 시험을 본 날에는 비까지 내리고 있었어. 불 같은 건 나지도 않았지만 불이 났다 해도 별일이 일어날 수가 없는 상황이었다구. 아마 대한민국 운전면허 소지자 중에서 아빠처럼 단번에 필기와 실기를 합격한 사람은 손가락으로 셀 수 있을 거다. 아빠가 이런 사람이야."

보통일을 가지고 아빠가 이렇게 거드름을 피웠다면 나는 더 이상 못 봐주었을 것이다. 그러나 이것은 다른 것도 아니고 운전면허에 관한 것이 아닌가? 나의 놀라움은 곧 감탄으로 바뀌었다.

"아빠는 혹시 천재가 아닐까요? 아빠가 이럴 수는 없는 일 아니겠어요?"

아빠는 내 말이 마음에 들었는지 거드름을 띠던 얼굴이 바뀌

었다. 이제는 아빠 자신도 이게 어찌된 일인지 모르겠다는 표정
으로.

"사실 아빠는 지금도 정신이 하나도 없다. 그냥 정신없이 악셀
을 밟고만 있었는데 딩동댕— 박공엽 씨, 합격입니다— 하는 아
나운서의 멘트가 나오는 거야. 이게 말이나 되니?"

"그러니깐 아빠는 운전의 천재란 말예요. 자, 당장 차를 타고
어디로든지 멀리 떠나자구요. 오케이— 렛츠 고우웃—."

내가 흥분을 해서 기염을 토하자 아빠는 카레이서들이나 끼는
총천연색 장갑을 꺼내들며 운전석으로 올라섰다.

"그래도 아들놈밖에 없구나. 이자식들은 어떻게 된 게 내 차에
타라고 하면 금세 죽기라도 하는 표정을 짓는 거 있지? 쳇, 짜아
식들. 누가 태워주나 봐라. 지들만 손해지."

나는 아빠가 이렇게 말을 할 때 앞으로 무슨 일이 생길 것인지
예상을 했어야 했다. 그러나 그때는 나 역시 흥분한 상태였다.

"아빠한테 쫑이 있는데 뭐가 문제란 말예요? 운전시험은 괜히
치는 게 아니잖아요?"

"아무렴. 그런 놈들 때문에 대한민국이 지금까지 이 꼴 아니
냐? 오대양 육대주로 벌써 뻗어나갔어야 하는데 이게 무슨 창피
냔 말야?"

아빠도 기염을 토하긴 했으나 어쩐지 당황한 듯한 태도를 보
였다. 내가 조금만 침착했다면 아빠에게 언제 면허를 땄는지, 시
내연수를 받았는지, 시내교통에 대해서 자신이 있는지 따져봤을
것이다. 그러나 나는 이제 겨우 아홉 살, 정확하게는 이 세상에
태어난 지 팔 년이 채 안 된 나이다. 나는 어서 빨리 아빠가 나
를 태우고 고속도로를 씽씽 달려서 근사한 곳으로 데려다주기만

을 원했던 것이다.

"그럼요, 이젠 아무도 아빠를 운전 못 하게 할 사람은 없다구요!"

운이 좋았건 순 요행수로 면허를 땄건 사실 이제는 아빠에게 운전을 못 하게 할 사람은 아무도 없다. 하지만 운전에 있어서 진짜로 중요한 것은 쫑이 아니라 실력이라는 사실을 나는 뼈저리게 느끼게 된다. 아빠는 출발할 때부터 시동을 꺼뜨리더니 곧이어 걷잡을 수 없는 사태를 만들어내기 시작했다.

"아빠, 이 지프는 아빠가 산 거예요?"

"거럼. 아빤 말야, 운전면허시험 보는 날에 맞춰서 지프를 인도받으려고 미리 신청까지 해뒀다는 거 아니냐? 아빠는 칼이에요. 한 번 한다면 철저하게 준비를 하거든. 아빤 성격이 우물쭈물하는 건 질색이잖아? 사람들이 시시하게 준비도 못 해놓고……."

결과적으로 말한다면 나는 초보 중에 초보에 불과한 아빠에게 너무 많은 말을 시킨 셈이었다. 아빠는 말을 채 끝내기도 전에 도로 옆에 있는 노점상을 들이받았으며 그러고도 차를 멈추지 못해서 멀쩡하게 서 있는 담장을 들이받고 있었다.

쿠쾅!(노점상과 부딪히는 소리.)

부아앙. (그런데도 아빠의 지프는 계속 바퀴가 더 심하게 돌고.)

쾽!(이번에는 담장과 정면충돌하는 소리.)

아빠와 내가 그나마 안전띠를 하고 있었기에 망정이지 그렇지 않았으면 우리는 곧바로 병원으로 후송당했을 것이다. 과일 노점상 아저씨는 이게 웬 날벼락이야 싶어서 입을 쩍 벌리고만 있었고 사과며 귤, 딸기, 오렌지, 바나나 따위들은 제멋대로 도로

위를 구르며 장관을 이루고 있었다.

오 마이 갓……. 하나님 맙소사…….

나는 눈을 질끈 감아버렸다. 나는 운전면허증만 따면 일이 다 되는 줄 알았는데 이건 또 웬 날벼락이람?

너무도 어이가 없는 사고라서 그런지 노점상 아저씨는 어떻게 이런 일이 벌어질 수 있을까 하고 눈만 껌벅거렸고 담장이 무너진 집주인 아주머니는 아빠의 신원을 파악하기에 바빴다. 만약 그 자리에 경찰이 있었거나 고발정신이 강한 사람이 있었으면 아빠는 당장에 파출소로 끌려갔을 것이었다. 그러나 피해자 아저씨들이나 구경꾼들은 다행히도 무척 관대했다.

— 아니, 어떻게 이렇게 멀쩡한 길에서 사고를 다 낼 수가 있을까? 거, 재주네.

— 척 보니까 벌써 왕초보인데요, 뭐. 이봐요, 당신 언제 면허 땄어?

— 운전하는 사람이 무슨 진땀을 그렇게 흘립니까? 어디 냉수 없나? 어서 정신부터 차려야겠수다.

그들은 또 피해가 얼마나 났나 보다는 4WD 새 지프가 얼마나 헌 차가 됐나에 더 관심을 가졌다.

— 쯧쯧, 보아하니 이거 막 뽑아온 새 찬데 어째 이렇게 됐나? 이래서 차건 사람이건 주인을 잘 만나야 된다니까.

— 차들도 버릇이란 게 있거든. 처음부터 사고를 내기 시작하면 끝까지 사고를 쳐요. 자가용이 아니라 사고뭉치가 된다구.

— 견적이 꽤 나오겠는걸? 깨진 차는 못생긴 처녀보다 돈이 더 든다는데 이를 어째?

이런 와중에 아빠는 어떤 편이었느냐 하면, 어떻게든 경찰이 오기 전에 현장을 떠야만 한다고 조바심을 내고 있었다. 그래서 아빠는 노점상 아저씨에게 과분할 정도의 보상을 했으며 담장이 무너진 집주인에게는 수리비 전액을 물어주겠다는 서약서를 쓰고 주민등록증까지 잡힌 다음에야 풀려날 수 있었다.

나는 아빠의 기분을 생각해서 잠자코 있었는데 아빠는 엉뚱하게 이런 말을 하는 것이었다.

"이 차는 확실히 복덩어리야. 처음에 사고를 제대로 내야 효자 노릇을 한다지 않니?"

나는 아빠의 말이 얼마나 말이 안 되는지를 증명해주고 싶었으나 아빠가 내 눈치를 슬슬 보고 있었으므로 참기로 했다. 아빠가 내 눈치를 본다는 것은 아빠 자신이 생각을 해도 앞뒤가 안 맞고 있다는 것을 증명하는 것이니까. 그렇다고 내가 아빠의 말에 동조를 할 필요까지는 없었는데 이것 참 보세요. 나는 이렇게 말을 하고 있었다.

"아빠니깐 그 정도로 그쳤지 다른 사람들 같았으면 난 지금쯤 병원에 실려가 있을 거예요. 용기를 내세요, 아빠."

결론적으로 말을 하자면 나는 아빠에게 그런 말을 하지 말았어야 했다. 아빠는 용기 백배해지더니 이렇게 말했다.

"역시 아들놈밖에 없구나. 좋다, 기분이야. 우리 남산에 올라가자. 남산에 가서 서울을 내려다보며 시원하게 오줌이라도 한번 싸는 거야."

그러나 아빠와 내가 도착을 한 곳은 남산이 아니라 난지도 쓰레기 매립지였다. 아빠는 서울시내 교통지도까지 들여다보면서 열심히 남산을 찾아가려고 애를 썼으나 어떻게 된 게 아빠의 차는 갈수록 남산과 멀어지지만 했다. 그 동안 아빠는 신호위반에

세 차례나 걸렸고 급작스런 차선변경으로 여섯 차례나 충돌을 할 뻔했으며 아홉 번이나 시동을 꺼뜨렸다.

나는 그제야 아빠의 차를 시승한 것이 얼마나 무모한 모험이었는지를 깨달을 수 있었다. 아빠의 친구들이 아빠의 차를 '시한폭탄'이라고 부른 이유를 너무도 실감나게 몸으로 깨달을 수 있었다. 남산은 저 멀리로 뻔히 보이는데 자꾸만 멀어지기만 하니 마치 사막의 한복판에서 신기루를 본 기분이었다.

나는 아빠와 함께 난지도 쓰레기 매립지 위에 서서 피로와 막막함에 빠져 멍청하게 주위를 돌아다보고 있었다. 아빠는 난공불락의 요새를 공격하다가 지쳐 나자빠진 목소리로 힘없이 말했다.

"여긴 마치……산이로구나……."

"예……."

"쓰레기가 산이 될 정도로 쏟아지다니……앞으로 인류의 운명은 어떻게 될까……."

"그것보다는……이젠 우린……어떡하죠? 집으로 돌아갈 일이 아득하군요……."

"가만 있자……현동이 집은 어디고……아빠 오피스텔은 어디지?"

"우리 집은 저기고……아빠 오피스텔은 저기예요……."

"잘도 보이는구나. 여기가 남산보다 더 잘 보인다……뭐 구태여 남산에 갈 필요가 있겠니?"

"남산이 백두산보다 먼 게 아닐까요?"

"그래……택시만 타면 금방인데 남산을 저기에 두고도 못 가는구나……."

아빠가 낙천가라면 나 역시 낙천가다. 그러니 웬만해서는 이 부자(父子) 낙천가들이 이렇게 풀이 죽지는 않았을 것이다. 그러나 아빠와 내가 난지도 쓰레기 매립지 위에 서 있었을 때는 마치 엄청난 전쟁을 치르고 온몸에 상처를 입고 귀향한 병사와 같은 심정이었다. 나는 아빠에게 원기를 북돋워주고 싶었으나 적당한 말이 생각나지 않았다. 기껏 한다는 말이 —

"……아빠, 그래도 아빠와 내가 죽은 건 아니잖아요?"

"……그래, 아빠는 아직 안 죽었다. 쳇, 여기서 보니까 잘도 보이는구나."

"뭐가요?"

"새로 생긴 서부 운전면허시험장 말야. 아빠가 저기서 단번에 면허시험에 합격했다는 거 아니냐?"

정말 서부 면허시험장의 모습은 잘도 보였다.

"대한민국 면허시험은 좀더 엄격해질 필요가 있어요."

내가 나도 모르게 이 말을 하자 아빠는 큰 소리를 내어서 웃었다. 이런 웃음은 아빠가 자존심이 상했다는 표시이기도 하다.

"자, 또 출발을 해볼까?"

이 말은 아빠가 이번에는 뭔가를 보여주겠다는 결의를 나타낸 말이다. 나는 식은땀이 쫘악 흘렀다. 모르니까 그런 사경을 헤맸지 이제는 더 이상 아빠 차를 타고 싶은 생각이 없었다. 그러나 나는 아빠의 하나밖에 없는 아들 아닌가?

"그래요, 자아 그럼……또 시작을 해볼까요?"

이것이 결정타였다. 아빠는 용기를 내어 또다시 차에 시동을 걸고 출발을 했으나 곧이어 엄청난 시련과 부딪치게 된다.

아빠가 차를 운전하고 가는데 두 갈래의 길이 보였다. 하나는 고가도로로 올라가는 길이고 다른 하나는 고가 밑으로 가는 길이었다. 아빠는 판단이 서지 않은 김에 운전에 관한 한 문외한인 나에게 자문을 구하는 것이었다.

"얘, 현동아, 어디로 갈까? 위냐? 아래냐?"

나는 어쩐지 아빠가 고가 위로 올라갔다가는 걷잡을 수가 없는 사태가 벌어질 것만 같았다. 그래서 당연히,

"아래요."

아빠는 내 말이 떨어지기가 무섭게 고가 밑으로 달려가기 시작했다. 아마도 아빠 역시 고가 위로 달린다는 것에 자신이 없었을 것이다.

그런데 고가 밑으로 달려가자 아빠와 내 눈앞에는 엄청난 시련이 달려오고 있었다. 마치 괴물처럼 커다란 쓰레기 트럭들이 우리와 정면충돌을 하기 위한 것처럼 달려오고 있었던 것이다! 그것도 한두 대가 아니라 그야말로 수십 대가! 그것도 옆 차선이 아니라 바로 우리 차선으로!

쾅—.

꾸꽝—.

나는 분명히 그런 굉음을 들었다. 물론 내 상상 속에서. 만약 그 소리들이 상상 속에서가 아니라 실제로 들렸다면 아빠와 난 어떻게 되었을까?

그 고가 밑 도로는 쓰레기를 실은 트럭들이 전용으로 사용을 하는 일방통행로였다. 아빠는 급한 김에 나 몰라라 하고 운전대를 놓아버렸다. 마치 공룡처럼 생긴 거대한 트럭들은 아빠와 나를 향해 깔아뭉갤 것처럼 달려들고 있었다.

이제 내가 왜 아빠에게 배현수 사장 아저씨에 대한 얘기를 하

게 되었는지를 얘기할 때가 되었다. 아빠는 위기일발의 순간에 핸들을 놓아버리는 우를 범했지만 다행히도 브레이크만은 꽉 눌렀던 모양이다. (아빠는 훗날 이것이야말로 자신이 예민한 운동신경의 소유자라는 사실을 증명하는 것이라고 자랑을 하고 다녔다.) 그리고 그보다도 그 수많은 공룡군단(쓰레기 화물트럭들)들이 아빠의 무모한 돌진을 염려해 급정차를 한 덕으로 아빠와 나는 무사할 수가 있었다. 되돌아보건대 참으로 하나님은 아빠와 나의 편이었다. 이건 천우신조라고밖에 볼 수가 없는 현상이었으니까.

아래의 대화는 아빠와 내가 다시 난지도 쓰레기 매립지로 돌아와 한숨을 돌리고 나눈 대화이다.

나 — 아빠……벌써 저녁이에요…….

아빠 — 아무래도 지금 남산에 가기는 힘들겠지?

나 — 지금이 아니라도 남산에 가기는 힘들어요. 다음에 택시를 타고 가죠, 뭐.

아빠 — 현동이, 너 참 이상하게 말하는구나. 너 아빠를 어떻게 보니?

나 — 전 여전히 아빠를 사랑해요. 제가 걱정을 하는 건 아빠의 운전실력이라구요.

아빠 — 그만두자. 그게 그 말 아니냐?

나 — 그럼 아빠 좋으실 대로 하세요. 아빠 차로 남산엘 가죠, 뭐.

아빠 — 네 맘을 다 알았다. 너 말야, 다음에 택시 타고 혼자서 남산엘 가렴.

나 — 아빠는요?

아빠 ― 나야 무슨 상관이냐? 맘대로 해.

나 ― 아빠, 서운하세요?

아빠 ― 그게 아니라……. 나 자신에 대해서 한심하다. 이게 무슨 꼴이냐?

나 ― 초보운전이잖아요? 아빠처럼 용감한 초보는 대한민국에 없을 거라구요.

아빠 ― 아빤 아무래도 안 되겠다. 솔직히 말하자면 어떻게 해야 집으로 돌아갈 수 있을지 그것부터 걱정이다. 이러니 아빠가 엄마한테 쫓겨난 것도 당연해.

나 ― 아빠가 왜 쫓겨난 거예요? 아빤 희봉이 누나가 있잖아요?

아빠 ― 너까지 그런 소릴 하니? 아빤 엄마가 걱정이라서 그러는 거야. 아빠가 집에 없으면 사람들이 엄마를 얼마나 업수이 여기겠니?

나 ― 엄마 걱정은 안 하셔도 돼요. 엄마가 뭐 어린애예요?

아빠 ― 엄마한테는 남자가 필요해. 아빤 엄마한테 잘못한 게 너무 많아.

나 ― 괜찮다니깐요. 난 오히려 아빠가 걱정이에요.

아빠 ― 임마, 아빠가 무슨 걱정이야? 아빠가 여자들한테 얼마나 인기가 좋은데?

나 ― 엄마도 아저씨들한테 얼마나 인기가 좋다구요?

아빠 ― 현동이, 넌 임마 그러면 안 돼. 엄마를 걱정해야지 그게 무슨 소리냐? 엄마 옆에 남자라고는 너밖에 없잖아?

나 ― 배현수 아저씨도 있다니까요?

(나는 정말 덜된 녀석이라니까. 대체 왜 이런 얘기를 하난
말이다.)

아빠 ― 뭐? 배현수? 그게 누군데?

나 ― 오로라 향수 회사 사장님이에요. 얼마나 근사한 아저씬
데요?

(이것 봐. 난 이래서 안 된다니까.)

아빠 ― ……뭐? 오로라 향수?

     (나는 그제야 내가 뭔가 커다란 실수를 하고 있다는 것
     을 알았다)

나 ― 아, 아녜요. 엄마는 그냥 향수 모델을 하고 있다구요.
엄마는 딱 한 번 그 아저씨네 집으로 초대받았을 뿐이
에요.

(나의 연이은 실수!)

아빠 ― ……집으로 초대를……받아……?

나 ― 그게 아니구요, 엄마랑 나랑 그 아저씨 집에서 영화를
본 것뿐이에요. 아저씨네 시사실이 영화관보다 얼마나
작았다구요.

(실수는 실수를 부른다!)

아빠 ― ……뭐? 그 사람 집에 시사실도 있어?

아빠는 당시에는 놀람과 경악을 나타냈을 뿐 화를 내지는 않
았다. 아빠는 오히려 농담까지 했다. 아빠 개인 운전기사인 전
상무님을 호출해서 하루 동안에 열두 군데나 깨진 4WD 지프를
오피스텔까지 가져다놓은 후에. 아빠는 택시로 나를 집에 데려
다주기로 결정을 한 다음 나에게 참치덮밥을 만들어주며 이렇게

말했다.

　아빠 ─ 아빠는 말이다……고장난 라디오 같은 사람이야.
　나 ─ 헤에, 이상한 말씀. 라디오는 네모난데 아빤 둥그렇잖아
　　　　요?
　아빠 ─ 임마, 아빠가 왜 둥그렇냐? 이 정도면 날씬하지.
　나 ─ 날씬하다는 건 나 같은 사람을 두고 하는 얘기라구요.
　아빠 ─ 자식, 되게 잘난 체하네. 아빤 말이야, 지금까지 살면
　　　　서 아빠가 예상한 대로 된 적이 거의 없어. 그래서 하
　　　　는 말이야.
　나 ─ 내가 괜히 얘기를 했나 봐요. 아빠 지금 엄마한테 애인
　　　　이 생겼다니까 고민을 하시는 거죠? 없던 일로 하면 안
　　　　되나요?
　아빠 ─ 괜찮아, 임마. 아빠도 계산은 할 줄 아는 사람이야.
　　　　아빠가 엄마한테 얼마나 잘못한 게 많은데 그런 걸
　　　　가지고 고민을 하겠냐?
　나 ─ 그럼 뭐죠?
　아빠 ─ 내 생각엔……엄마한테 애인이 생겨도 다른 애인이
　　　　생길 줄 알았다. 예를 들자면 젊고 잘생긴 청년 같은
　　　　애인 말이야…….
　나 ─ 배현수 사장 아저씨도 잘생겼어요? 그렇게 할아버지도
　　　　아니구요.
　아빠 ─ 자식, 참 이상한 놈이네. 넌 누구 편이냐? 아빠 편이
　　　　야? 그 사장이란 작자 편이야?
　나 ─ 난 당연히 아빠 편이죠. 그렇다고 그 아저씨를 나쁘다고

만 할 수는 없잖아요?

아빠 — 봐, 임마. 넌 완전히 아빠 편은 아니야. 아빠 편이라
면 무조건 아빠 말이 옳다고 해야지.

나 — 그런 억지가 어딨어요?

아빠 — 원래 누구 편이 된다는 건 억지가 섞여 있는 거야.

나 — 알았어요, 뭐. 그 아저씨는 아주 나쁜 분이에요.

아빠 — 관두자. 그래 봤자 무슨 소용이냐?

나 — 아무래도 내가 말을 잘못했어요. 괜히 얘기를 했어요.

아빠 — 아니라니까. 아빠도 애인 때문에 엄마 속을 썩였으니
이런 정도야 감수를 해야지. 그 사람이 부자라니까
기분은 드럽게 나쁘다.

나 — 엄마가 그럼 가난한 아저씨하고 데이트를 하는 게 좋단
말예요? 난 그럼 싫은데.

아빠 — 넌 임마, 왜 그러니? 돈이 인생의 다냐? 요즘 애들은
정말 무섭다니까.

나 — 체, 그게 아니라니깐요. 엄마가 절약을 하시느라고 얼마
나 애를 쓰신다구요? 그런데 엄마가 가난한 아저씨에게
또 돈을 써봐요? 그럼 어떻게 되겠어요?

아빠 — 야, 현동아……. 너 알고 있냐?

나 — 뭘요?

아빠 — 그래, 아빠가 지난달에는 엄마에게 생활비를 못 줬다.
그렇다고 네가 그렇게 말할 수 있냐? 임마, 아빠가 뜻
이 없어서 그런 건 아니야. 너 그건 알아야 해.

나 — 그랬어요? 아빠, 왜 그래요? 아빠가 지프를 사느라고 그
랬죠?

264

아빠 — 임마, 아빠가 호강을 하느라고 그랬겠니? 아빤 그런
　　　사람 아니야. 지프는 임마, 친구가 쓰던 걸 얻은 거
　　　야. 돈은 나중에 주기로 하고.

나 — 체, 그런데 왜 거짓부렁을 해요? 아빠 정말 이상해.

아빠 — 너도 아빠가 거짓말 대장이라고 생각을 하는 거냐?

나 — 난 엄마가 아빠를 그렇게 말해도 그렇지 않다고 말을 해
　　　준다구요. 그런데 아빠는 뭐예요? 치사하잖아요?

아빠 — 그래, 아빤 왜 쓸데없는 걸 가지고 괜한 거짓말을 할
　　　까? 미치겠다, 정말.

나 — 아녜요, 아빠. 아빤 내가 친구들한테 얘기를 할 때 거짓
　　　말을 안 하게 하려고 그런 거잖아요?

아빠 — 현동이 너, 너도 그런 걸 가지고 거짓말을 하니?

나 — 아빠가 친구한테 차를 얻었다고 하는 것보다 새 차를 샀
　　　다고 하는 게 폼이 나니깐 그렇죠.

아빠 — 너 임마, 그럼 못써. 그거 지금부터 조심을 하지 않으
　　　면 버릇이 되는 거야. 알아? 이놈이 큰일날 놈이네?

나 — 알았어요. 안 하면 되잖아요?

아빠 — 말은 술술이지. 그리고 너 임마, 솔직히 말해봐. 너
　　　그 사장이란 작자가 맘에 드냐?

나 — 아뇨.

아빠 — 또 잔머리 돌리지 말고 사실대로 말해봐. 그런다고 아
　　　빠가 널 미워하겠냐? 아빠가 치사하게 그럴 사람이
　　　야?

나 — 사실은……그 아저씨는 되게 신사예요. 아빤 큰일난 거
　　　라구요.

아빠 — 뭐야, 그럼. 너도 맘에 든다는 거 아냐?

나 — 쪼끔밖에 맘에 안 든다니까요. 난 아빠가 최고예요.

아빠 — 듣기 싫어, 임마. 너 아주 자알 하는 짓이다. 그래,
네 맘대로 해봐.

나 — 그럼 난 어떡하란 말예요? 엄마가 그 아저씨 못 만나게
감시를 할까요?

아빠 — 됐어, 임마. 아빠 사실 기분이 좋다. 너도 그 사장이
란 작자를 싫어하지 않는 모양이니까 마음이 놓여.

나 — 근데 왜 자꾸 그 아저씨를 그 작자라고 해요?

아빠 — 임마, 그것도 못 하냐? 참 이상한 놈이야. 그건 아빠
의 자유야. 어쩔래?

나 — 알았어요. 저도 다행이네요. 아빠가 무지 화를 낼 줄 알
았는데.

아빠 — 임마, 넌 아빠를 뭘로 보는 거야? 아빠가 엄마에게 축
하전화라도 해야겠다. 아빤 이런 사람이야. 알겠어?

나 — 역시 우리 아빠가 최고예요.

아빠 — 넌 좋겠다. 잘하면 아빠도 둘, 엄마도 둘.

나 — 동네 애들이 놀리면 어떡하죠?

아빠 — 어떤 놈들이 널 놀려? 그걸 가만두니?

나 — 그럼 뭐라고 해요? 엄마 둘, 아빠 둘이니까 부자라고 할
까요?

아빠 — 그래, 우리 현동이가 최고로 부자다. 그렇지?

나 — 난 엄마도 하나도 없고 아빠도 하나도 없게 될지 몰라
요. 엄마 아빠가 이혼을 하면 자식은 고아가 된다고 하
던데요, 뭐.

아빠 — 안 그래, 엄마! 어떤 놈이 그래? 그놈이 누구야? 당장
　　　데려와! 죽인다, 아주!

　난 아빠로부터 내가 고아가 될 위험은 거의 없다는 확신을 얻
게 되었다. 아울러 아빠가 엄마의 데이트를 나쁘게만 생각하지
않는다는 사실도 알게 되었다. 나는 다행이라고 생각을 했으나
이런 생각이야말로 얼마나 엉터리 같은 것인지를 곧 알게 된다.
나는 그날 밤에 엄마가 아빠의 전화를 받는 것을 엿듣고 인생이
란 얼마나 콘칩과 같은 것인가를 깨달았다. 콘칩은 먹으면 먹을
수록 더 먹고 싶은 것이다.

엄마 — 당신 정말 웃기는군요? ……뭐라구요? ……내가 당신
　　　한테 왜 거짓말을 해요? ……아니, 그리고 대체 당신
　　　이 무슨 상관이에요? ……뭐요? 기가 막혀라, 정말.
　　　내가 남자가 있어서 당신을 쫓아냈다구요? 아니, 지
　　　금 그걸 말이라고 해요? 당신 지금 제정신이에요?
　　　……당신은 제정신이었던 때가 한 번도 없었어요!
　　　……있으면 대보라구요! ……봐요, 못 대죠? ……당
　　　신이 어린애 같은 소리만 하니까 나도 자연히 따라서
　　　이러는 거 아녜요? ……현동이가 뭘 안다고 그래요?
　　　……뭐요? ……아니, 당신이 뭣 때문에 배 사장님을
　　　만난다는 거죠? ……창피하게 왜 이래요? ……뭐요?
　　　당신이 날 사랑해요? ……그럼요, 알죠. 알구말구
　　　요……. 그런데 당신은 그 여자도 사랑을 하죠. 틀렸
　　　어요? ……뭐예요? ……왜 그래요? 당신이 집으로 쳐

들어와서 뭘 어쩌겠다는 거예요? ……뭐예요? 나하고
다시 결혼을 해요? ……그게 무슨 말이에요? ……그
걸 말이라고 해요? ……미쳤군요. ……그래요, 어쩔
래요. 나라고 다른 남자를 만나지 말라는 법이 있어
요? ……홍, 그런 건 염려 말아요. 당신보다는 내가
훨씬 현동이를 잘 키울 테니까……. 뭐요? 당신이 모
델료는 왜 물어봐요? ……아주 많이 받았어요. 그게
나빠요? 당신만 나를 우습게 알지 다른 사람들은……
사실……나도 힘들어요. 그럼요, 당신을……잊지 못
해요. 나도 후회스럽고……당신이 없으니까……. 하
지만……그래요, 기다리죠. 나도 당신을 보고 싶어
요. ……몰라서 물어요? 나도 당신을 사랑하고 있다
구요……알아요? 당신이 뭘 알아요? 당신이 내 마음
을 어떻게 아느냐구요! 그래요, 기다릴게요. 나도 당
신을 보고 싶……. 정말이지 현동이 때문에라도…….
사랑해요…….

사랑이란 어떻게 생긴 것일까? 우디 앨런은 사랑이란 테레사
수녀에게 물어보라고 무책임하게 말한 적이 있다. 그의 걸작 영
화 가운데 하나에서. 그런데 만약 테레사 수녀에게 물어본다면
사랑을 뭐라고 할까? 테레사 수녀 할머니가 뭐라고 말을 하든 우
리 엄마와 아빠의 사랑은 그 속에는 들어 있지 않을 것이다. 왜
냐하면 우리 엄마와 아빠의 사랑은 수녀복을 입고서는 알 수 없
는 것일 테니까. 아빠는 엄마와 이런 전화통화를 하고서도 찾아
오지 않았고 곧 '그녀'와 결혼을 하게 되었으니까. 엄마는 이런

아빠를 미친 인간이라고 했다가 곧 수정을 했다. 아빠는 사랑이
없으면 죽는 사람이라고.

아빠의 결혼식

아빠 의 결혼식에 즈음하여 나는 안팎으로 분주한 나날을 보내게 되었다. 아빠의 결혼식이니만큼 나는 엄마와 함께 내가 입을 예복을 사러 다니기에 바빴을 뿐만 아니라, 엄마가 모델로 출연한 CF 때문에 인사를 받기에 정신이 없었다.

인철이 형은 향수 선전을 찍은 우리 엄마가 TV 광고에 나오자 나를 우러러보기 시작했다. 인철이 형의 생각에는 엄마가 스타가 되었으니 아들인 나에게도 스타 대접을 해야만 마땅한 것 같았다. 인철이 형은 나에게 자기가 그토록 아끼던 드래곤 총을 주기까지 했다.

"현동아, 내가 말야, 너의 우정을 시험해보겠다. 알겠냐?"

아, 인철이 형은 언제나 정신연령이 높아질까? 마틴 스콜세지 감독은 〈좋은 친구들〉이란 영화에서 우정이란 입을 다물고 있는 것이라고 그렇게 강조를 하지 않았는가?

"사나이 대 사나이로 부탁을 하는 거야. 나 말야, 네 엄마에게 부탁을 해가지고 장학퀴즈에 출연을 좀 하게 해줘. 무슨 말인지 알겠니?"

정말로 놀라 자빠질 일이다. 인철이 형의 아이큐를 가지고 어떻게 그런 프로그램에 출연을 할 수 있단 말인가? 그리고 우리 엄마는 어디까지나 모델이지 방송국 PD가 아니지 않은가?

"뭐? 형이 장학퀴즈에 출연을 해?"

그러자 인철이 형은 얼굴을 붉히더니 목소리를 낮춰서 말했다.

"그게 아니고 임마, 그냥 방청석에 앉아 있는 거 말야. 난 임마, 학교에서도 시험을 보는 거라면 질색인데 왜 거기까지 가서 시험을 보겠냐?"

"체, 그런 건 구경을 해서 뭘 해? 그냥 집에서 TV를 보면 되잖아?"

인철이 형은 어떻게 설명을 해야 할지 몰라 입맛을 다시더니 솔직하게 말했다. 인철이 형은 정신연령이 낮아서 그렇지 솔직한 데는 선수다. 아니, 정신연령이 낮기 때문에 솔직한 거 아닐까?

"임마, 그런 데 나가 있으면 공부를 잘하는 학생처럼 보일 꺼 아니냐? 진짜 골 아파 죽겠다. 선생님들은 왜 내가 모르는 문제만 낼까?"

인철이 형이 이렇게 솔직해서 탈이라면 바보 같은 경호는 솔직하지 못해서 탈이다. 인철이 형처럼 나를 우러러보면 될 걸 가지고 저 혼자서 골을 싸매고 있는 것이다. 그러고선 누가 물어보지도 않았는데 자기는 TV 같은 건 안 본다고 떠벌리고 다닌다.

꼭 자기 엄마가 그러는 것처럼.

진짜로 골치가 아픈 건 담혜와 호명이다. 지금 이런 추세라면 나는 담혜와 호명이를 둘 다 내 색시로 삼아야만 할 것이다.

담혜는—

"현동이 넌 나하고만 신랑 각시 놀이를 해야 돼? 호명이하고는 얘기도 하지 마."

호명이는—

"집에 아빠가 안 계시니까 너무 이상해. 현동이 네가 안 이상하게 해줘."

이런 정도다. 난 여인들의 부탁이라면 거절해서는 안 된다는 철학을 가지고 있으니까 이를 어쩐단 말이냐? 〈희랍인 조르바〉에서 주인공인 안소니 퀸은 여인들의 청을 거절하는 남자는 남자도 아니라고 했지 않은가?

그 외에도 남자 같은 송미가 나에게 괜히 빵을 사주는가 하면 허구헌날 기타만 치고 있는 811호 아저씨는 나를 위한 것인지 엄마를 위한 것인지 세레나데를 쳐주겠다고 성화다. 경호 엄마는 요즘 식욕을 잃었다는데 그 이유야 뭐 안 물어봐도 뻔하다. 못 올라갈 나무를 쳐다보느라고 입맛이 없어진 거지 뭐겠는가? 참 이상한 아줌마라니까.

그런데 진짜로 이상한 아줌마는 다른 사람이 아니라 바로 우리 엄마다. 엄마는 아빠가 '그녀' 한테 새장가를 든다는데도 특별한 충격을 받지 않은 것처럼 굴고 있단 말이다. 아빠가 얼마 전에 전화까지 걸어서 사랑한다는 소리를 징징 울면서 늘어놓고 다시 잘해보자고 약속까지 했는데도 불구하고.

나는 엄마의 입장을 생각해서 물어보지 않으려고 했는데 그게 어디 제대로 되겠는가? 나 박현동이는 다른 건 몰라도 궁금한 것은 절대로 참지 못하는 성미인데. 그래서 내간에는 잔머리를 굴린다고 이렇게 말을 꺼냈다.

"엄마, 우디 앨런 씨가 왜 순이 패로하고 같이 살 결심을 했죠?"

엄마는 내 말이 엉뚱하다는 듯이 듣고 있더니 간단하게 대답을 했다.

"우디 앨런이니까 그럴 수 있겠지."

우리 엄마도 우디 앨런이라면 한수 접어주는 편이다. 다른 감독들이 만든 영화를 보다가 우디의 영화를 보면 어디론지 멀리 여행을 떠나고 싶어진다는 정도이니까. 엄마가 '어디론지 멀리 여행을 떠나고 싶어진다'라고 표현을 하는 것은 최대의 찬사다. 엄마는 좋은 예술작품들이란 보는 사람들에게 떠돌이가 되고 싶다는 기분을 주는 것이라고 믿고 있다. 엄마는 실제로 로열 발레단의 내한공연을 본 후에 정처없이 사흘 동안이나 여행을 다녀온 적이 있다.

"우디 앨런은 인생을 숨김없이 보고 있잖니? 그런 우디가 순이를 사랑했으니 어쩔 수가 없었겠지."

내 잔머리는 엄마가 이렇게 대답을 할 만큼 효과가 좋다.

"그런데 미아 패로는 우디 앨런을 최고로 나쁜 남자라고 비난했잖아요. 엄마는 미아 패로도 좋아하죠?"

엄마는 내가 영화배우들과 감독들의 이름을 불러댈 때는 이걸 어쩌면 좋지? 하는 표정이 된다. 하나밖에 없는 아들이 제 아빠를 똑 닮아버리지나 않을까 하는 불안과 공포를 느끼는 것이다.

"사실 우디 앨런이란 작자도 문제야. 순이 패로가 그러니깐 자기 딸이나 마찬가지 아니냐? 아무리 미아 패로가 순이를 입양해다가 키웠다고는 하지만 딸은 딸이지 뭐야? 어이구, 남자들이란 다 그 모양이라니까. 세상에 딸하고 결혼을 한다는 게 말이나 되니? 내가 딸을 안 낳았으니까 다행이지."

그러니깐 엄마의 말은 아빠도 우디 앨런처럼 딸하고 결혼할 수도 있는 분이라는 뜻이다. 엄마의 말을 듣고 보니 골이 또 아파진다. 엄마가 내 동생으로 딸을 낳았는데 만약에 아빠가 그애하고 결혼을 하면 어떻게 되는가? 아빠는 내 아빠이면서 동시에 내 매제가 되지 않는가? 그럼 아빠하고 나하고 누가 더 높은 거지? 하여튼 우디 앨런은 나의 영원한 숙제라니까.

"엄마는 그러니까 아빠가 엄마 딸하고 결혼하는 것이 아니라서 지금 다행이라고 생각을 하는 건가요?"

엄마는 어이가 없다는 듯이 나를 보더니 내 코를 잡아 돌렸다.

"넌 어떻게 생각을 해도 그렇게 하니? 그게 말이나 되는 소리야? 끔찍하다, 정말. 넌 그렇게 빙빙 돌리지 않아도 돼."

엄마는 드디어 내가 알고 싶어하는 것을 눈치채셨다. 이럴 땐 난 딱 시치미를 뗀다.

"그냥 물어본 건데 왜 그래요?"

"알았어, 그만 해. 아빠가 우디 앨런이 아닌 것처럼 엄마도 미아 패로가 아니야."

"엄마가 미아 패로 아줌마보다 훨씬 미인인데요, 뭐."

"엄마는……아빠가 엄마한테 오지 못할 분이라는 걸 알고 있었어. 그런데도 아빠한테 엄마에게 와달라고 부탁을 하게 되더라. 그것도 엄마의 진심이니까……."

"……."

"사람에게는 진심이……하나가 아니야. 두 개일 수도 있고 여러 개일 수도 있어. 엄마도 진심이 여러 개거든. 그런데 엄마가 아빠를 이해하지 못한다면 그건 아주 어리석은 거지."

"……."

"엄마는 아빠와 다시 만나서 행복하게 살고 싶다는 마음이 간절해. 그런데 결코 그럴 수는 없다는 결심도 진심이거든. 엄마의 진심은 두 개야. 그런데……따지고 보면 이것은 서로 다른 것이 아냐. 엄마는 인생을 제대로 살고 싶은 거란다. 누구와 함께 산다는 것이 중요한 게 아니라 엄마가 어떻게 사느냐가 중요한 거야. 그래서 아빠가 결혼을 하는 것을 가만히 바라보게 되는 거지."

엄마의 말대로라면 내가 학교에서 배우는 산수는 아무런 쓸모가 없는 것이다. 1=2이고 2=1인데 그럼 산수는 뭐란 말인가? 이런 의문이 떠오르는데도 나는 엄마의 말이 그럴싸하게 들렸다. 1=2라면 박현동이도 둘이 될 수 있다는 얘기가 아닌가? 그렇다면 나는 내가 좋아하는 로마식 피자를 2인분씩 먹어도 상관이 없는 것이다. 2인분=1인분이니까.

"엄마가 아빠를 사랑한다는 것도 그래. 아빠가 꼭 엄마하고 살아야만 맞니? 네가 좋아하는 윤희봉 누나하고 살아도 엄마는 아빠를 사랑할 수 있어. 안 그러니?"

나는 가슴이 철렁 내려앉은 것 같았다. 내가 '그녀'를 좋아한다는 것을 엄마가 어떻게 눈치챘단 말인가?

"아니, 엄마……그걸 어떻게 알았어요?"

"엄마가 아들이 누구를 좋아하는지도 몰라서야 쓰겠니? 그런데 현동아, 넌 누굴 더 좋아하니? 엄마야? 그 누나야?"

나는 재빨리 대답을 했다.

"나는 세상에서 엄마가 젤 좋아요!"

엄마는 나를 끌어안았다. 엄마의 눈에는 눈물이 글썽이며 빛나고 있었다.

아빠와 '그녀'의 결혼식은 동숭동에 있는 소극장에서 거행되었다. 내가 아빠와 '그녀'의 결혼식을 '거행'이라고 표현을 한 것은 전혀 과장된 말이 아니다. 두 분의 결혼식에는 대한민국에서 제일 높은 분들이 하객으로 다 모여들었으니 '거행'일 수밖에 있겠는가? 대통령으로부터 국회의장, 대법원장 등이 아빠와 '그녀'의 결혼식을 축하해주기 위해 잔뜩 옷치장을 하고 식이 시작이 되기 전부터 술에 취해 있었다. 이분들이 누구냐 하면 바로 '정집당(정신적 집권당)' 소속의 실력자들이다. 엄마는 평소에 이분들을 가리켜 '정신이상자 집합당'이라고 우습게 알기는 했지만.

나는 원래는 가족의 일원으로 조용히 앉아 있기로 되어 있었는데 대통령인 시인 할아버지 천일봉 옹께서 그런 법은 없다고 고함을 치는 바람에 하는 수 없이 화동(花童)이 되었다. 아빠가 질색을 하며 제발 이번만은 봐달라고 하자 천일봉 대통령은 엄청난 고령임에도 어린아이처럼 토라지더니,

"야, 박공엽 문화부장관! 너부터 내 말을 우습게 아니 내 쪽이 뭐가 되겠냐? 난 쪽 팔려서 갈란다!"

하고 울먹울먹하는 것이었다. 대통령이 우는 데는 당할 장사가 없어서 나는 드디어 화동이 되었다.

그런데 문제는 그렇게 간단치가 않았다. 우리 할머니가 대노

해서 대통령과 싸우려 들었던 것이다.

할머니 — 아니, 이 늙은 영감이 누구 우세를 시킬라고 이려
　　　　싸? 영감이 우리 아들이 두 번 장개를 가는 걸 사
　　　　방간지다 광고를 헐라고 허는 것이여? 이런 뱁은
　　　　없어. 나는 애시당초부텀 우리 손주가 결혼식에 오
　　　　는 것도 반대를 헌 사램이여. 근디, 뭐? 화동을 시
　　　　켜? 어디 영감이 혀보지 그려?
대통령 — 할머니, 나는 나이가 벌써 오래전에 지나지 않았습
　　　　니까? 공엽이가 두 번 장가를 가는 것이 무슨 쪽이
　　　　팔리는 일이라고 쉬쉬 합니까? 요즘에는 그것이 다
　　　　가오다시에 속하는 일이다 이겁니다. 신랑이 복이
　　　　많아서 그러는 거예요. 보아 하니까 자당어른께서
　　　　도 식견이 열린 분이신데 왜 이렇게 보수적으로 나
　　　　오십니까?
할머니 — 쓰잘데기 없는 소릴랑 애시당초부텀 하시지 마시란
　　　　말씸이요. 우리 현동이가 을매나 속이 깊은 앤지
　　　　알고서나 허는 짓이요? 내가 모르긴 몰라도 하마
　　　　영감탱이보담은 한자나 속이 더 들어갔을 것이요.
　　　　갸도 지 에미가 있고 그런 앤디 을매나 가심이 벌
　　　　렁벌렁허겠소? 아들이 지 애비 지사에 절을 허는
　　　　경오는 있어도 지 애비 장개 가는디 나서는 일은
　　　　읎는 뱁이요. 알겠소?
대통령 — 자당어른, 그것이 다 구식이라는 거 아닙니까? 요즘
　　　　이 어딴 세상입니까? '자기가 하고 싶은 대로 산

다' 이것이 우리 자유민주주의의 기본이념이 아닙니까? 결혼식이라는 것은 경하스런 행사이고 인류 지대사예요. 그렇게 보자면 아들이 아버지의 경사를 맞이해서 축하를 해주는 것이 당연한 것인데 사람들이 미욱해서 지금까지 일을 그르쳐 왔던 것입니다. 이런 것이 바로 진짜 개혁이고 지금 정부에서 하는 것들은 아무 쓸모가 없는 것이란 말입니다.

할머니 ― 아따, 이 할아버지가 어디서 구닥다리 벙거지는 구해 쓰고 와서는 나한테 훈장으로 나섰네. 나는 시방 입때까지 살면서 한 번도 경오 없는 일은 안 해본 사램이요. 그런디 인제 와가꼬 어디서 온 중도 모르는 사램이 내 이력을 분탕질칠라고 허먼 쓰겠소? 정 그렇게 허고 잡으면 영감탱이가 새장가 들 때나 허고 우리 아들은 절대로 못헙니다. 나는 체(體)는 주멍만 혀도 깡단은 알어주는 사램이니께 이설은 그만 헙시다.

대통령 ― 거 들어보니까 말씀이 아귀가 아주 딱 들어맞습니다. 그럼 얘기가 나온 김에 자당어른하고 우리도 여기서 일을 봅시다. 우리가 살면 얼마나 더 산다고 남 체면을 보겠습니까? 척 보니까 할멈하고 나는 궁합이 고루 맞을 것 같으니 어서 족두리나 쓰고 오시오. 나는 지금 이 옷에다가 행커치프만 꽂을 테니까.

대통령이 이렇게 말을 하고는 술에 취한 김에 우리 할머니를 끌어안고 입을 맞추는 바람에 입씨름은 끝이 나고야 말았다. 할머니는 놀랍게도 어린 처녀처럼 어머! 하는 소리를 지르며 달아나버렸던 것이다. 이런 해프닝으로 인하여 천일봉 옹께서는 과연 대통령감이라는 평가를 훗날 받게 되었다.

천옹께서는 가로되—

"내가 평소에 뭐라고 가르쳤더란 말이야? 여자는 크나 작으나 몸으로 때워야 한다고 했잖아? 내가 괜히 20세기 최후에 남자란 소릴 듣는 줄 알아?"

하고 기염을 토했다 한다.

결혼식의 거행을 앞두고 '정집당'의 당원들을 비롯한 우리 일가 친척들이 좁은 소극장에서 북새통을 떨고 있을 때, 정작 나의 관심은 '그녀'에게 있었다. 나는 그녀에게 가서 아빠와의 결혼을 축하한다고 말해주고 싶었으나 내 마음속에는 커다란 납덩이 같은 것이 들어 있어서 쉽지가 않았다. 나는 아직도 그것의 정체를 모른다. 그 납덩이가 마치 바다 속에 푹 빠져서 파도가 쳐도 꿈쩍도 하지 않는다는 사실만을 느끼고 있을 뿐.

나는 친구들에게 둘러싸여서 축하를 받고 있는 그녀의 모습을 멀리서 물끄러미 바라만 보고 있을 뿐이었다. 웨딩드레스를 입고 있는 그녀의 모습은 아름답다기보다는 비현실적으로 보였다. 아빠와 그녀가 결혼을 한다는 것은 나에게는 낯선 일이 아니었다. 나는 그녀가 아빠와 결혼하기를 기다려 왔고 마음 한구석으로는 기쁨을 느끼고 있었다. 그런데 웬 납덩이란 말인가?

나는 내 마음이 어떤 것인지를 몰라 자리를 피하려고 했다. 그

러나 내가 신부 대기실로 쓰고 있는 분장실에서 나가기 전에 그
녀가 먼저 나를 불렀다.

"현동아……현동아……."

나는 마치 백일몽을 꾸고 있는 소년처럼 그녀 앞으로 갔다. 나
는 그녀 앞으로 가면서 〈아빠는 출장중〉이라는 영화의 마지막 장
면을 떠올리고 있었다. 그 영화에서 주인공 소년은 백일몽 속에
서 흐릿하게 눈을 뜨고 앞으로 걸어가고 있었다. 바람기가 있는
아빠와 아빠의 애인도 잊고 비밀경찰이 뒤를 쫓고 있다는 것도
잊고. 그런데 그 소년의 눈앞에는 눈부시게 커다란 해가 떠오르
고 있다. 나에게는 그녀가 눈이 부셔서 아예 눈을 감고 싶은 커
다란 빛처럼 보였다.

그녀 — 우리 현동이, 정말 보기 좋구나. 고마워.

나 — 누나가 너무 예뻐요. 축하해요.

그녀 — 아빠와 결혼을 하게 되어서도 기쁘지만 현동이와 더
　　　　가까워질 수 있다는 것도 기분이 좋아.

나 — 미리 말씀을 드리지만 우리 아빤 집에 들어오는 시간이
　　　밤 2시예요. 그러니깐 처음부터 버릇을 잘 들여놔야 될
　　　걸요?

그녀 — 그럼 어떡하지? 누난 보통 밤 3시가 넘어야 집에 들어
　　　　가는데.

나 — 어? 그럼 아빠한테 다시 생각을 해보라고 해야겠는데요?
　　　아빤 자기가 늦게 들어오는 것은 상관이 없지만 엄마가
　　　늦게 들어오면 아주 야단이거든요.

그녀 — 어? 그렇다면 누나도 다시 생각을 해봐야겠는걸?

나 — 그런데 이런 걸 물어봐도 될까요?

그녀 — 너무 어려운 건 안 돼.

나 — 누나와 엄마는 많이 달라요. 그렇지만 같은 점이 더 많죠. 사람이고 여자고. 그런데 아빠는 왜 또 결혼을 하죠?

그녀 — 그 대답은 아빠가 더 잘할 것 같은데?

나 — 난 누나의 대답을 듣고 싶거든요.

그녀 — 현동이가 지금 엄마 생각을 하고 있구나.

나 — 예. 그런가 봐요. 아빠는 나한테 엄마를 돌보라고 하셨지만 이젠 엄마는 어떡해요? 난 누나를 좋아하는데 왜 이런 걸 묻죠? 미안해요.

그녀 — 아니, 누난 좋아요. 그게 현동이다우니까. 누나가 대답을 할까?

나 — 아니요. 역시 난 쓸데없는 걸 물어봤어요.

그녀 — 아냐. 쓸데없는 게 어딨니? 현동인 아주 쓸모가 많은 걸 물었어. 사실은 누나도 그걸 알고 싶었거든.

나 — 누나도 그럼 묻기만 하세요. 그래도 되잖아요?

그녀 — 대답이 생각났어. 아빤 혼자 사는 게 겁이 난 거야. 그렇지?

나 — 그렇군요. 아빤 겁쟁이니까요.

그녀 — 아빠가 겁쟁이라서 누나는 좋은 거야. 현동이 말을 듣고서야 알았어.

나 — 그럼 난 어떡하죠? 난 창피하게 겁쟁이 같은 건 아니라구요.

그녀 — 아빠가 겁쟁이가 아니었다고 해도 누나는 아빠를 좋아했을걸? 그렇지?

나 ― 우리 아빠 복이 터졌다니깐요!

아빠를 찾다가 화장실에 갔더니 그곳에 아빠가 있었다. 아빠는 비좁은 화장실에서 담배를 피우며 좁은 창문 너머로 보이는 거리 풍경을 바라보고 있었다.

아빠 ― 현동이냐?

나 ― 예.

아빠 ― 마침 잘 왔다. 아빠랑 같이 오줌 눌까?

나 ― 시합이에요?

아빠 ― 그래. 지는 사람이 설거지다?

나 ― 아빠는 누나가 있잖아요?

아빠 ― 누난 설거지를 해주려고 아빠한테 시집을 오는 게 아냐.

나 ― 아빠 불공평해요.

아빠 ― 무슨 소리냐?

나 ― 아빠가 더 잘 아시잖아요?

아빠 ― 엄마 생각을 하는구나.

나 ― 막 엄마 편을 들고 싶은 거 있죠?

아빠 ― 그래. 넌 아빠 편을 들지 말고 무슨 일이 있어도 엄마 편을 들어야 해.

나 ― 난 왜 엄마 편이 아니면 아빠 편을 들어야 하죠? 엄마 아빠 편을 같이 들면 안 되나요?

아빠 ― 미안하다. 아빤 언제까지나 네 편이야.

나 — 미안해요. 저도 언제까지나 아빠 편이에요.

아빠 — 아빠도 실은 지금 엄마 생각을 하고 있단다. 너무 후회스러운 게 많아.

나 — 아빤 누나한테만 잘 해주시면 돼요. 엄마는 제가 맡을 테니까요.

아빠 — 아빤 오늘 네가 한 말을 잊지 않을 거다. 넌 좋은 아들이야.

나 — 아빠도 좋은 아빠예요.

아빠 — 모두한테 좋을 수가 없다는 것이 안타까워. 진짜다.

나 — 왜 그럴까요? 모두한테 좋으면 다 좋을 텐데요.

아빠 — 그러기는 힘들겠지만 그렇게 되기를 바라서 아빠는 오늘 장가를 가는 거란다. 믿을 수 있니?

나 — 난 아빠 말을 한 번도 믿지 않은 적이 없어요. 그런데 그 말은 어려워요. 내가 아빠처럼 장가를 두 번 갈 때 다시 한 번 해주세요.

아빠 — 임마, 그건 절대 안 돼. 아빤 몰랐으니까 두 번 장가를 가지 알았으면 절대 못 한다.

나 — 왜 못 해요?

아빠 — 사람에게는 너무 힘든 일이야. 하나님은 심술쟁이가 분명해.

나 — 왜 아빠가 장가를 두 번 간다구요?

아빠 — 인류 평화를 위해서.

나 — 뻥!

아빠 — 진짜야. 좀 뻥이긴 하지만 완전히 뻥은 아니야. 아빤 두 번 장가를 갈 뿐이지 다른 건 아무것도 아니다. 엄마를 사랑할 자신이 있으니까 장가를 또 가는 거야.

나 — 엄마는 그 반대라면요?

아빠 — 그건……엄마의 몫이겠지. 엄마가 그럴 리는 없어. 아빠는 엄마를 믿는다. 아빠가 아빠를 믿듯이.

나 — 아빠가 믿는 대로 될 거예요.

아빠 — 고맙다. 현동이가 믿는 대로 될 거야. 그럼 시작을 해볼까?

나 — 좋아요. 자, 그럼 지금부터 쉬예요? 앗! 난 벌써 나오고 있어요! 아빠도 빨리 시작을 해요! 시작 안 하면 반칙이에요?

아빠 — 그래, 임마. 싸면 될 거 아냐?

그러면서도 아빠는 끝내 눈물을 감추지 못했다. 아, 울보 우리 아빠 같으니. 난 아빠가 훌쩍거리는 것을 모르는 척했다. 왜냐하면 나도 금방이라도 울 것 같았으므로.

"……엄마, 나예요. 현동이라구요. 아빠는 지금 결혼식을 올리고 인사를 하고 다녀요……. 난 물론 엄마한테 전화를 걸려고 잠깐 빠져나왔죠. 엄마 지금 뭐해요? ……예? ……아이구, 나 참. 웬 빨래를 하고 그래요? 아줌마가 오실 것 아녜요? ……예? 엄마 맘이에요? 그래요, 엄마는 엄마 맘대로 하세요. 제가 있잖아요? 그리고 있죠? 나 엄마한테 뭘 사드리고 싶은데 갖고 싶은 게 뭐예요? ……예? 필요한 거 없어요? ……아이, 그래도 말씀을 해보세요. 날이면 날마다 오는 엿장수가 아니라니깐요……체, 내가 왜 그런 생각을 하느냐 하면 말예요. 박현동이는 오늘 수입이 좋왔거든요. 심지어는 할머니까지 용돈을 주셨어요. 엄마도 왔으면 좋았을 텐데. 수입을 잡을 수 있었다니깐요! 진짜예요!

……헤에, 내가 미남인 것은 엄마 아들이기 때문이라고들 하더라구요. 내가 엄마를 닮았으면 난 여자애들한테 앞으로는 좀 뻐길 거예요. 엄마가 굉장한 미인이니까 나도 덩달아서 미남이 되는 거 아니겠어요? ……어? 엄마 왜 그래요? 엄만 이상해. 여자들은 미인이라고 하면 다들 헤벌래한다는데……그게 아니구요, 오늘 주례를 본 대통령 할아버지가 그랬단 말예요. ……헷헤……그게 아니구요, '정집당' 시인 대통령 천일봉 할아버지 말예요. 지금 술에 취해서 아주 야단이거든요. 아빠를 껴안고 뽀뽀를 하더니 누나를 번쩍 들어올려서 아주 이상한 춤을 췄어요. 진짜 곤란한 할아버지예요. 할머니한테도 그랬다니깐요……. 그런데 할머니는 은근히 좋아하더라는 게 모두들 하는 얘기예요…….

엄마, 나 어른이 되어도 장가를 가지 말까? 아빠가 두 번을 가버려서 난 가면 안 될 것 같은 기분이 들더라구요……이건 유머가 아니라 진실! 내가 유머를 하려면 그렇게 할 것 같아요? 엄마한테 장가를 간다고 하지……아니, 엄마 정말이에요? 내가 엄마한테 장가를 가도 돼? ……어이구, 그럼 호명이는 어떡하죠? 담혜도 있는데…… 아, 유머 취소! ……엄마 나 말야, 공부 무지하게 잘해가지고 엄마랑 그랜드캐니언에 갈 거야. 약속이야. 그러니깐 엄마는 지금 빨래를 하지 말고 기다려요. 오늘은 내가 빨래박사를 할 테니깐……응? 헤……그게 무슨 상관이냐 하면 내가 공부를 잘해야 엄마가 날 따라서 그랜드캐니언으로 가지 그렇지 않으면 엄마는 아빠처럼 또 결혼을 해가지고 다른 아빠를 따라

갈지 모르잖아? ……어? 내가 하려던 얘기는 그게 아닌데……그
게 아니라……난 엄마를 검은 머리가 파뿌리가 되도록 사랑할
거라니깐. 진짜 약속! ……엄마 보고 싶어……엄마…….”

우디 앨런 식 사랑

아빠가 결혼을 하자 엄마는 전보다 훨씬 더 예뻐지기 시작했다. 화장을 더 대담하게 하고 치마 길이도 짧아지고 메니큐어도 두 개 이상을 바르기 시작한 것이다. 엄마는 전에는 황금빛 메니큐어만을 발랐는데 지금은 사파이어색도 바르고 코발트색하고 연두색을 함께 바르기도 한다.

이런 엄마를 보고 외할머니는 질색을 하며 야단을 치지만 나는 그 반대다.

"할머닌 지금 엄마를 질투하는 거예요? 엄마가 얼마나 예뻐졌는데 왜 괜히 야단이세요?"

보다 못한 내가 엄마 편을 들자 외할머니는 내가 원흉이라는 듯이 노려보더니 이렇게 말도 안 되는 소리를 했다.

"그래, 넌 네 아버지 아들이야!"

할머니가 나에게 아빠의 아들이라고 하는 말은 나를 최고로 모욕하기 위해서 하는 말이다. 즉 나도 아빠를 닮아서 플레이보이이며 장가를 간다면 아내를 고생시킬 위인이라는 뜻이다.

할머니가 이런 말을 하면 나는 아빠를 위해서라도 한 마디 안 할 수가 없게 된다.

"우리 아빠가 얼마나 최곤데요?"

내가 우리 아빠를 최고라고 하는 것은 그냥 무턱대고 하는 소리가 아니다. 우리 아빠가 최고 아빠라는 건 우리 동네 아이들도 다 알고 있다. 우리 반 아이들은 더 잘 안다. 아빠는 '그녀'와 결혼을 하고 나서도 하나도 변한 게 없을 뿐만 아니라 나에 대한 충성심이 더 강해졌다. 아빠는 토요일만 되면 더욱 정확하게 시간을 맞춰서 나를 데리러 왔고 내가 갖고 싶어하는 것은 뭐든지 사주었다. 예를 들자면 아빠는 내가 떡꼬치를 사달라고 하면 순대까지도 사주곤 하는 것이다. 세상에 이런 아빠가 어디 있겠는가?

그런데도 외할머니는 이젠 아예 내놓고 아빠를 미워하신다.

"네 아빠는 장가를 세 번은 더 갈 거야! 알겠니? 그래도 네 아빠가 최고야? 흥, 현동이 너 이 할머니한테 소시지를 구워달라고 하기만 해봐라."

외할머니는 아빠 때문에 나까지 미워하고 엄마한테까지 괜한 트집을 잡는다. 할머니들이란 다 똑같다. 친할머니도 나만 보면 하는 짓이 엄마를 닮았다고 야단을 부리지 않는가? 나는 아무리 늙어도 할머니는 되지 말아야지.

그런데 엄마가 전보다 더 예뻐졌다고 생각을 하는 사람은 나 혼자가 아니다. 인철이 형의 아빠야 아무나 보고 여어, 얼굴이 활짝 피셨는데요? 하고 추파를 던지는 게 취미니까 신경을 쓸 필요가 없지만 또 한 사람은 다르다. 사실 여간 신경이 쓰이는 게 아니다. 그 아저씨는 나하고 라이벌이라고 할 수 있으니까. 그 아저씨가 누구냐 하면 바로 배현수 사장 아저씨다. 배 사장 아저씨 얘기를 하려니까 내 배가 아파진다. 난 긴장을 하면 배가 아파지는 버릇이 있다.

이상한 일이다. 난 아빠가 '그녀'와 결혼을 하면 엄마도 배 사장 아저씨하고 결혼을 하기를 바랐는데 왜 변덕이 됐을까? 아무래도 그날 밤에 내가 그 장면을 목격했기 때문인가 보다. 키스는 영화 속에서 보는 것하고 실제로 보는 것하고 확실히 다르다. 영화 속에서는 감미롭기만 한데 실제로 보는 것은 꼭 치약 맛이다. 나는 우울해지면 양치질을 하다가 치약을 빨아먹고는 하는데 심장이 부르르 떨리는 것을 느낄 수 있게 된다. 그래, 엄마와 배 사장 아저씨가 키스를 하는 장면을 훔쳐본 기분은 꼭 그런 것이었다.

그날 밤, 엄마는 전에 없이 늦게까지 집에 들어오지 않고 있었다. 엄마가 늦는 날에는 외할머니가 나를 돌봐주려고 오는데 나는 별로 반가운 기분이 아니다. 나 혼자서도 잘 할 수가 있는데 왜 외할머니까지 불러서 날 어린애 취급을 하는지 알 수가 없다. 거기다 외할머니는 은근히 날 골탕먹이려고 기회를 노리는 버릇이 있지 않은가? 외할머니는 그날 밤에 내가 TV 영화를 보고 싶어하자 끝끝내 울고 짜는 드라마를 보는 것이었다. 양놈들 나오는 영화를 보면 코가 쑤욱 길어진다고 말도 안 되는 된장을 풀면서. 내가 외할머니하고 다퉈서 나까지 정신연령이 낮아지는 것을 피하기 위해 채널을 양보하자 외할머니는,

"넌 잠도 없니? 내가 잠을 자나 봐라."

하더니 곧바로 코를 고는 것이었다.

나는 TV 영화를 볼 수도 있었지만 정나미가 떨어져서 슬며시 집 밖으로 나갔다. 외할머니의 코고는 소리를 들으면서는 내가 뭘 해도 고상해질 수는 없다는 기분이 되어.

나는 기분이 고상해지고 싶으면 엄마의 차 안으로 간다. 엄마는 차 안에 발레음악 CD와 패션잡지 등을 비치해두고 있어서 나는 엄마의 선글라스를 끼고 CD를 듣는다. 실내등을 켜고 패션잡지를 본다. 그럴 때의 내 기분은 몹시 멜랑콜리해져서 마음은 뉴욕의 브롱크스나 브루클린으로 가 있다.

그런데 내가 주차장 쪽으로 가자 뜻밖에도 호명이가 있었다. 나처럼 멜랑콜리해지고 싶은 얼굴로.

나 ― 뭐야? 호명이 너 왜 여기에 나와 있니?
호명 ― 그냥…….
나 ― 흐응, 너 고독하구나?
호명 ― 고독이 뭔데?
나 ― 혼자서 아이스크림을 먹고 쪼코렛을 더 먹었으면 하는
       기분 같은 거.
호명 ― 그럼 나 고독 아니야.
나 ― 그럼 뭐야?
호명 ― 난 아무것도 먹고 싶지 않아.
나 ― 체, 우울하구나?
호명 ― 왜 그런 말을 해?
나 ― 아주머니들은 다이어트를 하려고 아무것도 안 먹잖아?
       아주 우울해서.

호명 — 그럼 우리 엄마가 우울한 거야. 난 아니야.

나 — 그럼 넌 지금 잠이 안 오는 거야. 엄마가 다이어트를 하
는 걸 보고 있으면 잠도 안 오잖아?

호명 — 잠이 안 오는 것은 맞아.

나 — 내 아지트로 갈까?

호명 — 너 엄마 차 안으로?

나 — 너도 알고 있잖아?

호명 — 열쇠 있어?

나 — (열쇠를 꺼내어 짤랑짤랑 흔들어 보인다.)

호명 — 가. 난 오늘 집에 안 들어갈 거야.

나 — 뭐? 안 돼! 난 아직 마음의 준비가 안 되어 있단 말야!

호명 — 너 또 이상한 소리. 무슨 말이야?

나 — 난 아직 아홉 살이야. 결혼을 하려면 멀었어. 침대도 싱
글이란 말야. 우리 엄마는 누가 돌보냐?

호명 — 바보 같은 소리. 빨리 가.

나 — (아니, 이럴 수가? 바보는 경호가 도맡아서 하기로 되어
있는 건데?)
(나와 호명, 엄마의 차 안으로 간다. 갑자기 어른이 된 기
분. 차 안으로 들어간다는 것과 어른이 되는 것은 무슨 상
관이 있길래? 엄마가 차를 안 가지고 외출을 한다는 것은
내가 좀더 빨리 어른이 된다는 것.)

호명 — 좋은 냄새가 나.

나 — 우리 엄마 냄새야.

호명 — 나한테서는 무슨 냄새가 나지?

나 — 어디?(호명이의 냄새를 맡아보고) 너 뭐야? 치킨 먹었구

나?

호명 — 아빠가 없으니까 엄마가 바빠. 그래서 오늘 치킨을 먹었어.

나 — 너 아빠가 없어서 좋은 거지? 치킨도 먹고.

호명 — 나 혼자 먹었다니까.

나 — 배 터지게 먹었으니까 더욱!

호명 — 바보…….

나 — (아무리 호명이라지만) 안 돼, 그런 소리! 난 경호가 아니잖아?

호명 — 남자애들은 다 그래.

나 — (어쩐지 호명이의 말이 맞는 거 같다) 배가 고파졌어. 음악 들려줄까?

호명 — 배가 고픈데 왜?

나 — 배가 고플 때 CD를 들으면 아주 근사해. 멜랑콜리해져.
(호명이가 '멜랑콜리'가 무슨 말이냐고 묻기를 간절히 바라는 마음)

호명 — 그래. 음악 들어.
(호명이는 내 예상을 주로 잘 깨는 편. 이게 내가 호명이한테 꼼짝을 못 하는 이유 중 하나. 정말이지 알 수 없는 이유. 그러나 내가 CD를 켜기도 전에 주차장으로 들어오는 고급 승용차. 나는 이 차의 주인이 누구인지 안다. 라이벌은 꼭 주차장에서 만난다.)

호명 — 어머, 너 엄마 아냐?

나 — 쉿…….

호명 — 저 아저씬 누구야?

나 — 쉿!

　　(엄마, 배현수 사장 아저씨하고 키스를! 이런 기분을 뭐라
　　고 할 수 있을까? 왠지 배현수 아저씨가 너무 미워진다.
　　이건 남자로서 돌이킬 수 없는 기분이 아닐까? 엄마가 차
　　에서 내리고 배현수 아저씨의 차는 간다.)

나 — ……!

호명 — 너……엄마가……그랬어…….

나 — 엄마는 이제……나하고 다른 거야…….

호명 — 무슨 말이야?

나 — 배신자…….

호명 — 그런 말 같은 건 없어.

나 — 그래……그런데 왜 이런 기분이 되지?

호명 — 나도 그랬어.

나 — 너 엄마도 다른 아저씨하고 키스했어?

호명 — 우리 엄마는 아니야. 우리 엄마는 날 미워해.

나 — 그럴 리가…….

호명 — 나만 없어도 여기서 안 살 거래.

나 — 너 엄마는 널 이뻐하는 거야. 그런 말이야. 난 어른들
　　　 말을 잘 알아.

호명 — 그래도 싫어……무서워…….

나 — 넌 여자니까 뭐.

호명 — 너 엄마도 여자잖아?

나 — 그게 너하고 무슨 상관이야?

호명 — 봐. 너 지금 기분이 나빠졌잖아?

나 — ……난 이제……엄마하고 뽀뽀를 못 할 거야.

호명 — 그럼 누구하고 하지?

나 — ……뭐?

호명 — 너……나 좋아해?

나 — ……왜 그러는 거야?

호명 — 내가……너 엄마 해주면 되잖아?

나 — 웃겼……

　　　(내가 말을 다 하지 못했던 이유는 순전히 호명이 때문
　　　이다. 호명이가 나한테 뽀뽀를!)

호명 — (입술을 떼더니 코맹맹이 소리로) 넌 내 아빠를 해주는
　　　거야. 약속하지?

나 — 에엣취—.

　　　(여인과의 첫 키스는 이렇게 끝났다. 난 어떤 영화에서도
　　　키스를 한 후에 남자가 재채기를 한 적이 없다는 사실 때
　　　문에 지금까지도 괴롭다. 어쩌면 내 입술이 빨갛게 녹슬
　　　것 같은 생각만 든다.)

　엄마와 아빠는 믿지 않겠지만, 나는 엄마가 배현수 사장 아저
씨하고 키스를 한 날 밤에 '사랑이란 무엇인가?'라는 문제를 가
지고 연구를 하느라고 잠을 거의 이루지 못했다. 나는 침대에 누
워 뒤척이면서 이 문제를 풀기 위해 머리를 굴리다가 시험문제
가 잘못 출제가 된 것이 아닌가 하는 회의에 빠졌다. 사랑은 영
원하고 변치 않으며 하나뿐인 것이라고 어른들은 말한다. 동화
책에도 그렇게 써 있고 영화도 그렇게 만들어지고 있으며 특히
유행가는 전부 그 모양이다. 그런데 엄마와 아빠는 무엇이란 말
인가?

　엄마와 아빠는 서로 사랑을 한다. 그런데 아빠는 '그녀'를 또

사랑하고 엄마는 배현수 사장 아저씨를 사랑할 모양이다. '그녀'
와 배현수 사장 아저씨도 엄마와 아빠가 사랑하고 있다는 것을
알고 있다. 그러면서도 '그녀'는 아빠를 사랑하고 배현수 아저씨
는 엄마를 사랑할 게 틀림이 없다. 그런데 사랑은 이렇게 마구
사랑을 하는 게 아니라고 되어 있다. 그럼 이건 무엇인가?

엄마와 아빠가 무슨 사정이 있어서 거짓말을 하고 있거나 그
렇지 않으면 사랑이 거짓말을 하고 있는 것이다. 그런데 엄마와
아빠가 내게 거짓말을 할 리가 없고 사랑도 거짓말을 할 리가 없
다. 도대체 무엇 때문에 거짓말을 한단 말인가? 거짓말을 하면
하나님한테서 벌을 받는다는데.

우디 앨런만은 좀 다르게 이야기하고 있다. 우디는 그의 〈범죄
와 비행〉이라는 영화에서 어른들이 말하는 사랑은 엉터리 거짓
말이고 거짓말을 한다고 해서 벌을 받지도 않는다고 주장을 하
고 있다. 뉴욕에서 아주 훌륭한 아저씨가 한 여인과 사랑을 하다
가 가족에게 알려지는 것이 두려워 그 여인을 죽인다. 뉴욕에서
아주 훌륭한 아저씨는 자기가 벌을 받을 거라고 겁을 잔뜩 먹는
데도 아무도 벌을 주지 않는다. 그래서 그 아저씨는 이렇게 말한
다.

"대체 사랑이 어디 있다는 거야?"

우디 앨런 역시 그 영화 속에서 한 여인을 사랑하는데 그 여인
은 다른 남자가 굉장하게 나쁜 사람이라는 것을 알고도 그 아저
씨하고 결혼을 한다. 우디 앨런은 그 여인이 사랑을 하지도 않으
면서 잘 나가는 그 아저씨하고 키스를 하는 것을 보고 멍청한 얼
굴이 되어 그저 바라보기만 한다. 그리고 영화는 끝난다. 이걸
어쩌란 말인가? 아빠는 나한테 이런 고민이나 하게 하려고 우디

앨런이 최고라고, 꼭 보고 공부를 하라고 가르쳤단 말인가? 체, 아빠는 정말 엉터리 만점이다.

나는 어쩌면 큰아빠 집에 있는 퍼그종 '눌린'과 비슷한 것이지도 모른다. '눌린'은 세 번 새끼를 낳았는데 남편이 전부 다르다. 이래서 큰아빠는 '눌린'을 바람둥이라고 놀리고 할머니는 엉덩이가 큰 년은 늘 저렇다고 흉을 본다. 그런데 '눌린'을 보면 자기 새끼를 핥고 빨고 쓰다듬고 보통 야단이 아니다. 사랑은 그럼 '새끼를 낳는 것'인가? '눌린'은 그렇게 자기 새끼를 예뻐하다가도 누가 데려가면 그걸로 끝이다. 내가 지금 사랑 때문에 고민을 하는 것도 다 쓸데가 없는 것 아닐까?

나는 사실 그때 호명이와의 입맞춤 때문에 기분이 코코해져 있었다. 약간 뿅! 하고 간 것이다. 내게 있어서 호명이는 옛날의 호명이가 아니다. 난 호명이가 내가 제일로 아끼는 '베가 조드' 로봇 인형을 달라고 해도 거절하지 못할 것 같다. 이상한 일이다. 호명이는 어제의 호명이와 똑같고 나 역시 어제와 똑같은 박현동이다. 달라진 것은 나와 호명이가 입을 맞추었다는 것뿐이다. 그럼 사랑은 입맞춤인가? 엄마와 배현수 사장 아저씨는 사랑하기 때문에 입을 맞춘 게 아니고 입을 맞추었기 때문에 사랑하게 된 것이 아닐까?

또 우디 앨런의 영화가 생각이 난다. 난 정말이지 골치다. 모든 게 우디 앨런에서 시작이 되고 우디 앨런에서 끝나니 이게 무슨 창피람? 나도 장차 위대한 영화감독이 될 것이 틀림이 없는 인재로서 자존심이 있는데.

그 영화에서 미아 패로는 중국인 의사로부터 약을 받아서 마시는데 그 약을 먹었더니 자기의 모습이 없어져 버린다. 즉 투명

인간이 된 것이다. 투명인간이 된 미아 패로는 사랑하는 남자를 찾아간다. 그런데 그 남자는 이혼한 전부인을 사랑하고 있다. 미아 패로는 투명인간이 된 덕분에 자기가 사랑하는 남자가 다른 여자를 사랑하고 있다는 사실을 알게 되는 것이다.

이래서 미아 패로는 고민을 한다. 그러니까 중국인 의사는 이번에는 투명인간이 되는 약 대신에 '사랑의 묘약'을 준다. 그 약을 미아 패로가 사랑하는 남자에게 먹이면 자기를 사랑하게 된다는 것이다. 그런데 일이 잘못되어 그 '사랑의 묘약'을 파티에 참석한 사람들 모두가 먹게 된다. 그러니 그 약을 먹은 사람은 모두 미아 패로를 사랑하게 된다. 결론은 사랑은 엉터리 대장이고 일종의 약물중독과 같은 것이라는 얘기다. 나중에 미아 패로는 깨달음을 얻어서 난데없이 노벨 평화상 수상자인 테레사 수녀의 가르침을 받고 헌신적인 인류애를 실천하는 위인이 된다.

영화의 끝은 이렇지만 우디 앨런이 얘기를 하는 것은 남녀간의 사랑 따위는 특정한 호르몬이 많이 분비되는 것에 지나지 않는다는 것을 말하고 있는 것이다. 그렇다면 '사랑이란 무엇인가?'에 대한 정답은 '호르몬 이상'이란 말인가? 나는 정말 쓸데없는 것을 가지고 잠도 안 자면서 생고생을 하고 있는 것일까?

이런 식으로 내가 끙끙거리고 있는데 엄마가 내 방으로 들어오셨다. 나는 침대에서 뒹굴면서 고민을 하고 있었으므로 잠에 곯아떨어져 있는 시늉을 하기가 쉬웠다. 다른 때 같았으면 나는 절대로 치사하게 위장을 하지 않는다. 그런데 이번에는 자는 척을 했다. 엄마하고 나 사이에 뭔가가 생긴 것이다. 그것을 뭐라고 불러야 할까? 나는 이제 엄마의 아들이 아니라 인간 박현동이가 된 것일까?

내가 제법 코를 고는 시늉까지 하자 엄마는 이불을 덮어주면서 잠자코 나를 내려다보고 있었다. 그러더니 내 이마에 키스를 했다. 나는 주차장에서 호명이와 했던 뽀뽀를 생각했다. 호명이와의 뽀뽀는 야구공에 얻어맞은 것처럼 띵한 것이었는데 엄마의 키스는 물에 녹인 초콜릿처럼 달콤했다.

아⋯⋯이건 사랑이야⋯⋯.

내가 마치 '마성전설' 게임에서 성에 갇힌 공주를 구한 기사와 같은 느낌을 받고 있을 때 엄마가 조용히 말했다.

"현동아⋯⋯사랑해⋯⋯."

아이구야, 나는 정말이지 아무것도 모르겠다. 사랑이 무엇인지. 내가 모르니 경호는 물론이고 인철이 형도 알 턱이 없겠지?

나도 마음속으로 말했다.

엄마⋯⋯사랑해요⋯⋯.

그런데 왜 눈물이 쏟아지려고 할까?

알고 보니까 배현수 아저씨는 참 딱한 아저씨였다. 무슨 트집이든지 잡아서 미워하고 싶은데 도무지 그럴 수가 없는 것이다.

배현수 아저씨는 매일 아침 장미꽃을 엄마에게 갖다바치고 있다. 어떤 때는 직접 오기도 하고 어떤 때는 비서를 시켜서 보내기도 한다. 그리고 그 꽃다발 속에는 엄마에 대한 사랑과 존경을 나타내는 글이 들어 있다. 기억나는 대로 예를 들자면,

— 이 장미꽃 속에는 내 마음도 들어 있습니다. 오늘 아침에 나는 스물세 살 난 청년이 되었습니다.

— 꽃 중에 꽃, 나의 운영 씨. 6월이 되었으니 내 생각을 조금은 해주겠지요?

— 나는 파리에 가 있으나 내 마음은 이 장미꽃과 함께 있습니다.

— 오늘 새벽에 일기예보를 들으니 날씨가 흐리고 한때 비라고 했습니다. 그러나 나는 날씨 따라 변하는 사람이 결코 아닙니다.

세련된 신사인 배현수 아저씨의 장미꽃 통신은 정말이지 놀랄 만한 것이다. 지성과 교양이 넘치는 아저씨가 웬 꽃타령인가? 나는 아저씨의 몸 속에 뜻밖에도 감상적인 아가씨 한 사람이 들어 있는 것 같아 어리둥절해진다.

엄마는 이런 배현수 아저씨의 장미꽃 세례가 싫지 않은 게 분명하다. 집안이 온통 장미꽃투성이가 되었는데도 하는 말은 "장미꽃은 아름답다"뿐이다. 나는 장미 냄새 때문에 골치가 아파서 식욕이 떨어질 정도인데. 여자들은 정말 믿을 수 없다. 엄마마저도 아들인 나보다도 배현수 아저씨 편을 들고 있지 않은가? 아들은 골치가 아파 죽겠다는데 장미꽃은 아름답다고만 말을 하는 걸 보면 알고도 남을 일이다.

그런데도 내가 적극적으로 엄마와 배현수 아저씨의 사이를 갈라놓지 못하고 있는 것은 구린 데가 있기 때문이다. 나 역시 배현수 아저씨로부터 뇌물을 받고 있는데 그 맛을 들여버린 것이다. 이제 겨우 아홉 살에 불과한 녀석이 뇌물에 눈이 어두워졌다고 생각을 하면 양심이 걸리긴 하지만 입이 안 떨어지는 걸 어떡하겠는가? 내가 자신하건대 우리 엄마는 내가 배현수 아저씨가 싫다고 하면 지금 당장에라도 절교를 할 분이다. 나는 그런 말을 할 때를 이미 놓쳤다. 컴퓨터 칩이 들어 있어서 조종간만 움직이면 아이스크림도 가져오는 로봇 '헬파'를 이미 받아버렸으니까. 나는 양심이 좀 걸리는 한이 있더라도 이젠 헬파 없이는 못 산다. 헬파말고 누가 나와 전자오락 게임 상대가 되어주겠는가? 경호는 바보라서 나의 상대가 안 되고 인철이 형은 너무 고수라서 나만 손핸데. 장담을 하지만 인철이 형은 나중에 어른이 되면 틀림없이 전자오락 도박꾼이 될 거다. 인철이 형이 그 동안 나한테서 우려내간 돈을 생각하면 이 정도의 악담은 아무것도 아니다.

이런 사정이 있어서 나는 엄마한테 배현수 아저씨에 대한 험담을 마음놓고 못 하기는 하지만 그렇다고 그냥 넘어가지는 않는다.

"엄마는 유치해. 장미꽃 같은 걸 받고 좋아하는 것은 여고생 따위들이나 하는 거 아냐?"

이 말 속에는 장미꽃 따위의 선물을 하는 아저씨라면 이상하다고 생각을 해도 좋잖아요라는 뜻이 담겨 있다. 엄마는 내가 한 말의 속뜻을 알고 있을 텐데도 대답이 이렇다.

"사람은 원래 유치한 거야."

엄마의 대답이 나한테는 사랑은 원래 유치한 거야라고 들렸다. 나는 엄마를 포기해야 하나?

나는 그날 밤, 꿈을 꾸었다. 미리 말을 해두자면 나는 꿈 이야기를 하는 것을 좋아하지 않는다. 내가 꾸는 꿈들이란 해괴망측하고 창피하기 짝이 없는 것이니까. 예를 들자면 나는 꿈 속에서 완전히 개차반이다. 호명이하고 결혼을 하는가 하면 담혜와 애를 낳고 살고 있기도 하다. 나와 담혜는 아직도 아홉 살 같은 모습인데 아이는 멀쩡하게 두 살쯤 되어 있다. 이건 도대체 논리가 맞지 않는 것이다.

요즘은 우리 꼬마치들 세계에도 '논리학'이 도입이 된 지 일

년이 가까워졌다. 논리적이어야 좋은 대학에 가서 훌륭한 어른이 된다는 어른들의 성화 덕이다. 바보 같은 경호도 논리학 책을 읽은 티를 내느라고 이따위로 말을 하기도 한다.

"나는 십이층에 살고 너는 팔층에 사니까 내가 너보다 사층이 높아. 그러니까 까불지 말란 말이야!"

정말 경호는 까불고 있다. 그렇게 따지면 옥상에 살고 있는 도둑고양이는 경호보다 삼층이나 높다. 내가 논리학 열풍 때문에 얻은 것은 바보는 논리를 배워도 여전히 바보라는 사실뿐이다. 결국 인간이란 책을 통해서는 아무것도 배울 수가 없다.

만약 내가 경호에게 내 꿈 얘기를 해준다면 경호는 바보값을 하느라고 이렇게 말하겠지.

"네가 두 살 난 아들을 낳았다면 넌 이 년 전에 담혜하고 결혼을 해서 아이를 낳은 거야. 그런데 너는 그걸 잊어먹고 멍청하게 그냥 살고 있는 거라구, 이 바보야."

바보가 누군가에게 바보라고 하면 그것은 바보라는 말을 들은 사람이 바보가 아니라는 사실을 증명하는 것이다. 왜냐하면 바보가 바보를 알 수는 없으니까. 경호는 자기가 바보인데도 자기가 바보라는 사실을 모르고 있지 않은가? 이런 논리적인 이유로 내가 경호의 말 같은 건 듣지도 않고 있지만 그렇다고 화가 안 나는 것은 아니니까 화가 난다. 정말이지 바보는 골칫덩이다.

그런데 그날 밤에는 내 상대가 바뀌어 있었다. 호명이도 아니었고 담혜도 아니었다. '그녀'였다면 억지로라도 얘기가 될 텐데 '그녀'도 아니었다. 그날 밤 내 꿈 속에서 내 신부가 된 여인은……아, 괴상하고 망측해라. 내 신부는 바로 우리 엄마였다. 엄마가 내 신부가 될 수 있다니 내 꿈이란 것은 얼마나 엉터리 대장이냐?

내 꿈이 얼마나 앞뒤가 안 맞느냐 하면 엄마는 내 신부로 등장을 했다가 조금 후에는 다시 내 엄마로 나타난다. 어떤 때는 엄마이기도 하고 신부이기도 해서 완전히 헷갈린다. 물론 헷갈린다는 것은 꿈을 깨고 난 후에 하는 얘기지 꿈을 꾸고 있을 때는 헷갈리지도 않는다. 나는 엄마한테 엄마! 하고 불렀다가 여보! 하고 부르기도 했다. 경호가 내 꿈 얘기를 들으면 내가 엄마하고 결혼을 했는데 엄마가 나를 낳았다고 하겠지. 바보 같은 녀석. 그런데 그런 꿈을 꾸는 나는 뭘까? 난 분명히 바보가 아니니까 다른 어떤 것인데 그게 뭔지 모르겠다. 나는 그게 문득 인생이 아닌가 하는 생각을 해보았다. 우디 앨런은 자기 양딸인 순이 패로와 사랑에 빠지면서 그것을 소재로 한 영화를 만들었는데 그 영화 속에서 그는 이렇게 말했다.

"인생은 모순의 진실이다."

내가 아빠한테 '모순'이 뭐냐고 물었더니 아빠는 이렇게 대답했다.

"우리가 살고 있는 인생이 모순이야."

아빠는 잘난 체하고 싶을 때는 이렇게 어렵게 말한다.

"그럼 밥 먹는 것도 모순이에요?"

내가 생각이 나는 대로 묻자 아빠는 더 폼을 잡으며 말했다.

"그래, 밥 먹는 것도 모순이지. 왜냐하면 살려고 밥을 먹는데 자꾸 먹다보면 밥을 먹으려고 살게 되니까."

아빠는 내 지적 수양에 도움이 안 되는 분이다.

나는 내 꿈이 너무 이상해서 꿈을 꾸면서도 이건 꿈이야라고 생각을 하지 않을 수 없었다. 꿈이라고 생각하지 않으면 더 이상

꿈을 꿀 수가 없으니까. 나는 꿈을 더 꾸기 위해서 '이건 꿈이다' 라고 생각을 하고 있었는데 꿈에서 깨고 말았다. 아빠, 이런 걸 모순이라고 한단 말예요. 제발 제대로 알고 있으란 말예요. 알았어요?

내가 꿈을 깨서 흐리멍덩한 눈으로 침대에 누워 있는데 무슨 소리가 들려오고 있었다. 나는 아직도 꿈소리가 들려오나보다……하고 생각을 하고 있었는데 그것은 아빠의 목소리였다. 꿈 속의 소리가 아니었던 것이다. 아빠는 내 꿈 속에 등장하지 않았었다.

아니……아빠가 웬일이지?

내가 '아빠가 웬일이지?' 하고 놀라는 것은 물론 아빠가 엄마하고 이혼을 하고 '그녀' 하고 결혼을 했기 때문이다. 그렇다면 아빠는 '그녀' 하고 같이 있어야지 왜 이런 시간에 엄마하고 같이 있는 것일까? 나는 꿈도 괴상망측하게 꾸었던 터라 더 어리둥절했다. 하여튼 아빠는 무엇을 하든 나를 어리둥절하게 하는 분이라니깐!

아빠의 아주 처치곤란한 버릇 가운데 하나는 목소리가 크다는 것이다. 아빠는 밥 줘! 하는 소리도 커서 마치 폭탄 줘! 하는 것처럼 들린다. 엄마한테 사랑해! 하고 감미롭게 얘기를 한다는 것이 목소리가 큰 버릇 때문에 벨칸토 창법으로 이탈리아 가곡을 꽥꽥 고함을 지르는 꼴이 된다. 이런 까닭으로 아빠는 엄마한테 사랑한다는 얘기를 하고도 별로 좋은 대우를 못 받는다.

아빠의 버릇 가운데 더 처치곤란한 것은 그 큰 목소리가 얘기를 할수록 더 커진다는 것이다. 이건 목소리가 크다는 버릇보다도 더 골치가 아프다. 왜냐하면 아빠의 말을 듣고 있는 엄마의 목소리도 덩달아서 커지기 때문에. 이래서 엄마와 아빠가 대화를 시작한 지 십 분 정도만 지나면 이것은 대화가 아니라 소리지르기 대회를 하는 꼴이다. 지금이 바로 엄마와 아빠가 소리지르기 대회를 하고 있는 좋은 예가 될 것이다. 덕분에 나는 도청을 하지 않고도 엄마와 아빠에 대한 정보를 훤히 알게 된다. 대한민국 국민이 모두 우리 엄마 아빠 같기만 하면 바보 같은 경호의 아빠는 실업자가 되고 말 것이다. 안기부 대장이 하는 일이란 게 남의 얘기를 듣는 것이라니깐.

　엄마 ― 당신 지금 아주 웃기고 있다구요. 당신이 뭔데 여기까
　　　　지 와서 그걸 따지고 그래요?
　아빠 ― 난 현동이 아빠야. 왜 그래? 내가 당신하고 이혼을 했
　　　　다고 해서 현동이 아빠도 아니란 말이야?
　엄마 ― 또 억지를 부리는군요. 누가 당신이 현동이 아빠가 아
　　　　니라고 했어요?
　아빠 ― 그런데 왜 내가 현동이를 못 키우느냔 말야?
　엄마 ― 현동이는 내가 키우기로 했잖아요?
　아빠 ― 누가 뭐래? 난 당신이 현동이를 키우는 건 암말도 안
　　　　해요. 그렇지만 그 사람이 키우는 건 절대 불가야!
　엄마 ― 왜 자꾸 그 사람 얘기를 꺼내요? 그 사람하고 현동이
　　　　하고 무슨 상관이 있느냐구요!
　아빠 ― 당신이 그 사람하고 결혼을 하려고 하니까 그렇지!
　엄마 ― 내가 그 사람하고 결혼을 하든 말든 당신이 무슨 상관
　　　　예요? 별꼴이야, 정말.
　아빠 ― 왜 상관이 없어?

엄마 ― 왜 상관이 있어요?

아빠 ― 난……당신의…….

엄마 ― 그렇죠. 당신은 나의 전남편이에요. 그러니깐 지금은 아무 상관을 할 필요가 없다는 거죠. 알았어요?

아빠 ― 당신 정말 이렇게 의리없이 놀기야?

엄마 ― 아쭈요, 의리는 누가 없는데?

아빠 ― 당신 말야, 그럼 인간적으로 못쓴다구. 가만히 보니깐 그 사람하고 진짜로 결혼을 할 모양이로구만.

엄마 ― 그럼 진짜로 결혼을 하지 이 나이에 가짜로 결혼을 해요?

아빠 ― 나하고 이혼을 한 지가 며칠이나 됐다고 벌써 결혼을 해? 당신 양심이 있는 거야, 없는 거야?

엄마 ― 당신 지금 어떻게 된 거 아니에요? 당신은 어떻게 했죠? 지금 누구 남편이냐구요?

아빠 ― 치사하게 남 얘기를 자꾸 하는 게 아냐. 왜 자꾸 그러는 거야?

엄마 ― 당신하고는 말이 안 되니까 빨리 이 집에서 나가기나 하세요!

아빠 ― 못 나가! 경찰 불러와!

엄마 ― 여기 꼼짝 말고 있어요. 어디 경찰한테 뭐라고 하나봐야지.

아빠 ― 지금 뭘 하는 거야? 전화 끊어!

엄마 ― 경찰을 부르라고 한 게 누군데요?

아빠 ― 지금이 몇 시야? 그 사람들은 잠도 안 자나? 박봉에 걸핏하면 시민들한테서 욕이나 얻어먹는 사람들을 이런 시간에 부르면 돼?

엄마 — 정말 신기하네요. 당신은 언제나 철이 들죠?

아빠 — 조용히 해. 현동이가 들으면 당신이 책임을 질 거야?

엄마 — 당신하고 얘기를 하다 보면 나까지 유치해져서 정말 곤란해요. 당신도 인생을 좀 진지하게 살아봐요.

아빠 — 현동이만 내놔. 그럼 지금 당장에라도 인생을 진지하게 살 테니까.

엄마 — 우리 현동이가 뭐 물건이에요?

아빠 — 어떤 놈이 그런 소릴 해?

엄마 — 당신 놈이요!

아빠 — 나도 현동이를 잘 키울 수가 있다구!

엄마 — 현동이는 절대로 못 줘요!

아빠 — 그럼 실력적으로 나가겠어. 나 한번 한다고 하면 무서운 사람이야.

엄마 — 당신은……그래요, 무서워요…….

아빠 — 글쎄 그렇다니까!

엄마 — …….

아빠 — ……이봐, 치사하게 왜 그래? 대화를 하다가 울면 어떻게 해?

엄마 — 그래요……당신이 현동이를 데려다 키우세요……. 난……아무것도 없어요…….

아빠 — 당신 말야, 그러지 말라구. 나도 여자의 최고 무기는 눈물이란 걸 잘 알아. 꼭 이래야겠어?

엄마 — 그래요, 난 지금 무기가 눈에서 뚝뚝 흘러요…….

아빠 — 안 운다고 하면서 왜 자꾸 그래? 정말 이상하네.

306

엄마 — 당신은……나를 정말……너무 몰라요……사람이 그렇게 무정할 수가 있어요?

아빠 — 당신은……그 사람하고 결혼을 할 거잖아?

엄마 — 그럼 내가 뭘 하겠어요? 내가 강철로 만든 여잔가요? 난 너무 약해서 이렇게 사는 게 너무 힘들어요.

아빠 — 그런 소리 하지 마. 여성운동가들한테 욕먹는다구. 여성운동가들한테서 제일로 욕을 먹는 게 바로 당신 같은 사람들이야. 여자들이 징징 우는 소리를 하니깐 여성운동이 안 된다는 거 아냐?

엄마 — 그 여자들이 뭘 알기나 하고 말을 하나요? 그런 얘기는 듣기도 싫어요.

아빠 — 그러니까……그 사람하고 결혼을 한다는 거야, 안 한다는 거야?

엄마 — 그게 무슨 상관이에요?

아빠 — 왜 상관이 없어? 난 당신이 현동이를 키우는 건 좋지만 그 자식이 키우는 건 절대 안 돼!

엄마 — 그 자식이 뭐예요? 무식하게.

아빠 — 그 자식 편을 드는 거야?

엄마 — 당신 편을 드는 거예요. 난 당신이 그런 말을 쓰면 얼마나 기분이 우울해지는지 알아요?

아빠 — 치사하게 왜 이래? 그래, 그런 말 안 하면 되잖아? 내 편을 드는 척하고 그 자식 편을 들 것은 없다구. 그게 최고로 나쁜 거야.

엄마 — 당신……행복해요?

아빠 — 뭐?

엄마 ― 당신은 맘이 편한가 보군요. 그래요, 그 여잔 좋은 여자예요. 우리 현동이한테도 정말 잘 해주더군요.

아빠 ― 당신도 좋은 여자야. 내가 나쁜 놈이지. 아……드러…….

엄마 ― 난……내가 결혼을 해야 되는 건지 안 해야 되는 건지……불안하기만 해요.

아빠 ― 그 자식이 엄청난 부자라면서? 게다가 꼴에 신사라던데 뭘.

엄마 ― 누가 그래요?

아빠 ― 나야 현동이밖에 더 있어? 나참……현동이 녀석도 그 사람이 싫지는 않은 모양이던데, 뭘. 아, 드러…….

엄마 ― 난 내가 무슨 의미가 있는지 모르겠어요. 아무런 가치가 없고 쓸모가 없는 여자예요.

아빠 ― 왜 그래? 당신은 최고 미인이고 지금은 잘 나가는 모델 아냐? 가구 선전에도 나가기로 했다면서? 나보다 월수입이 좋겠는데, 뭐.

엄마 ― 난……비참해요…….

아빠 ― 알았어, 현동이를 안 데려가면 되잖아? 왜 자꾸 그런 말을 해?

엄마 ― 난……시간이 필요해요…….

아빠 ― 그래, 잘 생각해봐. 거, 배현수란 사람 말야, 그러는 게 아니라구. 당신이 맘에 드니까 모델 시켜주면서 유혹을 해? 에라이, 치사해서…….

엄마 ― 빨리 가세요. 그 여자가 기다릴 거예요.

아빠 ― 알았어, 미안해…….

엄마 — 아뇨, 괜찮아요. 당신이라고 어쩔 수가 있겠어요?

아빠 — 담배 한 대만 피우고 가지.

엄마 — 나도 한 대 줘요.

아빠 — 당신은 꼭 맞담배 피더라구?

엄마 — 늙은이 같은 소린 하지도 말아요.

아빠 — ……그래, 나도 늙었어…….

엄마 — 당신 왜 자꾸 양담배를 피워요?

아빠 — 그러게…….

엄마 — 당신 말예요, 성질이 급하다고 막 아무렇게나 하지 말
　　　　고 잘 생각을 해봐요. 성질 급하면 손해보잖아요?

아빠 — 알았어. 지금 누구한테 잔소리야?

엄마 — 전남편한테요.

아빠 — 아, 그러…….

그날 밤, 아빠는 우리 집에서 자고 갔다. 그리고 열 달 후 엄
마는 내 동생 현서를 낳았다. 내가 '현동'이니까 내 동생 이름은
'현서'라고 지었다 한다. '동(東)'과 '서(西)'가 반대인 만큼 내
동생 녀석은 나와 너무 다르다. 우디 앨런의 비디오를 보여줘도
TV한테 오줌을 싸기나 한다. 골치 아픈 녀석이다.

배현수 아저씨는 물론 우리 엄마하고 결혼을 포기했다. 배가
부른 엄마하고 결혼을 할 수야 없다는 것이 이유였다. 외할머니
는 우리 아빠를 사형에 처해야 한다고 흥분을 했으나 아빠는 지
금도 살아 있다. 엄마 덕이다. 엄마는 자기 배가 부른 건 자기
탓이라고 했다.

엄마는 나보다도 현서녀석을 더 사랑하신다. 현서가 내 로봇

인형을 망가뜨렸는데도 나만 야단을 한다. 나는 동생이 있었으면 하는 희망을 품었는데 지금은 그 반대다. 현서는 아주 웬수다. 그런데 이 웬수가 귀엽기만 하니 인생이란 건 정말 알쏭달쏭하다니까.

'그녀'도 현서를 보더니 나보다 더 예뻐한다. 나는 이래저래 고독하다. 고독하다는 건 성숙해졌다는 것을 뜻한다고 우디 앨런이 말했다. 우디 앨런이 천재인지는 몰라도 '고독'이 무엇인지는 모르고 있는 게 확실하다. 고독하다는 것은 성숙해졌다는 뜻이 아니고 사랑을 한다는 뜻이다. 나는 현서를 예쁘다고 하는 사람들이 예뻐서 고독한 표정을 짓고 있다. 그 사람들이 마음껏 현서를 사랑하라고.

바보 같은 경호도 현서를 예뻐한다. 이유는 자기보다 모르는 게 많기 때문이다.

"아이구야, 현서는 이것도 몰라."

이러면서 마음껏 지적인 우월감을 느끼면서 현서를 예뻐하는 것이다. 내가 경호를 보면서 지금도 느끼고 앞으로도 느낄 수밖에 없을 그 지적 우월감 때문에 경호가 현서를 예뻐한다는 사실이 놀랍다. 나는 이런 놀라움 때문에 경호를 바보라고 부르지 않기로 맹세를 했다. 대신 귀엽다고 생각을 할 것이다. 경호의 지적 수준이 현서 수준이기 때문에.

현서 때문에 나의 고민도 풀렸다. 호명이하고 결혼을 할 것인가, 담혜하고 결혼을 할 것인가 하는 문제는 이젠 고민도 아니다. 지금 고민은 호명이하고 담혜가 나보다 현서를 더 좋아한다는 점이다. 이걸 어떻게 해결하지? 우디 앨런의 영화에도 이런 고민은 없었잖아?

아빠와의 여행

아빠는 큰소리를 치면서 이젠 자기는 다른 건 아무것도 안 하고 오직 파리—다카르렐리 경주대회에 참가하는 것이 꿈이라고 했다. 그러나 아빠의 이 허풍은 아빠를 제외한 누구도 믿지를 않는다. 아마 아빠 자신도 믿지 않을 것이다. 아빠의 운전실력은 경력이 일 년 남짓한데도 어설프기 짝이 없는 것이다. 아빠를 제외한 주위 사람들은 아빠가 운전을 하는 4WD 지프를 '핵잠수함'이라고 부를 정도다. 그만큼 위험하다는 것이다. 실제로 아빠는 차를 운전하고 가다가 강물에 잠수하기도 했다. 아빠는 정말이지 기적적으로 살아났는데 주위의 비양거림에도 관계치 않고 자기를 기적의 사나이라고 부른다.

그런 아빠의 차를 타고 여행을 한다는 것은 위험천만한 일이기 때문에 나는 기꺼이 아빠의 부탁을 받아들였다. 나 역시 모험가 기질이 있는 것이다. 엄마한테 얘기를 했다가는 우리 아빠가 엄마한테 맞아죽을지도 모른다. 엄마는 아빠의 차에 동승을 한다는 것 자체를 자살행위라고 믿고 있다.

"어쩌면 운전을 하는 것도 꼭 자기처럼 할까?"

이것이 아빠의 차를 타고 난 후 엄마가 말한 소감이다. 아빠는 엄마와 이혼을 한 주제임에도 가끔씩 만나 데이트를 한다. 때로는 '그녀'까지 함께 삼각 데이트를 하니 이걸 어떻게 생각해야 좋을지 모르겠다. 그런데 더 솔직하게 얘기를 하자면 엄마는 다른 아저씨들과도 심심치 않게 데이트를 한다.

"아빠를 만나지 말아요. 어쩌려고 그래?"

내가 이렇게 도덕적인 질문을 하자 엄마는 웃었다.

"걱정도 팔자다. 서로 아는 처지에 데이트도 못 하니?"

나도 지지 않는다.

"또 동생을 낳으면 어쩌려고 그래?"

엄마도 안 진다.

"그런 실수 같은 건 안 해. 내가 미쳤지. 넌 참 이상하다. 엄마하고 아빠하고 서로 살아가는 얘기도 못 하니? 현남이 엄마도 가만 있는데 네가 왜 야단이야?"

현남이는 현서보다 두 달 아래인 내 동생이다. 현남이의 엄마는 물론 나의 '그녀'다. 체, 또 동생을 낳으면 이름을 현북이라고 짓겠지. 딸이나 낳아라. 이름 무지하게 좋겠다. 흥, '박현북'이라는 이름의 처녀는 시집을 가기도 힘들걸? 내가 이름을 근사하게 좀 지으라고 그래도 아빠 정말이지 말을 너무 안 듣는다. '그녀'라는 빽이 생겨서 그러는 것일까? 아니면 나말고도 아들이 둘이나 더 있기 때문일까?

사실 아빠가 운전을 원시인처럼 하는 것은 다 이유가 있다. 아빠 지금도 허구헌날 술을 마시기 때문에 운전을 할 기회가 거의 없는 것이다. 겨우 나를 만나러 올 때나 운전을 하니깐 엉망 실력에서 벗어나지를 못한다.

이런 까닭으로 엄마는 내가 아빠의 차를 타는 걸 제한시켰다. 아빠가 아주 잘 아는 길 외엔 타지 말라고 사정을 한 것이다. 그런데 이번에 아빠가 장거리 여행을 떠나자고 했으니 내가 비밀을 지킬 수밖에.

아빠가 나에게 얘기한 여행 목적지는 '어느 이름 모를 바닷가'이다. 아빠는 지금도 '어느 이름 모를 바닷가'에 가면 인어공주 비슷한 어떤 것이 있어서 엄청나게 진귀한 경험을 할 거라는 만화 같은 환상을 품고 있다. 그런데 나로 말할 것 같으면 어떤 편인가 하면, 아빠의 만화 같은 환상을 은근히 믿는 편이다. 이런 얘기를 하면 엄마는 또 그 아빠에 그 아들이라고 날 야단칠 테지만 난 그 아빠에 그 아들인 걸 어떡해?

아빠는 출발부터 연속적으로 실수를 했다. 처음에는 동해안 쪽으로 방향을 잡았는데 고속도로를 잘못 들어서 서해안 쪽으로 빠지게 되었다. 그랬는데 가다 보니까 그야말로 이름 모를 산들만 계속해서 나타나는 것이 아닌가? 이래서 아빠는 목적지를 '이름 모를 바닷가'에서 '이름 모를 산기슭'으로 변경시켰다.

나 — '이름 모를 산기슭'에서는 어쩐지 강시 같은 게 나올 것만 같아요.
아빠 — 강시? 흐응, 그거 우습지.
나 — 아빤 강시가 안 무섭다구요?
아빠 — 임마, 귀신 중에서 젤 무서운 건 처녀귀신이야. 강시 같은 건 대지도 못 해.

나 — 아, 처녀귀신이 더 잘 나타날 것만 같은 예감!

아빠 — 그래도 너와 난 용감한 아빠와 아들 아니냐?

나 — 예스, 오케이.

그런데 곧 어둠은 닥쳐오고 아빠의 '핵잠수함'은 드디어 사고를 일으키고야 말았다. 나는 처음부터 아빠가 이런 정도의 사고를 일으킬 것이라고 믿었기 때문에 아무렇지도 않았다. 아빠 역시 아무렇지도 않았다. 그러면서도…….

아빠 — 야, 현동이 너 안 무섭냐?

나 — 난 이럴 줄 알았다니까요.

아빠 — 자식, 거 진짜 이상한 소리만 하네?

나 — 아빤 뭐 이럴 줄 몰랐어요?

아빠 — 임마, 그래도 그건 다르잖아?

나 — 근데 여기가 어디예요?

아빠 — 그랜드캐니언이다. 어쩔래?

나 — 아, 그랜드캐니언엔 언제 데리고 가줄 거예요?

아빠 — 너 임마, 아빠를 그렇게 불신하면 국물도 없어.

나 — 아……배고파……국물이 있는 스파게티를 먹고 싶
　　　어…….

아빠 — 진짜…….

나 — 먹을 거 안 가지고 왔어요?

아빠 — 대한민국 천지가 음식점인데 왜 가지고 오냐?

나 — 여기 어디에 음식점이 있어요?

아빠 — 야……진짜 여기가 어디지?

나 — 빨리 차를 고쳐봐요.

아빠 — 장비가 있어야 고치지?

나 — 뒤트렁크에 있잖아요?

아빠 — 차 정비사가 없잖아?

나 — 정말 도움이 안 돼. 그러니까 왜 이상한 샛길로 들어오
　　　난 말예요?

아빠 — 좋잖아, 임마. 봐라, 저기 노을이 진짜로 이쁘다.

나 — 소스를 듬뿍 친 피자 같애.

아빠 — 너 먹는 얘기 진짜로 그만 좀 해. 너 왜 그러냐?

나 — 그럼 무슨 얘기를 해요?

아빠 — 그런 거 말고도 좋은 얘기 많잖아? 인생에 대한 여러
　　　가지 설계라든가…….

나 — 아이구요…….

아빠 — 이상하네. 그 많은 차들이 어디로 다 가고 이쪽으로는
　　　개미 새끼 한 마리도 안 오냐?

나 — 어, 추워…….

아빠 — 임마, 여름에 뭐가 추워? ……어? 춥네?

　약간의 추위와 약간의 배고픔은 사람을 고상하게 만든다. 우
리 아빠가 그 증거다. 아빠는 차 안에서 〈집시 킹〉의 CD를 들으
며 고상한 얼굴이 되어갔다. (박현동 주 — 〈집시 킹〉은 진짜 집시
출신들이 만든 밴드로 어쿠스틱 기타 연주와 노래는 정말 최고다.
그들의 노래와 연주를 듣고 있으면 정말 집시가 되어 하늘로 사라
지고 싶어진다. 〈집시는 하늘로 사라진다〉라는 소설은 내가 영화로

만들 이야기 중의 하나. 우디 앨런이라도 이건 양보 못 한다. 극
비.)

나 — 이상해요. 지금은 배가 안 고파.

아빠 — 그래, 아주 기분이 좋다. 사람들이 왜 배가 고픈지 아
　　　니?

나 — 배가 고프니까요.

아빠 — 배가 고플 것을 염려하니까 그래.

나 — 그건 말이 안 되지만 근사해요. 무슨 뜻?

아빠 — 우리 현동이하고 같이 있으면 배가 안 고프다는 거야.

나 — 나도 아빠랑 같이 있어서 행복해요.

아빠 — 너한테 얼마나 고마운지 모른다. 힘든 일이 많았는데
　　　잘 커줬어.

나 — 어려운 거 없었어요. 뭐가 어려웠어요?

아빠 — 그래, 어려운 건 없어. 우리가 사는 이 순간이 진실이
　　　야. 다른 건 전부 누군가가 우릴 놀려주려고 만든 것
　　　뿐이야.

나 — …….

아빠 — 너 지금 아빠 말 못 알아듣지?

나 — 아빠말고는 누구도 못 알아들을걸요?

아빠 — 그래, 나도 무슨 말인지 모르겠다.

나 — 근데 난 알아요.

아빠 — 그래?

나 — 아이들이 나를 겁줬다구요. 이젠 아빠를 만나지 못할 거
　　　라구요.

아빠 ─ 흥, 그런 건 없다.

나 ─ 아이들이 날 놀려주려고 그런 것뿐이었다구요.

아빠 ─ 우리 현동이 최고다.

나 ─ 그런데 난 최고가 아니에요.

아빠 ─ 엄마가 최고냐?

나 ─ 아빠가 두 번 결혼을 해서 싫었어요.

아빠 ─ 미안하다…….

나 ─ 아뇨, 그런 생각을 했으니까 내가 최고가 아니란 뜻이에
　　　요.

아빠 ─ 아니, 그런 생각 얼마든지 해도 좋아. 아빠도 아빠가
　　　싫었으니까.

나 ─ 그런데 왜 그랬어요?

아빠 ─ 그렇게 됐어.

나 ─ 알았어요.

아빠 ─ 알았어?

나 ─ 우디 앨런이 그랬어요. 사람은 정자와 난자가 만나서 생
　　　긴 것뿐이라구요.

아빠 ─ 그 친구 거, 상당히 골치야.

나 ─ 그래서 자기는 순이 패로를 사랑한다고 했어요.

아빠 ─ 순이는 자기 딸이잖아?

나 ─ 딸이니까 사랑했죠. 그게 이상해요?

아빠 ─ 결혼했잖아?

나 ─ 아빠도 결혼했잖아요?

아빠 ─ 누나가 아빠 딸이냐?

나 ─ 그럼 아니에요?

아빠 — 뭐? 너 아빠를 잡을 셈이냐?

나 — 내가 꿈을 꿨더니 그랬어요.

아빠 — 임마, 그런 개꿈을 왜 꾸니?

나 — 난 엄마하고도 결혼하는 꿈을 꿨는걸요?

아빠 — 하나님 맙소사!

나 — 근데 꿈이 뭐죠?

아빠 — 몰라, 임마. 꿈이지 뭐야?

나 — 정말 이상해요. 그렇죠?

아빠 — 그래, 이상해.

나 — 꿈은 우디 앨런을 닮았어요.

아빠 — 너 진짜 우디 앨런 타령 좀 그만 해라. 넌 아빠가 좋
냐, 우디 앨런이 좋냐? 우디 앨런은 못생긴 바보 같잖
아?

나 — 우디의 영화는 꿈 속에서 보는 것 같단 말예요.

아빠 — 너 왜 대답 안 해? 우디가 좋아, 아빠가 좋아? 솔직히
말해. 지금 중요한 순간이야.

나 — 그런데 그 꿈이 더 진짜 같거든요. 이상하죠? 꿈이 진짜
예요, 진짜가 진짜예요?

아빠 — 너 대답 안 할 거야?

나 — 아빠가 영화를 만들었으면 우디보다 더 잘 만들었을걸
요?

아빠 — 아빤 아니야……

나 — 아니에요, 진짜예요.

아빠 — 아빤 사실은……아직도 겁이 많아. 아빤 느낀 대로 얘
기를 못 해.

318

나 — 아빠하고 나하고 둘밖에 없잖아요?

아빠 — 아빤……누군가를 사랑한다는 것 외엔……전부 거짓
　　　　말 같애. 다른 건 절대 못 믿어.

나 — 헤에, 그런 말을 왜 못 해요?

아빠 — 말은 쉽지. 아빤 이혼을 하고 다시 누나와 결혼을 하
　　　　는 것만 해도 너무 힘들었어. 이런 바보가 없지.

나 — 아빠가 왜 바보예요?

아빠 — 다음엔…… 좀더 용기 있는 말을 하게 될 거다.

나 — 무슨 말인데요?

아빠 — 몰라, 임마. 아이구 배고파…….

나 — 진짜 배고파…….

　어둠 속으로 별똥별들이 무리를 지어 떨어지고 있었다. 저 멀
리서 달려오고 있는 불빛이 보였다. 나는 내가 기다리고 있는 것
이 무엇인지 알고 싶었다.

어른들은 청어를 굽는다

첫판 1쇄 펴낸날 · 1994년 10월 10일
    5쇄 펴낸날 · 1996년 7월 20일

지은이 · 박구홍
펴낸이 · 김혜경
편집주간 · 김학원
기획실 · 김수진 조영희
편집부 · 한예원 김선경 임미영
디자인 · 장찬희 김진
영업부 · 이동훈 엄현진 강진호
관리부 · 권혁관 임옥희 최미선
인쇄 · 백왕인쇄문화
제본 · 정민제본

펴낸곳 · 도서출판 푸른숲
출판등록 · 1988년 9월 24일 제 11-27호
주소 · 서울시 서대문구 충정로 2가 99-3
        동신 빌딩 4층, 우편번호 120-012
전화 · (기획실) 362-4457 (편집부) 364-8666
        (영업부) 364-7871～3
팩시밀리 · 364-7874

ⓒ 박구홍, 1994

값 5,800원
ISBN 89-7184-078-1   03810

* 잘못된 책은 바꾸어 드립니다.

* 저자와의 협약에 의해 인지는 생략합니다.